失落之书

THE FRAGMENTS

[澳] 东妮·乔丹 著
白角 译

WARNING WARNING WARNING WARNING WARNING WARNING

WARNING WARNING WARNING WARNING WARNING WARNING

WARNING WARNING WARNING WARNING

江苏凤凰文艺出版社
JIANGSU PHOENIX LITERATURE AND ART PUBLISHING

图书在版编目(CIP)数据

失落之书 / (澳) 东妮·乔丹 (Toni Jordan) 著；白角译. -- 南京：江苏凤凰文艺出版社，2020.11

书名原文：THE FRAGMENTS

ISBN 978-7-5594-5209-2

Ⅰ. ①失… Ⅱ. ①东… ②白… Ⅲ. ①长篇小说—澳大利亚—现代 Ⅳ. ①I611.45

中国版本图书馆CIP数据核字（2020）第180940号

江苏省版权局著作权合同登记：图字10-2020-451号

失落之书

[澳]东妮·乔丹　著　　白角　译

责任编辑　孙金荣
特约编辑　郑嘉期
责任校对　孔智敏
出版统筹　孙小野
版权支持　张晓阳
出版发行　江苏凤凰文艺出版社
　　　　　南京市中央路165号，邮编：210009
网　　址　http://www.jswenyi.com
印　　刷　三河市金元印装有限公司
开　　本　880毫米×1230毫米 1/32
印　　张　10.5
字　　数　197千字
版　　次　2020年11月第1版
印　　次　2020年11月第1次印刷
书　　号　ISBN 978-7-5594-5209-2
定　　价　48.00元

江苏凤凰文艺版图书凡印刷、装订错误，可向出版社调换，联系电话025-83280257

献给罗比，毫无疑问。

序言

我不是在什么书香门第长大的，父母也不怎么爱读书。母亲在彩票店打工，每天要上很长时间的班，父亲则是赛狗训练师。他们工作都很努力，对赌博和犬类十分着迷。虽然全家除我以外没有人爱看书，但我父母却非常支持我对书本的迷恋。小时候，他们尽可能送我去好学校念书，每隔一周就开车带我去一次图书馆，让我想借多少书来看就借多少。我幼年喜欢英国作家伊妮德·布莱顿[1]写的故事和玛丽·吉尔摩[2]的诗歌。随着年龄的增长，我喜欢的作家变成了阿瑟·柯南·道尔、亚历山大·索尔仁尼琴和马克西姆·高尔基等。

我读的书愈多，就愈想读更多。我变得十分痴迷，不仅痴迷于书本本身，还痴迷于作家。我想要了解关于我喜欢的作家的一切，比如他们的生活、他们的信仰、他们的婚姻和他们的处世哲学等，但为什么想了解，我却不知道。究竟为什么我会对这些作家的生平故事这么感兴趣呢？我也明白，作品写出来就已经自成一体，至于作者在现实

[1] 伊妮德·布莱顿，英国儿童文学作家，主要作品有《伊妮德童话》《诺迪》《世界第一少年侦探团》系列等。——译者注

[2] 玛丽·吉尔摩，澳大利亚早期著名女诗人。——译者注

生活中是怎么样的人，这应该无关紧要。

然而对我来说，事实并非如此。2015 年，我开始创作《失落之书》的初稿。那段时间，文学界出了两件互不相干的事。首先是伟大的美国作家哈珀·李出版了她的第二部小说。她的处女作，也就是名震天下的《杀死一只知更鸟》，出版于 1960 年。自从那时起，五十五年来，她的读者一直在等待着、期盼着她的新作。这件事让我意识到读者的忠心和渴望。如果一部小说真正打动了读者的心，那就有可能改变他们的一生，我自己就有很多次这样的体验。我完全可以理解，一心盼着自己最爱的作家重出江湖——就算可能性微乎其微也不放弃——是什么心情。我觉得这是一种极富浪漫精神、令人感动的情怀。

不久以后，2016 年，我看了一篇关于意大利小说家埃琳娜·费兰特的文章。“费兰特”不是这位作家的真名，是她起的笔名。她决心不让读者知道她的真实身份，这样他们就不会把她的现实经历同她作品中主人公的故事混淆起来。就艺术效果来说，她认为自己若隐匿身份，读者就可以在踏入她的小说世界时，不带任何对作者的先入之见。读过费兰特的作品后，我发现她的身份之谜令人着迷，真的很想知道她究竟是什么人!

——直到她身份曝光。我 2016 年读到的这篇文章，就是某位调查记者发布的，他在其中披露了她的真实身份。我看到这个消息那一刻，马上就希望自己不曾看过。我终于意识到，虽然只要作品写得好，作家本人的身份应该无关紧要，但从某种意义上来说，它还是比较重要的。费兰特的真实身份被曝光，让我的内心五味杂陈，至今仍未释怀。

这两件事情都成了我为《失落之书》构思情节时使用的素材。写作这本书的时候，我还面临一个挑战，就是如何让读者觉得两条故事线都百分之百可信。我是在布里斯班长大的，对它了如指掌，但我却从未去过美国。而且，尽管我无疑亲身经历过 20 世纪 80 年代，但对 30 年代的风貌则一无所知。

作为读者，我发现很多小说中都充斥着历史细节，令人不堪卒读。照我看来，很多时候完全是因为作者在前期调研的时候发现了很有意思的历史资料，便不顾它们对作品本身毫无助益，硬是填塞到作品中去。在这点上，我非常佩服 19 世纪的英国小说家简·奥斯汀。每次读她的作品，我都会惊讶于故事中的历史背景总是被轻描淡写地一笔带过。当然，奥斯汀写的本来也不是历史小说，她作品的时代背景都是 19 世纪早期，与她本人的创作期是一致的。无论如何，她那种毫不做作的文风都是我学习的榜样。我也十分留神，不让展现调研成果的文字拖慢作品的节奏。在创作《失落之书》的过程中，我坚决主张要把主题、故事内容和人物视为作品最重要的部分。我希望读者能有“这本书写的是真事”的感觉（有读者告诉我，他们用谷歌搜索了英嘉·卡尔森，想看看她是不是真人，这让我非常开心）。我当然不希望作品出现事实性的硬伤，因此下了很大功夫，确保整个故事没有什么漏洞。同时，我也非常注意，在塑造人物的时候，不往他们身上堆砌无关紧要的细节。

我读了很多关于20世纪早期美国纳粹分子兴乱、纽约出版界概况和工厂女工悲惨生活的书。我本来也可以去纽约考察一番，但还是觉得没有必要。就算花费一番人力、物力跨越半个地球，亲身踏遍那座城市的大街小巷，我也不可能真正穿越到20世纪30年代的纽约。我书中那个纽约早已消逝在近百年前的历史中了。

对我来说，发挥想象力是最重要的，因为虚构性作品（小说）的支柱就是想象。小说能够给我们机会去体验另一个世界，一个不同于我们生活环境的世界，同时让我们透过他人的眼睛去观察那个世界。这种通过想象与故事中人物同呼吸、共命运的体验令我兴奋不已。从小到大，沉浸在阅读体验中的我，仿佛一时是19世纪70年代的俄国儿童，一时是19世纪10年代的英国淑女，一时又是20世纪50年代的意大利少年，种种体验，不一而足。如果有人愿意读一读《失落之书》，并且通过这本书，大致了解一位参与本国早期反法西斯斗争的美国作家的生平，那我的欣慰将无以言表。

2020年6月

1
PART

1

1986 年，澳大利亚昆士兰州，布里斯班

日后当凯蒂・沃克回想起今天这个早晨，她会努力去记起每一个细节。为了搜寻线索，她会躺在床上仔仔细细地把每个瞬间都在脑海里过一遍。她记得的第一件事将是天气的炎热，然后才是那条围巾。

时值盛夏。从家里望出去，构成起伏的天际线的钢铁建筑已经发出明晃晃的反光。后来，在公交车上，她拉着吊环，在汗流浃背的购物者和浑身麝香味的青少年中间摇摇晃晃。她感到一点点犹豫，因为原本可以去游泳或者去洗个澡的，或者只穿着短裤待在厨房里，一只胳膊夹在冰箱里。

不过既然来了，已然站在美术馆外面排队，那些想法也就烟消云散了。队伍纵贯美术馆那与河岸平行的前院，她排在中间位置，前后站着脸色红润的女郎，几个汗水湿透了衬衫的男人，拽着妈妈胳膊的小孩子，还有满脸皱纹的老人拿着随报纸附送的免费导览册给脖子扇风。植物园就在对岸的下一个河流拐弯处，那里生着高大的大叶榕树，郁郁葱葱，树荫浓密，然而人们还是宁愿站在这里挥汗如雨，排队等着进去参观。实际上，很多这类所谓“一生必去”的展览看了都会让人产生心理落差：古墓里出土的士兵雕像看起来就像本市穆鲁卡区哪个水泥厂浇铸出来的一样，一些从卢浮宫来这里巡展的大师名作也像故弄玄虚。

队伍一动不动。凯蒂没吃早饭就来了，不过她带了一个沙拉卷，装在肩上的布袋里。沙拉卷里的番茄这会儿已经稀巴烂了。她的食指还插在带来的平装书里当书签，她很想接着读下去，但是在等着参观印本残页的时候读其他小说，感觉很不虔诚，好像这么一来英嘉·卡尔森的在天之灵会对她不满似的。

她应该早一点来的。之前她一直睁着眼躺在床上，透过宽阔的卧室窗户盯着天空由漆黑一片到东方既白，就像她只有八岁，坐等圣诞节清晨到来一样。不过，她也不想赶时间，而是想把每一个细节都留在记忆里。

印本残页就在这里，锁在州立美术馆新馆里，由铁门和玻璃展柜保护着。这些印本残页，这些不可替代的无价之宝，就在这里，在布里斯班。

她把一侧的头发抚到耳后，转头碰巧遇上排在身后的大个子男人的目光，他把这当成了聊天的邀请。

“西方文明史上最重要的一个发明是什么？来吧，猜一猜。”

他穿着短袖衬衫，胸前口袋上绣着某种标志，长袜提得很高，打褶的短裤上系着尼龙腰带，卡在腰部最粗的地方，长袜和短裤间露着一英寸来长、通红脱皮的膝盖。一个笨重的黑色大包把他一边的肩膀坠得陷下去一截。他把包换到另一边肩膀上的时候，衬衫的腋窝处露出两圈汗渍。

轮子？罗盘？印刷机？

“是空调。”他说道。他大概四十岁，衬衫到现在还没有一丝褶皱，熨衣服的人肯定是下了不一般的决心。“要是没有空调，你觉得他们能登月吗？更别说飙升的谋杀犯罪率、车祸、一落千丈的工作效率了。那家伙，发明空调的那家伙，该给他发个奖章。”

凯蒂扬了扬眉毛，示意要抵达他俩共同的目的地，还要排这么长的队。

“要我说，这不算什么。下雪我都来。我一点不在乎。这都是值得的，你说是不？”

她回答正是如此。

“我妈那个人，早上问她，你去不？她说不。她录了雷·马丁的真人秀要看。什么破秀，压根儿不明白哪儿好看。我就喜欢书，喜欢绘画。我本人是摄影师，专业的，”说着，他朝前方印着“印本残页展”的横幅点点头，“我叔叔在纽约看过这个展，那是七八年前了。”

“那他真是运气好。”

“可不，运气特好。他现在住在悉尼。你去过吗？”

“去过悉尼吗？去过一次，参加一个表亲的婚礼。”

他笑了。他的意思是美国，她摇摇头。

“卡尔森嘛，万里挑一，没说的。她的死肯定是黑手党干的，知道吧。就跟肯尼迪总统一样，”男人鼓起胸膛，拿小指头掏了掏一边的耳朵，“你来过这儿吗？我是说这个美术馆，这可是世界一流的。”

对这个问题，她倒可以点头说是。这堆“世界一流”的钢筋混凝土已经开放四年了。她还记得这里被清空为工地之前的样子，那漫长的施工过程，以及街角竖起来的临时围栏，上面被人用加粗加大的字体涂着：95% 的艺术家都离开布里斯班了，美术馆还留着干什么？

“我很喜欢这里。”她说道。

空气中一丝微风也没有。有几个女人戴着遮阳帽，一对情侣撑着同款桃色遮阳伞。排在凯蒂前面的那位上了年纪、后背笔挺的女士整理了一下围巾，围巾上的图案是柔滑的绿色和水蓝色旋涡。她时不时转过身来，似乎想加入他们的谈话但最后又打消了念头。凯蒂随着队伍往前移动，耳边飘来小孩的声音：“看完以后我们能吃薯条吗？”还有一个年轻姑娘的话音从更远的地方传来：“凯马特超市好不好？特别好。”

不久，凯蒂排到了柱廊底下的阴凉中，柱廊像有生命一样往外辐射着热量。接着她踏进了美术馆。空调的凉意扑面而来，她感觉像跳进了游泳池。她买了票。衣帽间的服务员把女孩子们的漂亮遮阳伞和绿围巾老太太的糖棕色软皮大提包都存上了，然后拎起——用的是一根拇指和一根食指，像拎着一只死动物的尾巴——凯蒂的布袋，把寄存票沿着柜台滑过去给了她。那个摄影师一边拿手帕揩脖子上的汗，一边跟工作人员争论要从特别通道进去，说什么他“认识人”。

马上，她就要看到它们了。

在宽敞的展厅里，回荡着鞋跟踩在水泥地上的声音。保安的制服挺括，如空气般清爽。

她走了进去。

人很多，但是没挤到转不开身的程度。正前方是一幅英嘉·卡尔森的黑白海报，从天花板一直垂到地面。海报上的英嘉兼具纯真和智慧，双眼炯炯有神，浅色的头发编成一根细细的辫子。感觉她能够一眼看到凯蒂的心底，好像只有英嘉一个人才真正了解她一样。

海报左右各隔了几米的距离挂着两张较小的照片，一张是在某家餐厅里她跟一群笑容满面的男女服务员的合影，另一张则是她某次在台上领奖的照片。凯蒂左手边的展厅里全是介绍 1935 年时代风情的展柜。就在那一年，英嘉出版了她的第一本小说《世事皆有尽》。

以后，凯蒂会再次回到这里，看这些展柜和右手边的英嘉生平介绍。她会仔细观察英嘉童年住所的照片。那是一所小木屋，坐落在古老的森林里，是卡尔森家好几代人砍树、搬石头建造起来的，英嘉移民到美国之前就住在那里。在木屋里，能看到一把扶手被磨得光滑的椅子，一条挂钩上的围裙，一个铸铁罐，还有一把长柄勺。照片里还有一盏黄铜旋钮、灯芯分叉的油灯，照着小英嘉学习认字。刺啦作响、带口音的人声录音不间断播放着，那是认识英嘉的人对她的描述：“她很善良，很冲动，很矛盾。她脾气火暴。”她六岁的时候打断过一个虐猫小男孩的鼻梁骨，弄得全村哗然；九岁的时候，大家疑心她从窗户爬进陌生的有钱人家里，只为了坐坐他们的椅子，变换一下家居物品的摆放顺序。展览还包括几本藏书，大概是英嘉十几岁时看过的；她笨重的黑色打字机，键盘被磨损得凹下去了；还有她本人的亲笔日记。无非常见的那一套，这些都不是凯蒂来这儿要看的东西。

越往展厅中间走，人群就越加密集。现在凯蒂的面前有三个展区。她在第一个前驻足，这是整个展览最大的一个展区，主题是“世事皆有尽”。里面的展品有罕见的、带作者签名的初版书，作为一个名不见经传的移民女作家的一本薄薄的小说，当时的发行量很不起眼；有原书的手稿，很多句子下面都有褪色的蓝墨水笔画的线，空白处还有英嘉·卡尔森的随笔记录，笔迹遒劲自信；那三封粗暴的退稿信也在这里，它们的存在证明英嘉也会被退稿，因此安慰了全世界作家的心。接下来就是关于此书出版以后如何一步步大获成功的新闻简报，以及伦敦、纽约和悉尼的书店前面人头攒动的照片。展品里还有一些书店老板写的信，写着诸如“我干这行二十年了，能在店里卖你的书是我最大的骄傲”的话。这里还有英嘉写给她出版商的六七封信，字迹因为年代久远有点模糊，包括那封有名的身后信。卡尔森的普利策奖奖杯也在展柜里，还有几篇精选的书评，有的语气居高临下（说这本书“无疑是不错的”），有的则把她捧上了天。还有些信是对她的威胁和控诉，把她叫作“自己民族的叛徒”“犹太人的帮凶，说不定本身就是犹太人”，还有“到处传播毒药、谎言和政治洗脑宣传的坏分子”。

凯蒂不紧不慢地看着。

下一个展区的主题是 1939 年的那场大火，以及各路专家对此的不同猜测。凯蒂掉头径直走了过去。她知道里面肯定少不了那条被烧熔的项链、葬礼的照片、各类纪念物、讣告，以及英嘉·卡尔森去世以后全世界的读者们写给她的信——直到今天还有人在给她写。还有其他人写的书，声称自己已经破了这个很久很久之前的悬案——每一个都带着盲目的自信，每一个的结论都跟别人针锋相对。

接着，凯蒂来到印本残页面前，这些是英嘉·卡尔森的第二本小说仅剩的遗迹。她凑近了一些，带着膜拜圣坛般的谦卑心情，在拥挤的人群中找到了一个立足之地。她看到一块小牌子提示“请勿触摸玻璃”，另一块提示“禁止使用闪光灯”。

残页像是破旧的墓碑碎片一般，散落在长长的盒子里。她辨认出其中七张残页上的页码，这些残页是在大火中幸存下来的，按照顺序，分别是第 46、53、108、117、187、200 和 238 页。残页的破损程度不一，第 108 页只是给熏黑了右侧的纸边，右上角烧了一个椭圆形的小洞。第 200 页的整个一角都被烧没了，其他部分也有分崩离析的危险，每隔三四个字就有一处剥落；就是在这一页里，出现了与全书标题的呼应——“日夜与分秒”，是悬在残存页面上的最后一个句子。

凯蒂看着这些残页，突然很想念她的父亲，这种想念很多年都没有出现过了，是一种从她身体一侧蔓延开来、直到胸骨后面为止的痛感。她知道别人身上的胸骨完整平滑，但是她自己的上面遍布尖利的窟窿，就好像刨丝器一样。

她在那儿待了大约一小时，静静地沉浸在对过去的回忆中，丝毫不理会周围来来往往的陌生人群。当她回过神来的时候，发现那个摄影师正用胳膊肘轻轻推她。他正在架设三脚架，而且好像没认出她来。凯蒂眨了眨眼。他衬衫上的标志像一只黄边眼睛，睁得大大的，瞪着她。

她经过礼品店，走出了美术馆。礼品店里出售纪念画册和各种价位的《世事皆有尽》原著，从小牛皮封面、带烫金字母标题的版本到做工粗陋、凯蒂的老板克里斯汀绝不会容许出现在她们书店货架上的那种平装本，应有尽有。还有以印本残页为灵感写出的小说，以及由这个故事演绎出来的奇幻小说、诗歌、罪案小说等各个类型的作品。她经过了所有的这一切而没有停留。这展览还会在本地持续一段时间，她不用急于一时。

到了外面，烤箱一样灼热的空气让她眨巴起了眼睛。在通往草坪的台阶顶上，两个笑容满面、穿着红色带“英嘉”字样T恤衫的年轻人在分发传单，宣传明晚关于英嘉·卡尔森生平、作品和死亡的讲座。“谁都可以来。”传单男孩说。凯蒂拿了一张塞进包里。

眼下烈日灼人，她却突然闻到一股湿润泥土的味道，说不上是从哪儿飘过来的。马路上车流的轰鸣声和河中水流涌动的汩汩声交汇成了嗡嗡的白噪声。她的眼皮有点睁不开了。她闻到了鸡蛋花的花朵和长长的暗绿色树叶散发的香气，花是一种充满热带气息的果香，叶子则是大地和油蜡的气味。在夏天的这个时节，鸡蛋花树正是绿意盎然、枝繁叶茂的闲适样子；到了冬天，它枯瘦、骨节劲健的枝条会延展开来，伸向天空，让阳光从缝隙间漏下。她想象喷泉的水雾蒙上皮肤，但一想到已经稀烂的沙拉卷，胃里又一阵恶心。

“他们让人想起摩门教[1]的某个教派。”一个女声在耳畔响起。

凯蒂转过身，认出了那条围巾。说话声来自那位上了年纪的女士，就是排队时站她前面的那位。她戴着手套的手握着一张传单，正给自己扇着风。在混凝土建筑和蓝天的背景下，她显得格格不入。

“我说的是卡尔森那些狂热粉丝。”女士接着说。

“他们倒真可以跟摩门教徒学一招传教套路，”凯蒂答道，“如果有人敲开我的门说，‘能占用你一分钟聊聊文学吗？’我会让他们进来，还会给他们泡杯茶。”

“我在里面看到你了，”女士扬起一边的眉头说道，“你刚才是不是也有宗教一般的朝圣感？”

她的声音十分悦耳。脸上虽然有皱纹，但她看上去还是很年轻。

[1] 耶稣基督后期圣徒教会，不属于基督信仰各宗派运动的任何一个分支，自成一派，其在信仰内容上与基督教有别，而大众一般更常用摩门教这个非正式的名称。（本书注释均为译者注。）

她满头柔软的白发，没有化妆，只涂了紫褐色的口红。她穿着奶油绿的长袖亚麻外套和孔雀绿的亚麻裙子，戴着成套的、镶珍珠的金胸针和耳钉，脸上带着笑容。

凯蒂想起自己站在那儿想英嘉·卡尔森和父亲的时候，肯定看起来像个呆子吧：“我当时走神到九霄云外了。”

“着了魔了，是不是？”女士望着她，那对内双眼皮、浅色瞳孔的眼睛好像会说话。

凯蒂做了个鬼脸，一手抚上心口：“被你猜中了。我可是英嘉·卡尔森死心塌地的粉丝。我认为她是古往今来世上最优秀的人之一。”

女士的笑声像银铃一般：“死得早对她的职业成就可大有帮助，是不是？尤其是对一个只写了一本书的传奇人物来说。如果她活到老，变得无聊透顶，谁还会记得她这个人？”

一个大度点的人听了这话也许就笑笑、耸耸肩，保留自己的意见就完了，但是直到这次对话结束好几个小时之后，这么理智的想法才出现在凯蒂的脑海里。她能感到不爽的情绪堆积起来，但是平息不下去。“她写了多少本书并不重要，她怎么去世的也不重要——虽然确实令人痛心。英嘉鼓舞了人心。她看到了人们的疾苦。这可不是无足轻重的。”

女士吸吸鼻子，朝展览的方向挥了挥手：“人们一般都是感情用事的傻子。为了一本谁都没看过的书里面几页烧焦的纸，搞得这么大惊小怪。大多数人甚至会排队去参观一个土豆，只要有人在报纸上为这土豆写点文章。”

“你不相信有些书能改变世界吗？比如《圣经》、艾茵·兰德[1]的书之类的？”

“我相信大部分排队来看这些发霉的破纸的，在本周之前连英嘉·卡尔森的名字都没听说过，”她停下来，把手提包换到另一只胳膊上挎着，“你以前听说过她吗？”

“我每年至少读一次《世事皆有尽》。这是受我父亲的影响，他在我很小的时候就读过这本书给我听。还有……好吧，我的名字其实就叫凯登丝。不会有人爱得比这还投入吧？”

凯蒂还小的时候，有时会假装自己叫另一个名字，比如珊迪或者伊芙琳之类的，但那已经是很多年前的事了。她的名字是父亲起的，不想要的话，对他就是某种意义上的不敬。想到父亲的短短瞬间，她回忆起被阳光曝晒过的刚从晾衣绳上收下来、还带着暖意的法兰绒床单，还有她午餐盒里的苹果片，上面沾着父亲小刀上的金属味道。

“这糟糕的大热天。”女士说完双膝一软，脸上的皮肤好像被看不见的线穿起来往下拉扯一样垮了下去。她那戴着手套的手往身后抓去，想找到什么支撑的东西，但什么也没有抓到。

凯蒂忙上前扶住她的胳膊，把她引到楼梯上坐下。隔着亚麻袖子，这胳膊摸起来像鸟骨一样细瘦。“我去给你找点水来喝。”她说。

[1] 俄裔美国人，20世纪哲学家、小说家和公共知识分子。她的哲学理论和小说开创了客观主义哲学运动，她还写有《源泉》《阿特拉斯耸耸肩》等小说。

女士细瘦如爪的手指抓住了凯蒂的手腕："不要。我最讨厌大惊小怪了。大惊小怪，兴师动众，真受不了。"她的话音里夹杂着尖锐的吸气声。

"我说的是去找杯水，"凯蒂说，"又不是叫一队救护车来。"

"接着说。说话，说话。我一会儿就好了。告诉我，你的名字真的叫凯登丝吗？真是难为你了。"

"一点都没有啊。其实，大家都叫我凯蒂。也许咱们不该在这儿晒着。"

"你的意思是我不该晒着吧。没事的，我喜欢阳光。这里阳光多，什么都长得跟野草一样快。我只是老了而已。而且——"女士露出笑容，低头看着自己枯瘦手腕上的银质腕表，"——半小时以前我已经叫了出租车。这个城市可真是的，我喜欢这里，但是这里什么都是半睡半醒的。"

河对岸，高速公路反光的白色路面从桥下穿过。这就是河在这座城市的作用：服务交通、仓储、工业。对驳船、平底船、挖泥船来说，河就是一条宽阔的高速路。

女士眯起了眼睛，脑袋侧向一边，就像鸟儿一样——但绝不像鸽子。"如果你把那些破破烂烂的废纸片看得那么重要，我想你肯定记得上面写了些什么吧。你觉得哪几句写得最……深刻呢？"

"那很简单，"凯蒂说道，当然实际上做选择并不简单，她对所有的残页都同样喜爱，"每个人都喜欢第 46 页上的标志性句子，但是在我看来，第 200 页上有几句最好。‘到最后，我们能拥有的只是每一个小时，每一天，每一分钟，还有我们熬过这些时间的方式。’”

女士扬起了下巴：“为什么，为什么你最喜欢这一句？”

凯蒂思索着：“应该是因为‘熬’这个字吧。总有些日子让你在早上醒来，却希望还不如别醒，你懂吧？你情愿付出一切代价，也不想面对当天的生活，只想闭上眼睛，翻个身继续睡。英嘉完全理解那是一种什么感觉，但她还是坚持奋斗。她让我们大家都感觉可以坚持奋斗。”

“哦，我的天哪。真够多愁善感的。我一辈子从来没有那种体验。”

随着嘀嘀的喇叭声，一辆黄色出租车开进了车道。司机从车窗探出来挥挥手：“哪位是瑞秋？你叫的车到了。”

女士把手提包挎在臂弯里，站起身朝着出租车走去，步子现在很稳了。凯蒂给她打开后车门，这时女士却停住了，像突然想到了什么一样。

“那个人说是黑手党干的，他错了。不是黑手党。”

“什么？”

“也没什么要紧。她已经死了好多年了，”接着，女士像小孩子背书一样，把两手握在背后，“凯蒂，给你留个谜语猜猜。你选的那个句子，很巧，也是我最喜欢的。‘到最后，我们能拥有的只是每一个小时，每一天，每一分钟，还有我们熬过这些时间的方式，以及在这尘世间度过的每一秒和那些真正重要的瞬间。’遇见你真是太有意思了。”

女士坐进了车，门关了，出租车做了一个违章的三点掉头，拐过街角消失了。凯蒂坐在水泥地上，感觉有什么地方不对劲。也许是太热了，也许是因为那位陌生的女士，也许是那句引文？肯定不是。那女士一定是弄错了。凯蒂周围的空气绕着她打转，她感到自己的心怦怦地在肋骨内侧跳动。她抓起布袋返身跑上楼梯，冲进大门，经过售票点直奔展览入口。

“嘿，女士，回去排队，讲点素质嘛。”一个保安伸手要拦她。

“我刚从里面出来的。”她全身发着抖回答。

保安一手去拿对讲机，同时问她要票来看看。她翻遍了每个口袋，终于找了出来。

“好吧，”他跷起大拇指指了指她身后，“但是不能带包。存包处在后面。”

她把袋子扔到他脚下，飞跑着穿过人群。当时有一群小学生正围在第200页前面推推搡搡，又笑又闹。有的孩子在往笔记本上画残页的速写，不过她从他们中间或者越过他们的头顶也能看到。就是这里，她的句子，她最喜欢的句子。

她读了一遍。然后又读了一遍。

凯蒂的双腿顿时像灌了铅，但是双手却不由自主地开始摸索，摸遍了牛仔裤的每个口袋。她的东西都在布袋里，扔在外面地板上了。她向某个自己从来不信的神祈祷，千万别让那个句子从她脑海里消失。她转向一个穿着蓝格子校服的雀斑男孩，他正在认真地画速写。

“麻烦你，请借我一支铅笔和一张纸。”

他左右看看想找老师，但还是从速写本上撕了张纸，连同铅笔一起递给了她，并没计较她狂乱的眼神。凯蒂把纸对折，汗湿了的手太过用力，铅笔尖戳穿了纸面。

“拿着。”男孩合上速写本递给她。

男孩的善意出乎她的意料。她接过速写本，一边在心里默读，一边把那位女士念过的句子用大写字母记录下来，一共写了四行。写完以后，她大声念了一遍，拿铅笔挨个儿敲着每一个单词。然后她谢过男孩，把东西还给了他。

他走开了。印本残页还躺在玻璃柜里，仿佛英嘉本人的一部分，蜡封、凝结在时空中，等待有人来唤醒。这人会是谁呢？凯蒂吗？为什么不可以呢？凯蒂懂得等待的真谛。

玻璃柜里的那个句子是这样的：到最后，我们能拥有的只是每一个小时，每一天，每一分钟，还有我们熬过这些时间的方式。

再也没有别的了。

她在哪里都找不到“……以及在这尘世间度过的每一秒和那些真正重要的瞬间”，残页上只剩一块被火烧过、边缘焦黑的缺口。就是那场发生在大约五十年前的大火夺去了英嘉·卡尔森的性命，也吞噬了读者期待已久的、她的第二部小说《日夜与分秒》所有的印本。

2

1928 年，美国宾夕法尼亚州，阿伦敦城外

在启程离开农场的那个清晨，瑞秋从床上溜下来，在凉爽的黑暗中穿起她最好的格子布罩衫、围裙、白领子、长袜和去教堂时才穿的好鞋子。她伸手到枕头底下，找到那本《努姆仙境》[1]，夹在胳膊底下。她的东西都已经打好包，放进了堆在大厅尽头的行李箱里。她保持着安静，因为乔治正在屋子另一头的婴儿床里熟睡。他蜷着腿，膝盖快碰到软软的下巴了，花苞一样的小嘴里含着大拇指，呼出的气带着轻轻的哨音。如果他醒过来，肯定会想跟瑞秋一起去。他从来都愿意黏着瑞秋，迈着白白的、果冻般的小腿摇摇晃晃地跟着她，抱着她的大腿不放。

她来到楼下的大厅，经过那堆颜色阴沉、令人生厌的行李箱。里面年头最久的一个是从纽约带来的，属于她的母亲，她当初嫁给瑞秋

[1] 美国作家约翰尼·格鲁的童话作品。

父亲的时候带来的。箱子是棕黄色皮革做的，用宽大的皮带和搭扣绑着，锁扣和四角都闪闪发亮。旁边那个箱子要单薄些，有的地方已经磨损，但很结实，上面写着某人姓名首字母的金字已经残缺不全了。这个箱子很可贵，是爷爷老莱勒尔传给父亲的，过几年还要传给乔治。最后两个硬纸板箱子装着瑞秋和乔治的衣服，还有备用的毯子、桌布和毛巾。它们的锁扣已经坏了，没法连接，只能用绳子捆好固定。

穿过厨房的时候，她有好多次都想放弃了。她感觉四面八方都有眼睛在盯着她。她想吐。她知道把脚踩在木地板的哪个地方，手从哪儿用力推开纱门才不会发出嘎吱声。她把书抓得更紧了。

外面，一群蝙蝠像暗影般盘旋在夜空中。她能听到田野那一头的小溪里雨蛙呱呱的叫声。谷仓旁的榆树上有一头猫头鹰，大摇大摆地蹲在秋千的绳子中间。它朝瑞秋转过那张心形脸，瑞秋没有因此停步，而是绕过系晾衣绳的柱子和他们不打算带到城里新家去的钉耙，穿过了小院子。走过了那棵不久就会被生气勃勃的蜜蜂簇拥起来的苹果树，她面前终于出现了一片玉米地，在夜尽之际的月光下闪着光，像波涛摇曳的海洋一般延伸开去。

这是她唯一的机会了。一旦天光初露，那就太迟了。天际已经有一丝黑夜褪去的迹象，她在那片绿色海洋的边缘站了一下，吸了一口气，然后踏了进去。还有点小、但是长势良好的玉米棒子都长在她头顶上方。她闻到被露水打湿的土地还有最后一些玉米花粉的味道。纸卷一样的玉米叶簌簌作响，从头到脚拂过她全身。玉米会想念她的，她知道。玉米也会想念父亲的，还有他侍弄玉米的那一套。父亲通晓种地的秘密，会捧起泥土放到脸前闻味道，也会用指尖捋过柔软的新叶。她得拼命往后仰头才能看到最后几颗星星消失在晨光中，因为朝别的任何方向看，都只能看到紧紧围拢的玉米秆、玉米叶和玉米棒。

走了一小段路之后，她停下来坐到地上，把她的书抱在胸前。玉米秆密密地包围着她。除了她，四野再无人迹。此时她觉得很累。能做的都做了，接下来就看运气了。

醒来的时候，她感到一只瓢虫爬过手背，痒痒的，粗糙的沙土硌着太阳穴。她望了望，头顶上的那一线天空已经是淡淡的蓝色，一群黑色鸟儿飞掠而过。她很渴。一开始她以为是蟋蟀的叫声把她惊醒的，接着她才注意到一阵比那更响的、由远及近的沙沙声。她身边的玉米叶摇动起来，哗哗作响，好像对即将到来的事情已经有了预感。她祈祷那只是从农场后面的森林里走出来的公鹿，但是接着，在还没看见他的时候，她就知道来的是父亲了。

她什么也不说，两只胳膊抱着膝盖，闭上眼睛，想象自己缩得比蟋蟀还要小。但她能感觉到面前的玉米地被分开一条路，周围空气的氛围也变了。然后一切都静止下来。叶子不动了，虫子不鸣了。

“起来。”他说。

她没动。她不能动。只要闭上眼睛就好了吧。闭得紧一些，再紧一些。

“我叫你起来。”

当父亲粗糙的大手抓住她的手腕，一把拽起她来的时候，她睁开了眼睛。换了别人也许会在这么大一片庄稼地里迷路，但父亲熟悉每一株作物，熟悉每一阵微风吹拂在他家传的田地里，荡起的哪怕最轻柔的起伏。他转身大步朝房子走回去，毫不心软，她在后面踉踉跄跄地跟着。他的手指深深箍进她一只胳膊的肉里，她另一只手紧紧地抓着那本书不放。

院子的空地上，德布里斯先生正站在马儿和马车边上。马车上放着他家捆好的家具和那四个行李箱，顶上放着几张床垫。那几匹农场的黑马蹬踏着地面，甩着脑袋。她母亲也在，背上背着不安分的乔治。

“那么多天不选，偏偏在今天早上捣乱，”母亲说，“你到底是怎么回事？再看看你裙子像什么样子。你也差不多十岁了，应该懂点事了。”她让乔治滑到地上，然后抓住瑞秋的另一只手腕，把她从父亲手里拽走，“还让德布里斯先生等了这么久。你爸穿着星期天的好衣服，还要爬到屋顶上去找你。你也不帮忙照看乔治，什么也指不上你。好像嫌我事情不够多，还得为你担惊受怕。那本书是拿来给你拖地的吗？再这样不爱惜，我就要告诉你薇拉姑婆，以后再也不送你书了。”她用手拍打着瑞秋裙子和袖子上的灰，然后往自己袖子上吐了口唾沫，去给瑞秋擦脸。

父亲仍然站在她身边，手放在皮带扣上，阴沉沉地憋着一股气。

母亲抬起头来，好像之前忘了他还站在旁边一样。“瑞秋，去坐到德布里斯先生旁边的位子上去，”她说，“快点，把乔治也带上。我说了，马上去！”

“这姑娘得管教管教。”父亲说。

瑞秋知道这时候最好别动。

“她通常都很乖的。”母亲说。

“通常乖不代表一直乖。”父亲回答。

“好啦！”德布里斯先生开口了。他比父亲年长，也更胖一些，有着浅蓝色的眼睛，有一大群孙子孙女。他的农场在田野的另外一边，现在母牛“黄油”和她的小牛犊已经搬到那里，一起的还有母鸡萝莉、伯蒂、米妮和产蛋箱。“也许人家只是想跟玉米说再见呢，是不是，瑞秋？沃尔特，又没出什么事，没必要这么大惊小怪。”

她父亲站着没动。他身材瘦长，头发金黄，皮肤像干叶子。

“遇到今天这种日子，”德布里斯先生说道，“人人都不好受。”

父亲抓住皮带的一头向后扯：“不记住教训，对她没好处。”

“那过后再说吧，”德布里斯先生说，“我把你们送去之后，还得赶回来呢。”

她的血液在血管里冻结了。

父亲放松了皮带，重新穿进裤子上的皮带扣，然后点了点头：“好吧，过后再说。瑞秋，到后面来跟我一起坐。”

母亲和德布里斯先生对望了一眼。接着，母亲在她身边跪下，给她把帽带在下巴底下系好，然后带着乔治爬上了高高的马车前座，坐在德布里斯先生旁边。

“大马，”乔治在母亲旁边坐好，“这个是罗宾，那个是杜利。”

“小伙子认牲口认得很准嘛，”德布里斯先生说，“别担心，小乔治。城里也有马儿，好多好多马儿呢。”

在马车后面，父亲把她托起来放上去，两个人并排坐着，都耷拉着腿。父亲的长腿穿着黑裤子，她腿上则裹着湿乎乎的脏裙角。书安安稳稳躺在她身边。马车震了一下，开始动了。瑞秋能感觉到马儿的力量，感觉到它们强劲的肌肉和绷紧的颈子。他们经过了房子，他们的老房子，在所有人的印象和记忆中，莱勒尔家一直都住在这里。他们顺着田边的大路行进，玉米轻轻摇曳，跟她挥手。

父亲把头上的帽子往脑后又推了推。“你再敢这样，”他说，“我就要给你松松皮子，让你一星期都坐不下去。”

“知道了，爸爸。”

他把一只手探进口袋，拿出来的时候握成了拳头，在她面前打开。手里是一个小小的、跟他手掌一样长的玉米棒子，裹在纸张一样的外皮里。他一层一层地剥掉外皮，拨开丝线般的玉米穗，直到里面的东西展现在眼前：小小的，金黄色的，很丰满，在早晨的太阳下闪着光。

他啃了一口，然后递给了瑞秋。她握着它，两只小手抓着两头，感觉那种平衡，感受它的分量。她也啃了一口。口感原始、清脆，暖暖的，带着奶味。

“你再也尝不到这样的味道了，”父亲说道，“从自己种的田里现摘的粮食。什么也比不上它。”

在马路尽头，马车转了一个弯，驶到了一条长长的、笔直的大道上。这条大道将带他们前往离父亲新的工作地点比较近的新家，远离这片田野，远离这座老房子，也远离了她的全世界。在较远的地方矗立的小山上，长着两棵橡树，橡树下点缀着白色雏菊花的累累坟墓里，安息着父亲家族所有的血亲。在她胳膊靠近手腕处的雪白皮肤上，父亲手指掐过的印迹很快就会肿成暗紫色。随着马车的摇晃，瑞秋吃掉了余下的玉米粒，品尝着每一口的甘甜和黯淡。

3

1986 年，澳大利亚昆士兰州，布里斯班

英嘉·卡尔森是星辰，是光明，是 20 世纪的航标灯。她长得很美，这一点很重要，毕竟人都不能免俗。她笔下倾泻着对全人类的关怀，那是一种泽被天下、希望举世安好的情操。在奥地利山区那座小小的林间木屋里，她出生三个月就能坐起来，六个月就能握住削尖的铅笔，还不到一岁就会对她大字不识一个的农民父母说“我看见了小鸟”。她八岁的时候，全村凑了一笔钱，送她走出大山去上学。她从生下来就注定不一般。天选之子。

凯蒂·沃克既没有什么不一般，也不是天选之子。她现年二十八岁，和英嘉·卡尔森去世的时候一样年纪。每个人都认为凯蒂会去念大学，她确实也去念过一段时间，但后来生活突然分崩离析：父亲生了病，在她二十一岁的时候去世了。自此之后，生活就没有恢复过原样。她原来的女同学们全都已经做了全职妈妈、护士或者老师。每过几年，在河滨城市书店兼职的临时工们就会跑去巴塞罗那、伦敦或者米兰，要么到图书机构实习，要么开西班牙酒吧；同时，更年轻的一拨人又会涌进大门，凯蒂会照样培训他们，包容他们心比天高、虚无缥缈的自大。有时候在街上遇见别的女人——那种穿着西装、蹬着半高跟、提着公文包的职业女性，凯蒂会寻思，有什么是她们知道，而她不知道的。有时候她从梦中醒来，会确信自己回到了老家的房间里，窗户在右手边，粉色粗粒床罩上的突起毛茸茸地拂着她的下巴，似乎如果她紧紧闭上眼睛，她父亲就会走进来拉开百叶窗，然后吻吻她的额头。她每天早上和晚上都要刷牙洗脸。她不怕多做努力，就怕成果不如人意。她很瘦，这也合她的心意：她对柔和、显明、温馨、舒适的东西都存有戒心，好像哪怕选择一回捷径，就会引诱她走向灭亡一般。

她回家的时候已经四点多了。不久，太阳就会变成金红色，沉到库塔山上的几座电视塔后面去。凯蒂身上黏糊糊的，眼睛发涩，两只小臂泛出粉红的印子，一只脚后跟还磨出了一个水泡。回家的公交车上，她不断地打开袋子看，检查那张速写本上撕下来的纸还在不在。

一打开家门，一股浓烈的酸味扑面而来。她朝着客厅大声打了个招呼，普雷蒂和特蕾丝回了一声好。她把鞋子脱在客厅门口，跟其他人的排在一起。

她跟普雷蒂和特蕾丝合租一套房，但这不是所谓的群租房：窗台上种着大麻，硬质垃圾回收日[1]在起居室大捡垃圾，无论什么家什，上面都有被烟头烫的洞，还有那股奇怪的胡椒和意大利面的味道，弥漫在西区、海格特山和达顿公园那一带架在桩子上直晃悠的工人小屋里。他们远离这样的生活好些年了，他们现在住在奥肯弗劳尔区，租了一个基本上不歪歪斜斜的房子。普雷蒂和特蕾丝占了进门左手边的两个小房间，拿一间做卧室，另一间放衣服、运动器材和书桌。

右手边凯蒂的房间大一点，地上铺着宽木板，天花板很高，飘窗俯瞰着花园一角和必不可少的蓝花楹，那种春天会在人行小道上铺满一团紫色的花。靠墙放着的那个厚重的橡木衣柜——面板雕着花纹、中间嵌着镜子——是她父母留给她的。墙角堆的都是书，衣柜对面墙上的双层砖砌书架上也都放着书，不过可能没有你预想的多——她心仪图书馆的优雅气质，愿意去那儿看书。她的床边放着父亲的《世事皆有尽》，还有一本《血字的研究》和《夏洛克·福尔摩斯回忆录》。

作为一个二十多岁姑娘的房间，这里比想象的要整洁一些。梳妆台上堆着好多她收集的奇特小玩意儿，散落在小工具和日用品之间：一些比看上去轻得多的外国硬币，一个她在街上捡来的、很有光泽的黑色骨牌型吊坠，十几块小小的白色骨头，晚上她拿在手里捏着玩可以解压，还有一个完美无瑕的绿色玻璃珠，无论天气如何，摸上去总

[1] 澳大利亚基层政府对垃圾分类回收制定了较为精细的管理规定，除可回收、不可回收、绿色垃圾等分类之外，大件的硬质垃圾比如电子垃圾、旧家具、电器、瓷器等由市政府定期专门回收。

是冰凉的。

她把布袋丢在床边，从里面拿出那张珍贵的纸，把它钉到了软木记事板上。再过一会儿，她会将它抄写两份，一份抄进她包里随身带着的紫色封皮笔记本，另一份抄在单独一张纸上，然后藏进床头柜抽屉里。

但是现在，她先从布袋里拿出已经认不出是食物的沙拉卷，带着它走过宽敞的、丛林般的大厅，经过那些白色的金属多层架子、底儿朝上的水果箱和生锈的凳子，上面放着密密麻麻的塑料花盆，里面种着火鹤花、蕨草、白鹤芋和虎皮兰。所有植物的叶子都是湿润的，好像刚刚才有人给喷了水。起居室兼餐厅兼厨房是一个狭长、开放的空间，在餐桌的另一头放着台转来转去的电风扇，立在高高的塑料底座上，发出虫鸣般的嗡嗡声，摇着头像在表达一种笼统的不赞成。

普雷蒂躺在沙发上看电视，但没有开声音。他仍然穿着打篮球的衣服，瘦骨嶙峋的胸膛从背心的大领口和长袖孔里露出来。凯蒂用屁股去撑他的脚，直到他自己挪开为止。

“今天过得不错？”他对她说，眼睛仍然注视着屏幕，“卖了不少书吧？”

“今天休假。”

“真羡慕有些人。”

特蕾丝在厨房里，搅拌着表面坑坑洼洼的铝锅里的东西，那只可能是辣豆汤。她穿着普雷蒂的牛仔裤，用一根过长的皮带系在腰上，上衣像帐篷一样宽松。

“这是我这个月最后一次做晚餐了，你们俩都知道的，对吧？”特蕾丝说，“我手上有个大项目马上就到完工期限了。”

“知道了。”普雷蒂说。

“而且我也不会跟你们凑钱叫比萨。咱们说好了的，要吃蔬菜，这样省钱。是不是，凯蒂？”

但凯蒂已经神游到了美术馆外，听着那位女士——瑞秋——念出残页上的句子。

“地球呼叫凯蒂。”特蕾丝说道。

凯蒂·沃克和特蕾丝·赞西迪的名字，不管是学校列名单、考试还是点名的时候，每次都是最后被叫到的两个。十八年前，从市政厅听完交响音乐会——那也是她们那所课业过于繁忙、资源过于贫乏的公立学校组织的唯一一次音乐教育日活动——回家的时候，她们班的大巴车里，有一排座位的椅面不见了。老师鲍威尔小姐面临两难：要么让全班同学留下来等另一辆车，要么就相信特蕾丝和凯蒂能够乖乖等上一个小时，直到她回来接她们。当然，一个小时以后，两人确实还坐在原地，一点也没挪窝——但特蕾丝的一只脚踝崴了，凯蒂则全身湿透，身上满是青苔和鸽子屎的味道，两人都笑得根本停不下来。她们之间就此建立起一种牢不可破的结义姐妹情，伴随两人经历了异地念高中、交往好几任男朋友、特蕾丝遇见普雷蒂、普雷蒂搬进来一起住等各种事情。特蕾丝的母亲奥林皮娅仍然会邀请凯蒂到家吃圣诞午餐，并且在父亲节筹划些活动，让她们几个都能忙活起来。

“喂，”普雷蒂冲她说，“醒醒，澳大利亚。”

“我刚听见了一些不可能听到的话。”

“你既然听到了，那就是可能的，”特蕾丝说，“这就是‘可能’的定义。”

凯蒂到厨房去，把沙拉卷扔进垃圾桶，然后从冰箱里拿出一玻璃瓶子水，倒了一杯，把水杯在额头上贴了会儿才喝了下去。她走过去开大电扇风力，站在气流前面把头发扬起来甩到脑后，脖子又湿又黏。电扇的嗡嗡声激得她皮下发颤，让她有种见鬼的感觉。

“你疯了吗？别那样弄，脖子会被吹僵的，”特蕾丝提醒她道，用勺子敲着锅边，“还有半小时就好了。”

“里面放了什么？”普雷蒂问。

“什么都放了点。机器人才会只照菜谱做。所以，发生了什么不可能的事情啊？”

“我遇到了一个老太太。她背诵了一本从来没人看过的书里面的一句话。当然，20 世纪 30 年代的时候有两个人倒是看过那本书，但他们都已经去世了。这书现在没有一本保存下来，只剩几页烧剩的了。”

“是不是那个英嘉什么的写的，那本有名的失传书？”普雷蒂问，“别一副那种表情，我只是工程师，又不是拉布拉多犬——我们上学的时候读过《世事皆有尽》，还有《杀死一只知更鸟》和《罗密欧与朱丽叶》。我还是能读书的。其实那本书写得不错，而且人人都喜欢精彩的杀人悬案。她的照片还上了昨天的报纸，很有味道，像个吓人的性感修女。”

“那个老太太，她只是自己编的吧，”凯蒂接着说道，“肯定是。绝对是编的。”

“你们俩谁来尝尝这个？”特蕾丝问，手里的勺子像准备就绪的飞机，等着升空。

普雷蒂摇了摇头：“不想破坏惊喜。”

“不是他们干的。”

“什么不是谁们干的？”

“意大利黑手党。人不是他们杀的，我猜。那老太太是这么说的。还有那个句子。她当时念出那个句子的语气有点刻意，好像她知道说了会把我逼疯一样。”

凯蒂这才意识到，那位女士的面部表情和魔术师把你选的那张牌扣下去之前那几秒钟一模一样。那是一种成竹在胸、一切尽在掌握的微笑。

“小凯，别去想了。有的人就是故意说些话来搅乱你的脑子。”普雷蒂说。

“但是如果她不是这样的呢？她怎么可能知道那个句子？世界上仅有的两个读过那本书的人都已经死了。人人都这么说。但是如果人人都错了呢？”

“小凯，我血液里流淌着紫褐色的血[1]，这你是知道的。不过——

[1] 紫褐色是昆士兰橄榄球队的代表色，“流淌着紫褐色的血”常用于形容对昆士兰及其事物的忠诚和热爱。

卡尔森是哪年去世的？是在战前吧？——如果有个老太太20世纪30年代还是什么时候就在美国读过那本书，我想她也决不会跑到布里斯班来定居。”普雷蒂关掉电视，慢慢摸进厨房，步子小心翼翼，脚跟着地，仿佛是在苍耳丛中找路一样。他站到特蕾丝身后，两只胳膊环抱住她，然后接过勺子搅动起来。他身高一米九二，特蕾丝身高一米五八。被他整个裹进怀里的时候，特蕾丝露出了笑容。

凯蒂发现他们两个人的恋爱谈得既令人羡慕，又叫人压抑。

“为什么不会呢？”凯蒂说，“为什么她就不可以到这儿定居呢？”父亲以前经常说，布里斯班这个城市像家人：你自己可以随便吐槽，怎么说他都行，但是外人只要说他一句不好，都是该遭天谴的。

“天哪，你身上哪儿哪儿都臭死了，”特蕾丝高高兴兴地说，“洗澡去。”

普雷蒂做作地朝自己胳肢窝闻闻，在特蕾丝脸上吻了一下，朝客厅另一头走去：“小凯，你那个小老太婆就是在装神弄鬼，一个爱搞恶作剧的老不正经罢了。”

“也许吧。”凯蒂说。

“绝对是。”特蕾丝说。

现在沙发空出来了，凯蒂就伸开身子平躺在上面，把一个靠枕抱在腰间：“我后来又回展厅去了，跟存包处的人和保安都问过，没人记得见过她。”

“你真是一点都不怪异呢。”

“她的名字叫瑞秋。”

“你看太多小说了。那些故事都是虚构的呀。你应该多读些名人传记，或者看看犯罪实录，那也挺好的。不过今天是个去美术馆的好日子，里面凉快。去打篮球的人绝对犯神经病了。我跟丽莎去看电影了。”

这件事的各种可能，数不清的衍生情景，都在凯蒂的脑海里竞相往外冒。

“如果有人发现了一部我们都没听说过的莎士比亚剧本呢？或者如果哈珀·李写了另外一部小说，有人看了，然后记住了里面的话呢？”

“但是她没看过原书啊。”

“但是如果她真的看过呢？想象一下吧。”

“这味道跟我预计的有点不太一样，”特蕾丝说，勺子停在嘴边，“也许我放辣椒的时候应该讲究下分量。”

“在这尘世间度过的每一秒和那些真正重要的瞬间。”凯蒂说。

“一说到书，你就是这样，对吧？”特蕾丝说，“我看，人人都会为点什么事犯傻。”

餐桌上，当凯蒂往喉咙里硬灌那不许不吃的豆子汤的时候，普雷蒂和特蕾丝在讨论当年的州长大选，以及“老乔”约翰内斯·比耶尔克－彼得森能不能稳住（特蕾丝说稳得住；普雷蒂说稳不住），还有澳大利亚有史以来最好的乐队是不是 Mental as Anything（特蕾丝说是的；普雷蒂说不是）。他们的谈话声像雾一样飘浮在凯蒂周围。

在普雷蒂洗碗、她擦碗的时候，她的决心萌发出了细小的根须。之后在她洗澡往头发上倒洗发水的时候，决心的根扎得更深了，把根须伸入到她的想象中，牢牢盘踞在脑海里。到了上床睡觉的时候，凯蒂知道自己已经下定了决心。她这辈子从来没对其他任何事情感到如此确定过。

她要找到那位戴围巾的女士。

像这样突然爆发、无比清晰的确定感，在任何人的一生中都是很少见的。她在一百本书里都读过这种“注定要做点儿大事”的故事，如今，在一阵兴奋的战栗中，她意识到，这事轮到她头上了，这个她说不清、道不明却一直在等待的东西。她想象是英嘉·卡尔森本人在敦促她：英嘉·卡尔森，一个被现在还逍遥法外的凶手谋杀的人，一个以父亲的声音向她低语的人，一个对所有人讲话，但会让你感觉她的话只是讲给你听的人。

半夜，凯蒂一个人躺在床上，头顶天花板上的吊扇摇摇晃晃、咔咔作响，顶灯亮得灼热。一关灯，一只蚊子马上开始在她耳边轰鸣；一开灯，它又立刻消失了。

“履行你的职责呀。”她对天花板角落里趴着的壁虎说道。壁虎伸舌头舔舔眼睛。

4

1933 年 6 月，美国宾夕法尼亚州，阿伦敦

在镇上的那所房子里，瑞秋长到了十岁、十二岁、十四岁。那是一所夹在一排住宅中间的小房子，周围的一切都跟砖墙和公路一样硬邦邦、死板板的，再也没有像微风吹拂的玉米田那样有绿、有黄、摇曳生姿的风景了。到处都是人，瑞秋能听见他们在隔壁呼吸，朝夜壶里撒尿，或是咳嗽。在她家这一边，所有人都睡在一间屋里，包括瑞秋的父母沃尔特和玛丽、瑞秋，还有乔治。他们的债务在卖完农场以后还清了，所以晚上睡得也安稳些了，至少最初一段时间是这样。

母亲会做饼干、豆子和宾夕法尼亚最好的酸醋派，不管住在哪里，他们终究还是丢不下乡下生活的习惯。父亲会带他们去河边野餐，于是瑞秋对河流上上下下都了若指掌，哪里深、哪里浅都知道。父亲还会带他们去参加教堂的歌会。两边住的邻居都在矿上上班，但沃尔特比较幸运：凭着他操作农场机械的技能，找到了一份在丝织厂做修理工的工作，报酬高，也是一大群女工中间不多的几个男人之一。他工作卖力，要求很少，皮带也一度在裤子上的皮带扣里安稳系着没动过了。在一段时间里，瑞秋的父母为她屏蔽了世界的压力。母亲全职在家带乔治和缝缝补补，瑞秋则进了工厂另一边那所拥挤不堪、充斥着脚臭的学校。她的默读和朗读成绩排第三，拼写成绩排第四，但是每次上代数、历史和女红课就几乎睁不开眼睛。走在回家路上，她瞅见什么稀罕的植物——断墙上的爬藤植物啦，人行道裂缝里的宽叶子无名野花啦——总会掐一个枝子回去，种在装满土的鸡蛋壳里。如果能种活的话，再移到垃圾堆里找来的生锈罐头盒里。这些植物在窗台上排了一排，个个都朝着阳光生长。她手掌拂过的时候，它们把她掌心挠得痒痒的。

瑞秋满十五岁了。她多少年没见过农场了，也已经习惯了城市的气味，烧木头的烟味和腐烂的臭味。丝织厂一家接着一家关门大吉，沃尔特保住了工作，但是工资却降到了原来的四分之一。玛丽也必须出门打工了，他们又一次走了运：她在沃尔特上班的丝织厂找到了一份织工的工作。如今半个州的人都失了业，人们都挨着饿。街上出现了各种游行，还发生了“宝宝罢工”——童工们要求减少每周50小时的工作量，保证最低工资，并且取消他们在被雇用之前必须支付的培训费。每个周日，瑞秋都要在房子边的一小溜儿土地上刨地锄草，种萝卜、豌豆、西红柿和土豆。除去到免费图书馆埋头看书的时光，让她最快乐的就是伸手到土地里干活了。她伺候一会儿这棵，抚弄一下那棵，它们都跟她心意相通。

父亲并不帮忙做这些。他只是抽着烟，站着看她跪在土里忙活，好像这辈子从来没种过一棵庄稼一样。

她读了《卡利柯灌木丛》[1]，明白麦琪的负担比她的要重得多；读了《大地》[2]，很想拥有阿兰那样持之以恒的坚韧和理智清醒的头脑。能在读书和园艺中度日，还有比这更好的生活吗?

后来就到了瑞秋必须退学回家看顾乔治、照管家务的地步。不过，她已经懂得怎样煮衣服，怎样在拖地之前把地扫干净，以及怎样把衣服熨得平平的。她很早以前就知道这些事情怎么做了。

瑞秋快满十八岁的时候，某天被母亲的咳嗽声吵醒了。自母亲到丝织厂工作不久，就有了这毛病，然后越来越严重。数月的不断恶化，把玛丽的头发熬得如死灰一般。她持续的哮喘声也汇入了他们周围日常的噪声大合唱，包括房子后面火车的咣当声，以及邻居家里所有的喊叫和放屁声。那天晚上，咳嗽声持续了好几个小时。瑞秋烧上水，蒸汽散开；沃尔特则来回踱着步子；玛丽的嘴唇边缘泛出蓝色，好像每一次呼吸，都可能是她的最后一次。

[1] 美国儿童作家雷切尔·费尔德作品，讲述十二岁的法国女孩玛格丽特一踏上美国土地却沦为女佣，以自己的爱心与勇气，数次为子女众多的主人一家排除危难的故事。下文麦琪即玛格丽特的昵称。

[2] 美国女作家赛珍珠作品，以白描笔法着力刻画了勤劳朴实的中国农民的形象，史诗般地诠释了一个中国家族的兴衰，获得了普利策小说奖，改编的同名电影获奥斯卡五项提名。

“仁慈的上帝，我们的主啊，”沃尔特拿手指甲抓着头皮道，“她可是个好女人哪。”

他们把所有的外套都盖到她身上，给她按摩背、按摩脚，给她泡了紫草茶，但她几乎连啜一口都做不到。沃尔特的酒瓶子里还有些威士忌，那本来是导致夫妻无数次吵架的罪魁祸首，如今他却用它替玛丽润着嘴唇，而她也没有反对的表示。乔治不知怎么居然能在他和瑞秋共享的那张床的一角睡着了，没有经历最艰难的时刻。那种可怕的喘息，好像眼看着一个生命被淹死在空气里。只要母亲能够康复，瑞秋情愿付出任何代价。那一刻，她感觉黎明永远都不会到来了。

但天最终还是亮了。玛丽挨过了这一晚，现在睡着了。她的头发全湿了，呼吸中仍然夹杂着刺耳的杂音，但睡得还是很安稳的。瑞秋和父亲一夜没合眼。

“去换衣服，”他对她说，“穿上出门的衣服。”

她照做了。她先煮了燕麦粥，给母亲和乔治留了些，放在碗里盖好，然后穿上母亲的外套和靴子，和沃尔特一起出门，踏入清冷的晨曦之中。

快到七点的时候，他们到了工厂。一排排的织布机无穷无尽，有的已经在轧轧作响，有的才刚刚开机。操作机器的都是女工，没有一个抬头看他们一眼。瑞秋从未想象过这样的声音，能灌满她脑子内外的每一寸角落的声音。但是这里的窗户很高，整个空间也还算温暖。

她想，这些老板是多么体贴呀。直到过了好几天，她才明白，冻僵的手指做工会出错，而只有在明亮的光线下，才能发现丝线的瑕疵。这个工作间里所有的舒适条件，都是为保证丝绸品质而存在的。

父亲拉着她的手腕直奔窗边，工头迪姆利先生在那排织布机的尽头。

“所以这是谁呀？”迪姆利先生隔着几台机器嚷道。他的白衬衫外还穿着一件外套，跟在这时工作的男人不同，他们大多数和父亲一样是修理工。

“这是瑞秋，我的大女儿。她来顶替莱勒尔太太。”父亲的声音让她想起一家人离开农场的那一天。

迪姆利先生往后退了退，上下打量着她：“顶替？这个地方难道是慈善机构吗？在我这排队待聘的女工名单快跟我胳膊一样长了。”

“没有必要招工的。我老婆是个很好的工人。她明天就能回来上工。”

迪姆利先生嘬了嘬牙花子，说：“手。”

瑞秋完全不明白他是什么意思。

“给迪姆利先生看看你的手，瑞秋，快点。”

她抬起双手伸到迪姆利先生面前。他握住瑞秋的手，翻过来，粗糙的大拇指在她掌心划过，顺着手指捋下去，突然出其不意地用指关节重重地敲在她手指根部柔软的地方，全程目光都盯着她的眼睛没有移开过。她猛地吸了一口气，但没有把手抽回来。他的手很热，很肥厚，手感如同生肉。

“太软了,”他说,“这手没用的。她这辈子一天像样的活儿都没干过。”

“她已经上完学了，保证动作麻利，干净利落。”

“这世道，女孩子上学没有一点用。你送她上学对她一点好处也没有。”

“别的女孩子可能上学没用，但是瑞秋不会。她是个好工人，迪姆利先生，”父亲说，“让干什么就干什么。”

“嗯，”迪姆利先生说，“让干什么就干什么的女孩子在我这儿总是有用的。转过身去。”

她慢慢转了一圈。

“跟你说，照十五岁来看，她算长得高了。”他说。

“迪姆利先生，”父亲说，“她母亲的工资是按成年女工算的。瑞秋快十八岁了，马上就满了。”

“多可惜。我只要一个十五岁的孩子来给你老婆代工，不然的话，我就在名单上找个女工来了。问问你家闺女吧，好不？你多大了呀，瑞秋？”

瑞秋看了看她的父亲：“十五岁，先生。”

“看来，上过学毕竟还是有点用的嘛。安妮！”迪姆利先生朝一个年轻些的、头上包着头巾的姑娘喊道。她从机器中间穿过，一手挽着裙子，一手拿着一个空线轴，一路飞奔，弄得满脸通红。她来到他们面前。

“把小瑞秋带去，让她看看你怎么工作的。看仔细了。”

安妮头一扬，说道：“那来吧。”

玛丽第二天并没能回到工厂去。她喘着气走不了几步就会感到天旋地转。她的肋骨架子随着每一次呼吸颤抖、抽紧。所以此后每天早晨，瑞秋都会和其他女工一起步行到工厂去。她们头上戴着发网，围裙装在布袋子里提着。丝绸像脸颊的内壁一样柔软，也像电线一样坚韧。瑞秋一开始做的是线轴搬运工，十二小时轮一班，周六上半天班，全程在机器间穿梭。一根根的丝线变成一缕缕，一缕缕变成一团团，一团团变成一束束，每一束丝绸都洗干净、晾干、染色，然后再运回来，给织成一双双长袜和一匹匹布料。天气一天比一天寒冷，每天回到家里，她泡过脚，吃完饭就睡着了。

“你没跟厂里那些底层女孩子瞎聊天吧？”有一天吃晚饭的时候，玛丽问瑞秋，她说话很慢，特别费劲，“她们找你聊，你就把头转过去不要搭理。她们很快就不会招惹你了。”

“那样的话，她在厂里连两分钟都撑不下去。”父亲说。

“我们可不是地道的工人。”

“我们现在就是地道的工人。”沃尔特说。

玛丽伸手去给瑞秋抚平卷起来的领子：“你爸爸那边的亲戚在这个山谷还有地产呢。你注意别让自己落了俗，以后日子会变好的。”

沃尔特猛地站起来，那股爆发的蛮力把身后的椅子推倒在地板上。他鼻子里冷哼一声，抄起面前吃得干干净净的盘子，朝墙上砸过去。

乔治惊叫一声。盘子碎成了三块，墙皮和石灰像雪花一样往下掉。

“我们就这样了，”他说，“就是工人。再说一个字试试，玛丽。再说一个字试试。别逼我。”

他抓起外套踏出了门。

在工厂里，瑞秋看到的是一个完全不一样的父亲。在农场生活的时候，他总是日出起床，一个人到地里，要么栽种玉米，要么照顾玉米，要么就是开着拖拉机，拉着收割机收玉米。在每天晚餐埋头喝汤之前，他很少能跟孩子们见面。可如今，瑞秋在一排排机器中间跑来跑去运送着没用过的线轴，总能看到他在车间里维护各台机器。她看到，他会故意掉些小零件、小工具在地上，这样某个女孩就会弯腰替他捡起来。他和迪姆利先生隔着整个车间会心地笑，仿佛他们之间说着一种姑娘们不懂的语言。在家里，他一天也蹦不出几个字，但在厂里，他跟每个人都能聊，会讲笑话，带动着整个车间的气氛。对新来的女工，父亲一个人抵得上一辆迎宾花车。“你是克利夫兰来的！哇，我也想去！我的弗兰克舅舅也是克利夫兰人呢！我在那儿待过好久，那地方可不错啊。我打赌你是那儿最好看的姑娘。”

第一周过后，他就不再跟她一起走回家了。他的理由是，多留下来工作会儿，能多赚些钱，所以她得“自个儿快回去”。一天晚上，瑞秋去镇上母亲的朋友那里取补药，经过一家酒馆时，透过窗户看到父亲坐在吧台，两只胳膊摊在桌上，正讲着什么故事。迪姆利先生坐在他旁边，仰着脑袋大声狂笑。她独自走回家，小药瓶紧紧攥在冰冷的拳头里。

那天夜里晚些时候，她被父母在厨房里的争吵声惊醒了。“我跟那女人攀交情，只不过是为了打发白天的时间罢了，”她听见父亲说，“不管你觉得看到了什么。”

5

1986年，澳大利亚昆士兰州，布里斯班

周一早晨，凯蒂骑车去河滨城市书店的路上，注意到了沿途明显的变化。昆士兰“民选的”官员们非常渴望自己的小城能进化为大型都市，变得更高、更炫，跻身“世界一流”行列。好多楼房都拆了，取而代之的是停车场、深深的地基坑和裹着反光玻璃的冲天大厦。它们把城市弄得更加炎热，而布里斯班人很快就学会了低头护眼。

20世纪70年代末，差不多矗立了一百年的贝尔维尤旅馆被它的所有人——也就是昆士兰政府——违法推平，它那些精致的铁艺装饰被当废品卖掉了。云境舞厅，这曾迎来巴迪·霍利[1]、约翰尼·奥基夫[2]、午夜灯油乐队[3]和圣徒乐队[4]演出的地方，拥有一座差不多18米高、被许多小灯泡照亮的拱形屋顶，由一条开放式索道和市内相连。

[1]美国歌手，美国当代著名摇滚乐歌星、摇滚乐坛最早的“青春偶像”之一。
[2]澳大利亚摇滚歌王，创建了Dee Jays乐队，1958年以《Wild One》一曲走红。
[3]澳大利亚乐队，20世纪70年代在悉尼诞生，后在全球均有演出，至今仍在活跃。
[4]澳大利亚第一个朋克乐队，20世纪70年代在布里斯班组建。

四年前的一天，凌晨四点钟，一个拆楼的落锤也砸进了它的墙体。

凯蒂比书店开门时间提前十分钟到达，把自行车扛到后楼梯下面的停车间里放好。她的提包里装着一个保温杯和一个苹果，钥匙则挂在她脖子上。她感觉自己热得像个辐射源——她原想着，沿弥尔顿大道快速骑行比和办公室白领一起挤公交要凉快些，但现在她后悔了。她从办公室的小冰箱里拿出一把不成形的冰块，包在一块茶巾里贴到喉咙上。

在打开灯拿出吸尘器之前，凯蒂站在两张放“特价图书”的桌子中间，闭着眼睛，张开了两只胳膊。她右边的墙上排列着小说，左边则是人物传记和旅游类图书。所有这些故事，有真实的，也有幻想出来的。如果能再多读一些书就好了，她想。书是迷幻剂，能带你穿越时间和空间，也能改变你的心智。书能熔铸灵魂、洞察内心，回响着前世的智慧。怎么会有人站在这里却感受不到这份魔力呢？她简直无法理解。

前门滑开，克里斯汀两手拎着大包小包、丁零咣啷的钥匙串和一个午餐饭盒走了进来。她穿着粗花呢短裙（这是她无论天气如何必穿的）、T恤和棉质开衫，脸上带着并无恶意的愠怒。凯蒂从未见过克里斯汀到户外运动，但她却拥有典型的昆士兰式胸口：非常独特，潮红的皮肤底子上都是重重叠叠的白色、棕色斑点，整个看起来就像一条干涸河流的航拍图。

克里斯汀看到了胳膊侧平举、手心向上的凯蒂：“你看起来好像马上要指挥贝多芬的《第五交响曲》似的。”

“我在跟自然交流，”凯蒂对她说，“稍等。”

从十五岁起，凯蒂就开始断断续续地为克里斯汀工作。那时候，克里斯汀就七十多岁了。现在凯蒂长大了，克里斯汀却好像回到了五十岁。她有许多副度数不一样的阅读眼镜，根据眼睛的疲劳程度来决定戴哪一副。她成天就着盒子吃“红色郁金香”牌清口薄荷糖，然后把皱巴巴的包装纸扔得到处都是，来的人一个不注意就会踩到。凯蒂为父亲的去世伤心那会儿，克里斯汀保持着一副公事公办的样子，不动声色，那种不施怜悯的态度让她心里好受了很多。凯蒂刚认识克里斯汀的时候，坚信克里斯汀一定读过世界上出版过的所有的英文书，但现在她对这事的认识理智多了，最多也就百分之九十吧。

凯蒂把胳膊放下来，结束了交流。克里斯汀走到她背后，把她上衣领子里露出的商标塞回去。

“怎么样？”克里斯汀说，“残页符合你的期待吗？”

“还有余呢。”

凯蒂打开日光灯，它们吱吱作响，闪烁不定，跟克里斯汀讲了看展的奇遇。这回这个故事听起来感觉更不着调了。

“谁能想到呢，”克里斯汀说道，“书上都看不到这种事。”

克里斯汀坐在柜台后面的凳子上，接待零星几个来得很早的顾客：有些是常客，来拿特别预订的书；有的只是看看不买，打发去看牙医之前的时间。凯蒂疑心上周五下午送来的货还没人拆，于是到后面的储藏室看看，果然东西还在那儿，一个叠一个地待在角落等着。她不介意干这活儿。她独自在一堆箱子里待着很开心。这屋里有一把坐垫凹陷的扶手椅和一个水槽，有好些杯口朝上，里面混着茶叶、洗碗水和勺子的马克杯，有式样不一、来源成谜的茶巾，还有一大堆订单等着签发。她有很多事要去考虑。

中午的时候，她再也受不了了。

“今天下午你需要我吗？”

“你早该度个长周末的。我会打电话让丹来，他需要额外的工时。”克里斯汀说着，手已经放在了电话上。

“你真的不介意吗？”

“别傻了。你在这儿当班的时间比我还多呢。我只希望你是要去约会。我看，人总是没法事事如愿啊。”

凯蒂曾有一次燃起过爱情的火焰，但那已经是陈年旧事了。如今，她只会间或漫不经心地朝约会这方面努把力，比如偶尔和好心的朋友介绍的朋友象征性地吃顿晚餐。六个月前，她勉强忍耐着和一个高中就认识的男生度过了糟糕透顶的一夜，那男生现在皮肤光滑些了，衣服也穿得好了些，但还是那个目中无人的样子。她还没满三十岁，已经感觉自己的生活浓缩成了不变的平淡日常，而且明白她一直在自己筑起的安全笼中徘徊。她需要跟人产生碰撞，需要有人搅动她的世界。她不能再这样下去了，这她很清楚。她必须解决渴望和恐惧之间的矛盾。

但不是现在。现在，她有别的事要操心。凯蒂抓起自己的包。外面的天空灰暗而高远，她步行往城市另一头的昆士兰科技大学走去，尽可能挑着阴凉的地方走。

图书馆人不多。她擅长找书，所以很快就在参考书区的《简明美国文学指南》里发现了想找的东西。

英嘉·卡尔森（1910 年生于奥地利普赖特内格，1939 年卒于美国纽约）：美国作家，作品有《世事皆有尽》（1935，普利策奖获奖作品）和已失传的《日夜与分秒》（1939）。卡尔森的作品擅长探讨宽容、不公和平等主题。她现存的小说讲述了在欧洲极权主义势力渐成规模的时代，奥地利裔美国姑娘凯登丝·威尔斯必须保护父亲远离过往阴影的故事。一部分学者认为卡尔森的第二部作品（现已失传）是第一部的续集或者前传，理由是在经过透彻研究的残存书页，也就是所谓的“印本残页”上面，出现了“凯——”的字样。正如米罗·哈洛兰教授撰文所写，“‘凯——’显然是指的凯登丝·威尔斯”（如需了解与他相反的观点，可参阅莫里·科林克教授所著的《创造性试炼：英嘉·卡尔森文学成就新论》一文）。《日夜与分秒》确切的主题究竟是什么，很可能再也无从知晓。1939 年 2 月，鉴于公众兴趣过于浓厚，加之有人意欲盗窃小说印刷胶版未遂，安保措施被进一步加强。唯二读过印本的人——英嘉·卡尔森本人和她的出版商兼编辑查尔斯·克莱伯恩——皆在一起仓库恶意纵火案中不幸遇难，令人扼腕。这场大火烧毁了小说的所有印本以及装着印刷胶版的保险柜。虽然对于克莱伯恩本人在这次事故中扮演了什么样的角色存在种种猜测，但警方的调查最后并未得出确切的结论。在卡尔森研究者中，有一部分另辟蹊径，开始研究起火的原因〔可参阅《英嘉·卡尔森谋杀案：法证科学的发现》（维吉尼亚·克莱著）、《一个美国传奇的消逝》（华莱士·费里皮著）以及《黑手党的暗杀：联邦调查局未还肯尼迪和英嘉·卡尔森公道》（斯基普·约翰逊著）等著作〕。

一个词条把她引向一条，然后又是一条，每一条说的都是一回事。世界上只有两个人知道小说的内容，这两个人都去世了，再也没别人了。

待她想起自己还有个苹果的时候，早就过了午餐时间。她往外走去，来到存包间。伸手到包里，她发现了一张纸，折叠在一起，皱巴巴的，还沾着昨天那个沙拉卷里面的番茄汁。是那张今天晚上关于英嘉·卡尔森生平的讲座的传单，主讲人是退休学者詹姆斯·加尼维特博士。传单上写着：澳大利亚首屈一指的英嘉·卡尔森生平和作品研究专家，将在这场机会难得的公共活动上演讲。如果那位女士，那位瑞秋，真的知道那本失传小说上的句子，那跟他咨询这件事再合适不过了。

那天下午她没有回家，而是在薄暮时分骑车去了达顿公园。她推着自行车走下地板嘎吱作响的码头，登上了去昆士兰大学的渡轮，正遇上成群的狐蝠从上游的英多罗皮勒岛栖息地飞来，乌云一般聚集在上空。她是渡轮上唯一的乘客。空气中只有一丝微风，但潮水十分有劲，她能听到浪花拍在船头，看到河面倒映的灯光。河流、校园、灯光投射的角度，在这淡紫色的暮夜时分，没有哪儿能比得上这里的韵致。

她也曾是这所大学的学生，那仿佛是一百万年以前的事了，当时她父亲还在世。她还记得当自己第一次看到好几英亩大的绿色操场和校园的砂石建筑的时候，是多么兴高采烈。那种循规蹈矩的整洁风格令她很满意。再没有别的草坪能铺设得这样舒心，或者拥有这么完美的碧绿颜色。在整个世界上也找不到第二个地方有修剪得这样整齐的灌木丛，以及调试得这么好，以这么和缓、优雅的弧度洒落下来的喷泉。她班上有个男孩面貌像亚洲人，她也会在走廊里和戴着异国情调头巾的姑娘们擦身而过。每逢周五晚上，在休闲俱乐部里，她都会看见跟自己年龄相仿的同学们喝着兑班达伯格朗姆酒的可乐谈笑风生，仿佛生下来就习惯了这一套。她那时感觉自己获得了前往一个更大世界的护照。如今这里的花园好似曾惨遭某种力量的蹂躏，每一株发育不良的植物都像中国旧社会老太太裹得畸形的小脚。这座校园现在有了结界。她几乎要转身回家了。

但她没有，而是找到了报告厅，把自行车锁在了前门处。厅里坐满了人，但不是学生——新学期还有大概一周才开始。她运气不错，在离门口不远处找到了一个后排空座。大家都坐在面对讲台、阶梯状排列的位置，此时美术馆的展览部主任马尔科姆·柯尔比已经到了现场。他快活开朗，或者至少表面上很活泼开朗。他谈论着印本残页，回顾了为了带它们到本地展出而付出的长年努力，在保险上遇到的难关，物流运输的噩梦，以及展品在飞来此地过程中他所经历的不眠之夜。他说，印本残页在公务舱占有一席之地，可惜却未能利用机会尽情享用免费的香槟酒。所有的努力的价值——他语气里有一种受了委屈的才子腔调，仿佛还未成名的弗兰克·辛纳屈[1]正打算开唱《我的路》一样——都由展览获得的反响所证明。柯尔比谈到观众如何排长队来参观展览，说不但观众排长队，新闻报道也很可观。最后，他向大家介绍了那位退休的专家：本科英语文学专业，学士学位荣誉论文《浪漫的和平主义：英嘉·卡尔森小说中的道德观、政治学和包容性》，硕士论文《富有教益的叙事及其社会功能:〈世事皆有尽〉的世界影响力》，博士论文《虚构的英雄和投射的危险性：英嘉·卡尔森生平和作品中的“身份”本质》。他在哈佛做过博士后，著作良多。学术界失去了他，意味着商界捡到了宝。他的名字是杰米·加尼维特博士。

她突然想起来听过这个名字。夏洛特街上有家“加尼维特珍版书店”。

加尼维特博士从前排座位站起来，登上讲台。他的所谓“退休”，

[1] 美国歌手、影视演员、主持人，20世纪最受欢迎的艺人之一，《我的路》是他有名的歌曲之一。

她意识到，只是不再从事学术而已，并非停止工作。他还没满三十五岁，一头过长的椒盐色毛发以一种浮华的方式围着他的脸。他是个敦实的男人，牛仔裤包裹着肉乎乎的腿，从敞开的衬衫领口可以看到双下巴，属于学校辩论队队长发福太早的形象。走上讲台，他摘掉眼镜，用没有掖进裤子里的衬衫擦擦，然后又戴了回去。他的脸凑得离麦克风太近了一点。

"嗯，"他说，"大家好。"

一阵尖锐的啸叫声，大家都龇牙咧嘴。

"抱歉。这样好些吗？大家都能听见吗？"

观众都睡着了，要不就是都死了。他展平一沓讲稿，结果它们从讲台上滑到了地上。他跪下，一张张捡起来，在此期间所有人坐着一动不动。他重新理顺了讲稿，清清嗓子，再次开始。

"呃，英嘉·卡尔森，"他照稿念道，"并不是理想的通信对象。就像圣诞老人或者朱丽叶·凯普莱特[1]一样，她每年都收到成百上千封来信，但从来不回信。"

凯蒂真替他感到尴尬，但随着演讲的进行，他的表达越来越顺畅，而且讲英嘉的故事讲得那么投入，似乎忘记了观众的存在。她想起上大学时遇到的那些玩世不恭的教授，一个个有才又机灵，总是针对学术上的对头和理论家发表空洞无聊的评论。杰米·加尼维特跟他们一

[1]英国文学家威廉·莎士比亚所著戏剧《罗密欧与朱丽叶》的女主人公。

点都不一样。他真诚得几乎叫人心疼。他也热爱着英嘉，凯蒂可以感受得到。

她以前就知道英嘉的家世、父母和童年，以及她的家乡和村庄。不过他也没介绍多久，便很快转向了文本批评以及文学理论层面的观点，中间穿插着各种逸事——英嘉童年宠物的名字（那是一只猫，名叫Muschi[1]）、她的早期作品（有声电影刚出现的那段时间，她曾试图当演员，还写了一个剧本。剧本已出售，但并未出版成图书）以及一些传言的旧情人（其中有一位著名的明星御用外科医生和日场默片男星康拉德·纳格尔）。他引用了同时代许多文学圈人士的信件和日记，他们谈到和英嘉的会面，要么无礼，要么轻蔑，要么就猥琐，谈到她的作品时则带着性别歧视。

关于她被谋害的事情——他避而不谈。他不是侦探，他说，这也不是他感兴趣的领域："关于这事有很多种猜测，绝大部分都是无稽之谈，而且全跟卡尔森留给我们的文学遗产毫不相干。"他的目光从来没有离开过讲稿。

这已经超出了她的期待。他的话里充满了感情，很有分量。她可以整晚都听他演讲。只不过，这讲座对于解开她心里的谜团却没有提供任何线索。

她被哗哗的掌声吓了一跳。马尔科姆·柯尔比作了几句总结陈词

[1]即德语"猫咪"之意。

之后，整场活动结束了。人群零零星星地散去，只有几个上前跟加尼维特稍微聊了几句。凯蒂一直等到最后。在他把讲稿收起来装进皮包里的时候，她开口问他有没有工夫。

他头也没抬：“我觉得我下了不少功夫。”他说，“但谁也不能保证效果，对不对？”他把皮包盖上，扣好了弹簧锁。

“很对，”她说，“不过我的意思是现在你有没有空。”

他抬起头来，眉头紧锁。她第一次看清了他的双眸：深邃，清澈，睫毛长得可以做睫毛膏广告，眼线深得像涂了东方黑眼影。天哪，她想，他上学的时候该受多少足球队男生的欺负啊。

“你看，不好意思，”他说，“我实在没有——”

“就一会儿。有没有可能——”

“没有，”他说，“不好意思说得这么直白，但事实就是，没有。一点可能都没有。”

她有一种原景重现的感觉。回忆汹涌地扑面而来：就在这个报告厅里，她问错了问题，引得教授不屑，同学们嗤笑不已。当时讲课人脸上的表情是一种压抑着的不满，因为他知识那么渊博，而她这么没文化，还好意思问问题。昨天在美术馆外，那位老太太脸上的表情虽然不一样，但却有着同样的效果。

“你都不知道我想问什么，是很重要的事。”

“让我猜猜，”他说，但态度并不恶劣，“英嘉·卡尔森改变了你的人生。她打开了你的心扉，你受到了上天的启发，她对你来说就是真正的神迹。要不就是你在研究某本书，或者某部短片。也许你已经把自己出书的提纲卖出去了，现在快交稿了，只好拼命找灵感。你认为英嘉是你获利的通道，至少是成名的捷径，因为你从小就爱着她。”

她感到自己脸上绽开笑容：“哇，真是难以置信。你不但能猜出我还没问出口的问题是什么，还能神奇地预测到你答不出这个问题。你应该登台表演魔术才对。”

“嗯，没错啊，我现在确实就站在台上。”他看了看表，走向讲台边缘，下了台阶，凯蒂跟在他后面。兴高采烈的马尔科姆·柯尔比之前在跟几个人聊天，已经走到过道一半的地方了。他转过身挥挥手。

“讲得很好，杰米，好极了。干得不错，一流的表现，”他说，“我们下周还可以在展览现场照样来一场。‘再次冲刺，再发起一次攻击’[1]？”

“下一句可是‘不然就用我们英国人的死尸堵住城墙’[2]，如果你还记得的话，”杰米说，“说好的只讲一次。现在我们扯平了。”

“没错没错，但如果你改变主意，就给我打电话，好不？真是暴殄天物啊，你这么个人才，就这么让你逃掉了。常联系哈！”

柯尔比一路小跑到门口。杰米在他身后盯着他，仿佛雨中狂追末班公交的人眼睁睁看着车子离站。现在只剩他们俩了。他停下来，转过身。凯蒂身高才到他肩膀——只是他体型偏胖，不怎么显高。他低

[1] 出自莎士比亚剧作《亨利五世》。
[2] 出自莎士比亚剧作《亨利五世》。

头把皮包的带子套上肩，摘下眼镜，在衬衫上擦了擦。不戴眼镜的时候，他的眼睛看上去更加温柔了。她感到胳膊上的汗毛都竖了起来。她走过去拦住他。

“听我说，真的不好意思，实在得请你让一下。”他从她身边绕了过去。

“我的名字叫凯蒂，”她情急之下这么说道，“这就是我的真名。”

他转过身来：“这不是你的错，除非名字是你自己取的。但你不是凯登丝·威尔斯。凯登丝·威尔斯是书里的角色。”

“我遇到了一位女士，她知道印本残页上缺失的一行字，是第200页上的。”

他看向天花板，一手伸到脖子背后揉着头发楂：“凯蒂，你看，事情是这样的。你并不清楚这位女士实际上是不是真正知道这行字。没人能确定，因为没人知道究竟缺失了哪些内容。”

一只迷路的澳洲金龟子在他们头顶的日光灯上撞来撞去，一次、两次。

“那个句子听起来很完美。”

“听起来怎样只不过像创意写作课上一种常有的训练，把印本残页的第200页内容拿出来，一直续写下去，直到写出一个短篇故事为止。你那位女士可能只是个退休的语文老师。”

“不。”她说。

“不什么？”

"这是胡扯。卡尔森写的每一句话我都读了又读，几乎能背诵她的第一部小说。任何研究过英嘉的人，任何认真学习过比较文学的人，都会认出那就是卡尔森亲笔写的句子。"

"听着，"他说，"请你尽量相信我，我是在为你好。英嘉·卡尔森，她很迷人，小说写得出色，生平又富有悲剧色彩。她拥有一种诱惑性的吸引力，能让你陷入其中无法自拔。"

"对呀。"凯蒂想，杰米·加尼维特也明白她的想法。

但是他接着说："年轻又头脑敏锐的时候，你很容易陷进去，花上很多年的时间，沉浸在对另一个人的生命的研究之中，一个已经作古的人。你现在就得跳出来，去过你自己的生活。如果你不这样做，英嘉·卡尔森就会掌控你的生活，没等你反应过来，好几年就过去了，一去不复返了。请让一下，我要过去。"

她什么也没说，于是他转身离去，留下她一个人站在报告厅里。只有凯蒂和一排排空椅子。

在之后的几天里，她很难保持专注。她尽可能做好自己的工作，应对日常的顾客咨询："我要找一本书，你知道，就是那本黄色的。""为什么现在的作家文笔都这么差？你能保证这本书里没写脏话吗？"以及"你们这儿有没有《人瘦一生轻》？我朋友黛比看了之后减了七磅。"等等。

临时工邀请她周末同去黄金海岸，说那儿新开了一家赌场，跟拉斯维加斯一样。他们想去看裹在闪闪发光的水钻紧身衣里、戴着大型羽毛头饰的热舞女郎，还想凑在轮盘赌桌边，在自己生日的数字上下注，然后看着轮盘转呀转。凯蒂从来不是一个赌徒。她谢绝了邀请，同时脑子里仍然对瑞秋念念不忘，还有杰米·加尼维特和他用温柔的眼神传递坏消息的神态。

周三晚餐后，特蕾丝和普雷蒂去学习了，她则趴在沙发上看电视剧《欢乐酒店》[1]和《蓝色月光侦探社》[2]。直到片尾字幕开始滚动，她才意识到，她完全不知道为什么麦蒂[3]会那么生大卫[4]的气，又为什么人人都这么生山姆[5]的气。

周四晚上，她洗了脏衣服，挂到房檐下去晾干。

算了吧，她对自己说。

加尼维特珍版书店是开在一家旧印刷厂仓库里的古董行兼拍卖行，离那家带巨型棋盘的煎饼店不远。有时候学校放假，凯蒂的父亲就会带她去那家店吃一碟三个一摞的煎饼，然后两人再下棋。她还记得那些巨大的“兵”和“马”，棋子几乎跟她本人一样大小。

周五上班路上，她特别仔细地观察了阿德莱德街沿路的橱窗，连每个死鱼眼的人偶脸朝哪边都注意到了。到了书店，她把放软尺、剪

[1]美国长篇情景喜剧。
[2]美国侦探喜剧。
[3]《蓝色月光侦探社》中的角色。
[4]《蓝色月光侦探社》中的角色。
[5]《欢乐酒店》中的角色。

刀、订书机、双面胶和她的心头好——热熔胶枪的塑料工具盒拿了出来。做个菜谱专区吧，她想。有冰激凌食谱、沙拉食谱、微波炉菜谱（因为天气太热，不适合开烤箱）。她找出海报和彩带，用彩色硬纸板剪成雪花，然后用棉球做成积雪的样子。还算过得去吧，她想。她从来没见过雪。

这天大部分时间她都在橱窗边的梯子上爬上爬下，在此期间还兼顾了接待一拨一拨的顾客和收各种包裹。克里斯汀很满意。

下午四点，凯蒂发现自己站在了加尼维特珍版书店的大门前。

6

1938 年，美国宾夕法尼亚州，阿伦敦

从某些方面来说，工厂和学校并没有多大区别，得早到、得努力、得埋头苦干。有的女孩十四岁就开始打工了，现在已经成了织工或者纺线工。她们都是吃苦耐劳的女孩，习惯了冬天的寒冷，家里大人都是矿工。她们一般都是家庭收入的重要来源，但一直被当作小姑娘看待，直到嫁人。假如她们能嫁人的话。在厂里，有的“小姑娘”都六十几岁了。男人做不了这工作，只有女孩的纤纤十指才能理顺精致的、蛛丝般细柔的毛线上最细小的结节。

“去了工厂干活，”每次瑞秋匆忙跑回去做晚饭，玛丽都坐在椅子上说，“我妈妈的棺材板肯定都按不住了。还有我姑妈，我永远也不敢跟她讲。”

“这对姑娘们有好处。她们有事可干，就不会变得跟个荡妇一样了，”父亲说道，“当然，对某些人来说已经太晚了。”

他说的“某些人”在厂房末端的几台机器上工作，有鲁丝、海伦

和丽迪雅，还有几个来来去去的姑娘。她们会在修理工经过时叫住他们，彼此之间总是嬉皮笑脸。她们的裙子遮不住衬裙的下摆。有时候，如果天气不是特别糟糕，她们就会到工厂两边厂房之间的小院子里吃午饭——站着吃，因为迪姆利先生不同意她们在休息时间坐下，说那是在纵容游手好闲。所以她们靠着冰冷的砖墙，一手拎着午餐篮子，在隔壁机器的嘈杂声中尽可能地大声聊天。

“哟呵，来跟我们站一起吧。”瑞秋打工的第二周，正跟安妮一起站在院子的另一边，就听到海伦这样叫道。安妮飞快地伸出手抓住了她的胳膊。瑞秋感到了安妮掌心的灼热，先是奇怪，然后才意识到海伦是在叫她。安妮摇了摇头，动作非常轻微。

“来吧，书呆子小姐，”鲁丝说，“不要听那金鱼眼小队长的，没她什么事。我们又不会吃了你。”

没别的办法，瑞秋只好朝那些女孩走过去。安妮看着她离开，抱起了两个胳膊。

“这有什么不好？大家都是朋友，一起玩嘛。”鲁丝说。

“莱勒尔先生是你爸爸，对吗？”海伦对瑞秋说。

瑞秋点点头。

“我们从来没在舞厅见过你，”丽迪雅说，“你太正经了，不乐意跳舞，是不是？”

“如果你想要有男孩来请你跳舞，就得表现得主动一些，”鲁丝说，“你连对他们笑都笑不对。你得把下巴像这样往下压，看见了吗？

然后从午餐桶里给他们拿点好吃的，让他们知道你是一个多么好的小厨娘。”

“要给甜食，比如一块果馅儿饼，别给金枪鱼圆面包。”

“别烦这孩子了，”海伦说，“谁稀罕这地方的男孩啊？”

“我不会跳舞。”瑞秋说。

“你需要一个男人来教教你，”鲁丝说，“一个成熟的男人。”

“一个成熟的男人还能教你别的。”海伦说，她一只手伸到前面，假装勾着想象中舞伴的脖子，另一只手则放在舞伴的手该放的位置，然后开始摇摆，跳起了单人交谊舞。

除了瑞秋之外，姑娘们都咯咯笑起来。瑞秋简直没法把目光从海伦身上移开。她身体舞动的样子像条蛇。她很清楚，就算看一看海伦这样跳舞，都是不对的。这些姑娘最多比她大三四岁，但她们完全就是另一种风格：习惯了在家干重活，也不觉得自己摊到这些活有什么不妥。她们会把微薄的工资全交给要照顾一大群小弟弟小妹妹的母亲，还得提水去洗父亲的脏衣服。

鲁丝拍了一下自己的膝盖，斜眼瞟着海伦，摆出一副明是不屑、暗是欣赏的神气。

“怎么啦？”海伦说，她把裙子提到膝头那么高，又放下去，“人生苦短，这就够糟糕的了，没必要再活得死气沉沉的。”

这些姑娘都属于底层的“粗人”，瑞秋是知道的。然而平生第一次，她觉得粗人也是有可取之处的。在走路回家的漫长过程中，她想象着舞厅的音乐，飞扬的裙摆，这些热情洋溢的女孩互相搂着肩膀大笑，而她也是其中的一个。

第二天早晨，她正在准备自己的午餐篮和父亲的午餐桶时，父亲从院子那边走出来，整理着自己的衬衫。她几乎都认不出他来了。他的头发抹了发油，光亮可鉴。她之前没注意到，他已经留起了一道细细的、风流倜傥的唇髭，像克拉克·盖博那样。他那样子就像从来没有日复一日、永无休止地在田里照料过玉米似的。如果他不是父亲的话，他很可能会被当成个电影明星。

屋子里，母亲坐在桌子旁边。乔治已经去上学了。他同沿街一群男孩子伙在一起，一路上不用说肯定要捣点乱。

“老天爷啊，你脸上那东西到底是什么？”一看到她丈夫，玛丽就说道。

静默像瑞秋嘴里的面包一样化也化不开。父亲把脑袋转过来，像艘巨轮在掉头。

“你在跟谁说话，跟我吗？”父亲说道。

“这里还有别人吗？”玛丽说。

瑞秋。瑞秋也在，但她知道母亲是什么意思。她感觉自己就像家里的一个鬼魂，一团气体，任何东西都可以从她中间直穿过去。她的手既没法抓住父亲的胳膊，也没法捂住母亲的嘴，就算她努力要去做也不行。

父亲一只脚踏上椅子，好像这辈子从来没人跟他说过这么做不行一样，然后用袖子擦了擦鞋头，左看看、右看看，吐了口唾沫上去，重新又擦了一遍。“我还以为你用那种口气是在跟家具说话呢，”他说，“而不是在跟供全家吃饭的男人说话。”

“如果你少花点钱把自己打扮得像个傻瓜，咱们家能吃得更好。”玛丽回答。

瑞秋当时站在窗边，跟他们隔着一个世界，眼看着父亲站直了身子，穿着铮亮鞋子的那只脚从椅子上抬起来，无声无息地落到地上。她好想让时间停止在这一刻。她想用手把钟的指针往回拨，因为这事只会有一个结果，而她很惊讶，母亲竟然看不出来。她必须说点什么，砸点什么，捅破空气，但她只是个孤魂罢了，做不到。

父亲把右胳膊横过身体扬起来，画过一道舒缓的弧线，一直抬过头顶，停在那儿。钟摆荡到了最高点。什么也无法阻止暴风雨的降临，说什么都不管用。他的胳膊猛地挥下来，身体侧了侧，手掌扇过去打在母亲的侧脸上。这一击叫瑞秋的五脏六腑一颤。那只胳膊以一种优雅的流畅感继续画着弧线，母亲被从椅子上掀起来，撞在墙上——砰——重重跌落到地上。椅子侧翻在地。

一切都静止了。瑞秋怎么努力也没法动弹。隔了一会儿，玛丽一只手捂住嘴，暗红的血从指间往外淌。父亲走到母亲躺倒的地方，蹲下来，脑袋歪向一边。她喉间轻轻咯了一声。

“看看你逼我做了什么。”他在她耳边轻声说道。

玛丽翻身起来，用双手和膝盖支撑着身体。于是他重新站起来，一脚踢到她肚子上，发出藤条拍子打在厚垫子上的那种声音。她倒在地上。

“要尊重我，玛丽，”他说，“这要求又不过分。再有，好好弄下头发，支棱着像什么样子。你看着就跟个黑人娘儿们一样。”

玛丽打着滚，紧紧缩成一团呻吟着。她咳了几声，一小块白色的牙齿碎片滚落到地上一摊黑红的血泊中。

“你呢。”父亲说，瑞秋很惊讶，他竟然知道她在场。她抬起一只手，在眼前上下转动了几下。真的，她能被看到呢。或者也许，他是听到了她怦怦的心跳声。

“你轮班迟到了，别指望我去救你，”他说，“今天也别再那么慢了。换个独腿姑娘都比你跑得快。”

他提起他的午餐桶出了门。瑞秋当天和第二天夜里大部分时间都是坐着度过的，她一直注意着听有没有钥匙开门的声音。他两天都没有回家。

7

1986 年，澳大利亚昆士兰州，布里斯班

凯蒂推开了加尼维特珍版书店沉重的大门。迎面是一个窄窄的门厅，里面放着围成半圆形、表面已经开裂的皮沙发，还有好些柱形的玻璃展柜。后面是一张长条桌，桌前的六七把塑料花园椅上坐着几个男人，都是中年人，留着络腮胡子，戴着眼镜，还有一个腿上靠着一根拐杖。她很惊讶。在她工作的书店，十个顾客里面九个都是女人。

这几位先生都低着头在读面前摊开的书。他们一页页地翻着，手指顺着一行行字指过去，还在小本上做着笔记，没有一个人注意到打开的店门和凯蒂。她是隐形人，是个幽灵。

桌子的另一头是一架架的书，三个学生模样的年轻人正忙着更换和寻找皮革封面的书册，把它们放在埋头研读的先生们面前，仿佛在跳着无声的芭蕾，不时探身向上，或者弯弯腰。再往里走，房间变得更宽敞了。更多的塑料椅子一排排摆在一个讲台前面，靠墙放的都是塞得满满当当的书架。

她踌躇着，紧紧捏着手包。没人上前招呼她，也没人开口说话，所以她只好站在一个玻璃展柜前面，努力装作被深深吸引的样子。她看到里面有本《1984》，锈色护封上用白色的花体字印着作者名和书名；有套两卷本的英文版《堂吉诃德》，书皮是暗绿色的皮革，书名是烫金的；还有查普曼和霍尔公司版的伊夫林·沃的《一把尘土》[1]，书脊的护封上印着 7/6Net 的字样。所有的书都陈列在玻璃后面的亚克力支架上，是用来摆着看的装饰品。

凯蒂的思绪飘向了这些书以前的主人们。她在想他们都是谁。这些人不会想到，自己的财产如今会在这里，和他们从未见过的人的书放在一块，把他们和这些陌生人联系了起来。二手书店总有一种令人心碎的氛围。所有的书都有故事，都是一开始因为有人喜欢才被买走，但后来又给当作垃圾扔掉，或者被抵押出去换钱了。

一个声音在她背后响起，问她要不要看商品目录。

她转过身去。是他，杰米·加尼维特，穿着白色商务衬衫和灰色西裤，看上去像昨晚就穿着这身衣服睡的觉。

“你好，又见面了。”她举起一只手说。

店门嘎吱一声开了，他俩都转过去看。进来的男人五十多岁，头发花白，一脸胡子，穿着摩托车手那样的皮衣皮裤，双手巨大，一只

[1] 英国著名小说家，文体家，被誉为“英语文学史上最具摧毁力、成果最显著的讽刺小说家之一”。作品的文字简洁，文笔辛辣，结构巧妙。《一把尘土》是伊夫林·沃创作巅峰期的杰作。

胳膊下面抱着个黑色头盔。他看起来是吃肉连骨头都要啃光的那种人，跟弗雷德·弗林史东[1]一个风格。

“加尼维特，”他经过的时候说道，“那本阿赫玛托娃的书到了没有？”

“随时会到，西蒙。到了我给你打电话。”

西蒙朝后面溜达过去，一路像扔保龄球一样甩着他的头盔。

凯蒂是个很善于发现并独自享受生活中的小乐趣的人。就算在她们书店里，也没有哪个临时工会有可能读过阿赫玛托娃。听说过这个名字的都可能只有一两人。她微微一笑，看见杰米·加尼维特也在微笑。

“疯狂的麦克斯：雷霆诗人[2]。”她说。

“野书生柯南[3]。”他说。

两人之间，好像有什么东西破了，然后消失了。

“凯蒂，你是叫这个名字吧？我已经跟你说过，我帮不了你。”

“这是一个书店，我想要买本书。那本多少钱？”她指着那本塞万提斯写的《堂吉诃德》说。

“四千五百澳元。你是开支票还是刷卡？”

---

[1] 美国动画连续剧《摩登原始人》的男主角，是一个胃口极大、嗜好吃肉的中年发福男子形象。

[2] 澳洲电影《疯狂的麦克斯》系列以核战后文明尽毁的澳洲大陆为背景，讲述了公路巡逻队员麦克斯与暴走飞车党斗智斗勇的故事。此处戏仿该系列第三部片名《疯狂的麦克斯：超越雷霆》，指此人反差极大的外表和内心。

[3]《野蛮人柯南》讲述了在一个充满黑暗魔法和野蛮的虚构史前世界，一个名叫柯南的男子给自己惨死父母报仇的传奇性历险故事。此处同样戏仿片名。

她扯了扯手包的塑料肩带:“不管怎么样,把书摆成这样,有什么意义呢?你又不能拿来读。它们就像被关在监狱里似的。”她用指甲在玻璃上轻轻敲着,仿佛想引起书的注意。

“我倒愿意把这儿想成一个动物园,用来保护濒危物种,造福子孙后代。你看,我能说的都说了。我干这行只是为了赚钱吃饭。我不是学者,是卖书的。”

“你不是卖书的,”她说,“我才是卖书的。卖书的都是职业读书顾问,把大众买得起的书卖给想要读书的人。”

他伸手从裤子口袋里掏出一串穿在钥匙环上的钥匙。“把手伸出来。”他说。

她眨眨眼,还是按他说的做了。他朝着玻璃柜走了一步,打开了锁,把其中一部《堂吉诃德》取了出来,递到她手里。

她很惊奇于书的分量:“我不需要戴手套吗?”

“戴着手套你是感受不到它的魅力的,”他说,“这是1742年的印本,还有版画插图呢,看这儿……”他用指尖把书打开给她看:“这不仅是一本故事书,还是……一种了解世界的方式,从一个人传到另一个人,在这过程中去改变每一个人。关键是它的气味、它的触感。书是能和我们交流的艺术。”

这东西真美妙,手感沉甸甸的。凯登丝·沃克,(本书和历任主人)绵延好几个世纪的羁绊中最新的一环。她意识到,时间和空间并不总是线性流逝的,有时候还会弯曲成折叠的位面。她想象着所有曾经拿起过这本书的人。世上每个人都在循着前人的足迹前行。

她把书还给他，他接过来放回了柜子。

“英嘉·卡尔森，”她说，“拜托了。”

他什么也没说。

“听我说，我必须要知道。在知道答案前，我是不会罢休的。”

“你是为了写什么论文，还是做什么项目？”

她说都不是。她又把故事给他讲了一遍，她是怎么在美术馆外面跟一位女士对上了话。没有别的了。她想不起还有哪一回，她曾因为某个东西、某种可能性而变得这么痴迷，或者这么兴奋。她想起了她的同事，他们正收拾行装准备去赌场玩。也许她终究还是个赌徒，一心追寻极小的概率，那百万分之一的奇迹。

“我一般不这样。”她说。

他又不说话了，张开嘴，又闭上，然后说道：“有人曾出价要买那套《堂吉诃德》，我没卖。那是我接手这摊生意以后买进的第一部书，也是我十几岁的时候最喜欢的小说——当然，不是这一版。我爱那个疯疯癫癫的老家伙。”接着，他又说：“在这儿等我。”

他消失在一间小办公室里，回来的时候手里拿着钱包。

“玛丽卡，我出去喝杯茶，”他对一个整理书籍的年轻人说，“一会儿就回来。”

在和书店仅隔了几道门的煎饼店，他们坐在了棋盘前面一个阴暗的卡座里。高大的彩画玻璃窗并没有放进来多少光线，但她还是能看见好几个棋子已经磨损，黑棋的一个“马”的边角被磕掉了。她回忆起自己的小手，吃完三个煎饼之后去摇动棋子把它们往前挪，棋子纤细的中段会留下沾着黄油的指印。她是个糟糕的棋手。走一步想六步？谋定而后动？她不是那种人。

扎马尾辫的女服务生知道杰米要喝英式早餐红茶。凯蒂也点了一杯，但那女孩一眼都没看她。这房子原来是座教堂，天花板是深色的木板，挑高很高，倾斜向上。屋里很凉快，像教堂地下室的感觉。通向洗手间的走廊上，有一具真人大小的盔甲在那里把守着。凯蒂想不通是为什么。

杰米把胳膊肘撑在桌子上，两手的指尖搭在一起，低头从眼镜上方瞧着她。“说服我吧。”他说。

她从包里取出笔记本，翻到她记下那行字的一页，从桌面上推过去给他。

他读了之后耸耸肩：“这不能证明任何事情。任何人只要研究过英嘉的写作风格，就可能写出这么个句子。就算这女士年龄对得上——她讲话是哪里的口音呢？退一万步讲，就算天降奇迹，她确实看过手稿，那她到底跑到这里来干什么？”

他是对的，这确实是个问题。但她现在还不想去正视这个问题。

“在 20 世纪 30 年代，没有第三个人读过这部小说，这是公认的说法，对吗？这怎么可能呢？”

“英嘉·卡尔森一向有遁世倾向，甚至在她第一本书大获成功之前就是那样。她厌恶采访，痛恨社交聚会。在好莱坞的那段时间，大家都知道，她出席活动的话，肯定到一半就会溜走。她内向得几乎到了社交恐惧症的程度，一个亲密的朋友也没有，在美国也没有亲戚。她不信任任何人，连银行也不例外。而且她只跟查尔斯合作。”

凯蒂询问他们是怎么认识的，虽然她其实知道。

“纯属巧合。她刚从洛杉矶搬到纽约——她之前很想进军影视圈，不过失败了——通过职业介绍所找了份保姆的工作，最后就到了他家，给他看孩子。他当时还不出名，不过也算个聪明、年轻的出版商，家里很有钱，而且喜欢到处抛头露面，属于社交红人，一副那种马丁尼酒不离手的纽约派头。人人都往他那儿塞手稿。”

他的面孔起了一点变化，仿佛什么东西苏醒了一般。他的眼里闪出激动的光芒，他的言辞也生动了起来。

“也包括英嘉。”凯蒂说。

“她很机灵，一个字也不提，只是在有一天回家之前，把她的手稿留在了咖啡桌上。整座房子都扔满了各种读了一半的手稿，他就任由它们一直堆在周围。每个人都以为这手稿是他正在处理的什么文件。第二天晚上，他妻子上床睡觉之后，他给自己倒了杯酒，然后看到了英嘉留在那里的东西。他读了第一页，之后再回过神来时，女佣进门来干活了，时间已经是早上六点钟。”

凯蒂想象着那天早晨的场景：查尔斯·克莱伯恩坐在老旧的皮椅

上，身边放着空的威士忌酒杯和装得满满的烟灰缸。他眨巴着眼睛，对开门的声音和透过东面窗户溜进来的天光颇感诧异。那该是怎样的狂喜，当他明白自己发现了一个奇迹，在这短短的时间里，有一部杰作完全只属于他一个人。

“就算现在，我每次想到这事，都忍不住汗毛直竖。”杰米揉着后脖颈说道。

“然后就没有其他人看过了，也没有一个叫瑞秋的人，你确定吗？”

茶上来了，他开始倒茶。他的指甲剪得短短的，很干净。热腾腾的蒸汽看起来就该属于这里，跟这个老教堂、这场对话非常相配，仿佛香炉里透出的轻烟。

“我很确定。全世界都很确定。英嘉是被研究得最多的20世纪作家之一，大家都知道她那个相当小的朋友圈里有哪些人，名字叫什么。如果还有别的人，而且被我知道了，那我还会在这儿卖二手书吗？我早就美滋滋地动手写书了，肯定大卖。”

“总会有个编辑吧？”

他摇摇头：“查尔斯亲自编辑的。当时，如果公司规模小，出版商兼任编辑并不少见。”

“那图书出版之前，一般还有什么人能看到内容呢？”

“封面设计师吧，但这本书例外。印刷厂表示，封面只是简单的红布，上面用浮雕的金字写着作者名字和书名。还有排版工可以看到，但排版是查尔斯自己做的。没有请校对，她不允许。”

“排版的话，由出版商来做，不是很奇怪吗？”

他点点头：“只有这样，她才答应出版第二本书。那个时候她已经相当疑神疑鬼了。第一本书出版之后，引起了那么大的轰动，以至于她家附近总有摄影师记者在蹲守，还有人会去翻她的垃圾桶。所有这些关注实在令她焦虑不安。有一天，她足足收到了 62 封信，全是手写的，都求她开恩回封信。大多数人都非常喜欢她的处女作，但也有很多人不喜欢。她收到过死亡威胁，还不止一次。有意思的是，在 1936 年下半年纳博科夫写给他妻子的一封信里，提到了他遇见英嘉的事。英嘉跟他说她想要搬家，离纽约远远的，住到没人认识她的地方去。”

“关于排版的事，你怎么能确定呢？”

他抬起头，对她皱皱眉：“这有什么要紧呢？”

她怎么解释呢？她属于那种“什么事都很要紧”的人。她周围都是习惯了浅尝辄止的人：习惯说“一切都会好的”或者“差不多就行了”；答应了顾客要进什么书但是从来不兑现；总把东西放错地方；用美工刀拆纸箱，割坏了书也不管，照样放到架子上卖。她好像就是没有别人脸皮厚。一个事事在意的人，总有点不那么酷。“酷”这个字本身就隐含了一种叫人心寒的冷漠。

最后她说：“就是很要紧。”

他重重地点了点头，仿佛她给了这个理由就够了。“排版的事情，她在写给查尔斯的信里提过，就是那封有名的身后信。原件现在就在布里斯班，在展览里可以看到。信在两人去世之后才送到，她一定是火灾发生当天寄出的。那是一张匆忙写成的便条，你能看出当时她压力很大。信上说：‘……还给你添了这么多麻烦，累你为了迁就我，去操作那些可怕的小字母。查尔斯，你能亲自排版，是帮了我一个最大的忙，我不会忘记的。’”

他也是那种愿意把文本一字不差背下来的人。

“听上去排版是项大工程。”

“不是一般的耗神，但他乐意投入精力。你得明白，英嘉的处女作已经获得了巨大成功。出版界这类事情太多了。麦克斯威尔·柏金斯[1]做托马斯·沃尔夫[2]的编辑，编得太……”他想找个词来形容，“……太‘狠’，以至于学者们都在争论哪些是沃尔夫写的，哪些是柏金斯写的。那个年代，该做什么还是得去做，大家都懂。”

“所以其他任何人都是没机会看到书的。”

他往前倾了倾，十指交叉。他一边的嘴角扬了起来，但是眼神却和善多了。

“如果还有别人，如今也早该被人挖出来了。当时那是件大事，你能想象吧。那可是英嘉啊，就那么死了？大萧条末期，她把《世事皆有尽》的电影改编权卖了一万两千美元，差不多相当于今天的

[1] 美国出版史上一位传奇人物和编辑。他曾为弗朗西斯·斯科特·菲茨杰拉德、欧内斯特·海明威等著名作家编书。

[2] 美国作家，代表作品有长篇小说《天使，望故乡》。

二十五万美元。她获得过当时的每一项图书大奖，她的书第一年就卖出了大概两百万本，再版十四次。那场大火登上了头版。整座楼烧得只剩个架子，两个消防员受了重伤。”

“火是怎么烧起来的呢？”

“这不属于我研究的范围。”

“你对此总有看法吧。”

“我的看法是人们应该停止没有事实依据的猜想。对，他们确实发现了助燃剂的残留。对，仓库唯一的一把钥匙由查尔斯拿着。但这并不表示就是他干的。怪在他头上当然方便，他又不能给自己辩护。”他把茶杯放回茶碟上的时候，碰得当啷一声。

“但是他自己也死了啊。”

“人们说他是不顾一切想掩盖什么。有人猜，那本书烂透了，于是他决定烧掉每一册印本，让英嘉保持神秘，刺激她处女作的销量。所以他不但是谋杀犯，而且还没有职业道德。”

“但你不信。”

“我认为所谓的助燃剂不过是他码在后门的瓶装酒，烧炸了像火箭一样飞进了现场。查尔斯喜欢喝酒。当时禁酒令才取消没几年，我猜他还是存了些酒，以防万一。”

“那尸体呢？鉴定过确实是他们吗？”

他点点头。“英嘉给查尔斯发了一封电报，请他到仓库见面。电报在他口袋里找到了。查尔斯不如英嘉烧得那么严重，主要是烟雾窒息而死。她的尸体毁损严重，只有一只胳膊还完好些。他们把她的指纹跟她的一份遗嘱进行了比对，很幸运那份遗嘱上留着沾墨水的指印，确认了她的身份。这个案子也运用当今最先进的法证科学手段重新调查过了——从她寄给粉丝的好几封信上提取到了她的指纹。什么都对得上。那种死法……现在听起来感觉有点奇特，但那个年代，安全规范可糟糕透顶。过了没几年又发生了可可林夜店火灾，几分钟之内烧死了差不多五百人，起因就只是一根火柴。你看到那条项链了吗，玻璃的那条？”

没有，她没看到。展览里确实有项链，在火灾主题展柜里，也就是那个她掉头忽略的展柜。凯蒂摇摇头。

“绿色玻璃做的，上面装饰着蜜蜂。这是她从不离身的东西。虽然在大火里熔化了，但还能认得出是她的项链。那么多书，那么多纸都烧着了。现场就是烈火炼狱。仓库的窗户上都装着铁栏杆——消防队表示他们两人都毫无逃生的机会。”

她所依循的解谜之路已经被之前比她聪明得多的人踩烂了，当然不会剩下什么还没有发现的东西。“查尔斯一定是对她死心塌地，才会愿意费那么大的神去做排版。”

“他确实死心塌地，但不是那种死心塌地。他们俩没有那种关系。他是个名声在外的花花公子，这倒不假——浮华、嗜酒、流连舞会，礼帽加领结的范儿。但她身上有一种让人难以抵御的纯洁，”他说，“从各方面来看，她就是能叫别人对她死心塌地。”

“那个展览好极了，”这类套话有点掉价，她也知道，只是不想结束交谈，“看到她有那么多遗物得以保存下来，真是太好了。”

他朝她笑了笑，他被逗乐了。

“大部分能保留下来纯属走运。她刚去世那会儿，社会各界都为此满怀悲痛，这是肯定的。但当年晚些时候，希特勒入侵波兰，接着全世界就有别的事情要操心了。英嘉的大部分财物给移进了一个储藏室。查尔斯留下了遗孀和几个孩子，出版公司也关门了。他的一个女儿把他所有的文件都保存在箱子里，塞在床底下。战争结束，《世事皆有尽》正是人们需要的精神食粮——战后此书重印，又带起了一波‘英嘉热’。”

“那你呢？”

“那我什么呢？现在轮到你讲了，谈谈那位女士——你那位老太太。”

她描述了排队的情景，那个穿着黄眼睛衬衫的唠叨摄影师，以及那位女士的行事作风。神秘的瑞秋。一切都感觉模糊又微妙，就像在描述当太阳躲到云层后面时，你胳膊上的汗毛是什么反应一样。她到底在想什么啊，这样浪费这位先生的时间？

“不太有说服力。”他说。

“我知道。只是一厢情愿罢了。”她已经很久没有许过什么愿了。现在她意识到，单是渴望本身，就已经让她很开心了。希冀会带来能量，那是一种生机，一种蓬勃的活力。

“大多数人一辈子都在许愿，想要各种东西。”他说。

“你最开始是怎么对英嘉产生兴趣的呢？”

他喝完了茶，摆弄着茶杯。“一切是从我攻读艺术学位的第一年开始。当时要做一个小作业，是关于查尔斯·克莱伯恩的十分钟演讲。我是个糟糕的学生，只是凑了一篇笔记，目标就是保证及格，这样我就能放心去酒吧喝酒了。但是，不知为什么，这本书我却读了下去。我当时年轻又天真，感觉她正好是我要寻找的东西。我意识到自己爱上了英嘉。”

这她能理解：“所以你也是查尔斯研究专家了？”

对方轻轻耸耸肩：“关于他，并没留下多少记录。很遗憾。英嘉有魔力，这是肯定的，但查尔斯也有他的特别之处。照我们今天的眼光看来，他的公司挺老土的，还有那么一点古怪，比如字体版式方面的小讲究——老天，居然还会在字母上加两点。你知道吧？就是变音符号那种。如今只有《纽约客》才搞这套了，但当时他这样可是很前卫的。他是参加过战争的老兵，在法国受过伤，人们都说他选书的时候偏爱欧洲人写的作品。还有什么呢？有钱，当然了。他的爷爷辈从事银行业，所以他根本不用怎么工作的。另外就是，他对公司旗下别的作家态度都是出了名的不耐烦，只有英嘉，她要他做什么他就做什么。如果不是跟她有关系，他现在早被遗忘了。我禁不住在想，如果他没有英年早逝，这辈子会有些什么别的作为。”

又来了，这精准的回避。她问了一个关于他的问题，他回答的时候却转而谈起了查尔斯。回避得很优雅。许多人恐怕都意识不到。

“那你对英嘉的热情呢？”

“过眼云烟了。我现在就是个卖旧书的，卖那些注定不会有人读的书，就像你说的一样，”他起身挪到卡座边上，“我来付账。你可以再坐会儿，凯蒂。”

和杰米·加尼维特喝茶之后过了两天，凌晨，凯蒂被冰雹打在铁皮屋顶上的声音惊醒，满头大汗，被单和身子缠在一块。在布里斯班，这种猛烈的夏日暴风雨是很常见的，但一般都发生在下午，在那样的下午，如果你瞟一眼窗外，会发现空气宁静得令人起疑。如果你正开车前往任何日常目的地，比如办公室、工厂或者学校，你脑子里都要有张地图，标出你一路上能经过的所有可以停车的掩蔽所：桥底下、废弃加油站的遮阳棚等。有的时候，云层会带上几分浅绿又青紫的颜色。出现这样的天象，冰雹可能会毫无预警地砸下来。整个橄榄球场会变成白色的海洋，鸟儿还停树枝上的话会被砸死。窗玻璃会被击出好些洞，力道堪比保龄球球道上一记迅猛的直推球。车前盖被砸出的坑能有一个指节深。然后风速开始加快，接着就是下雨。世界一片混乱，像困在了洗衣机里。这是享受晴朗日子里无穷无尽的蓝天所必须付出的代价。

现在起床的话，她可以看到天空被曲折的闪电点亮，但没什么事情让她必须起来。她没有车，至于屋顶的状况，她眼下也帮不上什么忙。于是她转而思考起自己的梦来，那是一个热天里典型的梦，浊重又含混不清。梦里，小小的她穿着校服坐在车库地板上，父亲正弓着身子，专心看着一块表。

她的父亲是修表匠。百年灵、欧米茄、万国表和劳力士都能修。有时他也修怀表，但更青睐腕表。他爱它们既优雅又实用的特质。他最初是做的珠宝匠，因为这一行感觉既可以发挥他精细的眼力，又可以满足他对装饰艺术的狂热。做学徒的时候，他的偶像就是那些二三十年代的珠宝设计大师，比如德普雷斯、拉利克、布舍龙等。但是随着他在这一行浸淫日久，他变得热爱所有的珠宝设计，它们都体现出为了达到目标而努力工作的珍贵品质。在她小时候，他有时候会跟她说，做什么工作并不重要，重要的是工作态度，任何工作都不例外。工作态度会彰显出你的人品。

他在车库里放了一张旧桌子，桌子的每个抽屉里都塞满了破旧的无盖纸盒。有的装着按大小和制造商分类的机芯，还有的装着不同金属质地的后盖或者玻璃表面。桌子前部排着有瓶塞的塑料小药瓶，盛着各种小螺丝、小针栓、表盘、指针、表带扣针和固定圈，都按大小、颜色，或者有时候按型号分好。他有六个放大镜（不过其中只有一个是他最心爱的），还有好些镊子、刀片、塑料袋和线团。桌子上方的钉子上挂着许多表带和手表饰圈，什么颜色的都有，紧挨着修到一半、钩着表带扣挂起来的手表。

她喜欢在他工作的时候去看他。通常，放学后她都去特蕾丝家里，奥林皮娅会把橙子切成一牙牙的，让她们边看电视边吃。但一回家，她就会径直跑到车库里去，看看父亲桌上的台灯是不是亮着，再给他沏茶喝。她是个专横的小姑娘，如果发现到下午四点面包片都翘边了，他还没吃午餐三明治，她就会侧歪着身子站在那里，双手叉腰，教训他一顿。周末，她会盘腿坐在地板上读书，抬起头就可以看到他伏在桌上工作，面前的墙上贴着已经褪了色的、各种珍贵珠宝的照片。他是如此专心、如此耐心，半数情况下压根注意不到她在旁边。就算现在，如果她看到哪个顾客手上戴着可爱的、有年头又有特色的手表，她都会想象父亲修长的手指给它做保养。

在她梦里，正是这样的情景。他不知道她在身边看着他。她看见了他晒黑的后颈和修剪整齐的鬓角。滴——答，滴答声越来越响，最后变成冰雹砸屋顶的声音，但她的父亲没有反应。什么事都不能叫他着忙。她看见了他的专注和他心如止水的勤勉。

查尔斯·克莱伯恩很有钱。他对公司旗下其他的作家都是“出了名的不耐烦”，但如果是英嘉，他就会有求必应。凯蒂看见了父亲，看见他周围都是破旧的珠宝画片，以及那些整理得一丝不苟的钟表小零件。

她对排版毫无概念，但她了解那种可以全身心投入，把条理性贯彻到极致的人。她的父亲并不热衷于赚钱，他有时给一些珠宝店打打工，但他的完美主义，他事事都要精心照料的坚持常常把老板们逼疯。他会在不该下班的时间抱着一个纸箱子回家来，里面装着喝脏了的茶杯和他的工具，脸上一副不好意思的表情，但并不委屈。“让你走”，这是他们的原话。“我们必须让你走。”这就是他在车库里为私人客户做活的原因。那些人都冲着他的好口碑找上门，有的远在墨尔本和悉尼，还把自己的传家宝，或者想留给下一代的珍品寄给他修理。

凯蒂坐在床上，一拳拳砸枕头。今晚是睡不成了。她不知道过去的图书是怎么制作的，但她想象会有那么一张桌子，像父亲的桌子一样，只是塞满抽屉的纸盒里没有钟表零件，而是一个个小小的 a、t 和 w 等字母。查尔斯·克莱伯恩——挂过彩的老兵，富有的商人——是不是足够热爱英嘉那些“可怕的小字母”，以至于能坚持把整本书的排版负责到底呢？她必须找出答案。

8

1938年，美国宾夕法尼亚州，阿伦敦

那个星期的周日早晨，瑞秋很早就醒了。乔治在他俩合睡的床上摊成了一个“大”字，睡得人事不知。父亲躺在对面的床上，从身后揽着她的母亲。母亲在睡梦中窝进他的怀里，他的胳膊从上面搂住了她。最近几天，他们之间满是柔情。沃尔特会帮玛丽把食物切成小块，或者从外套口袋里像变魔术一般拿出一根香蕉。玛丽则向他频送秋波，拿手绢捂着嘴咯咯地笑。两人一起取笑瑞秋找不到男朋友。如果不是母亲下巴一圈的紫色瘀青，你可能会以为他们还在蜜月中。

瑞秋穿上挂在门背后的罩袍，把脚用力塞进靴子里，这靴子是过去在农场的时候他们专门穿去户外的。她摸到的一切都那么粗糙：罩袍的粗料子，开裂的木头梳妆台，凹凸不平的地板。还在农场的时候，周围美丽的东西太多，太稀松平常，从来没人表示赞美。现在，虽然用了一些时间，但她还是开始发现镇上一些细微的美，而且不只是丝绸的美。那些女工们，她们拉线轴的强壮胳膊，她们骄傲地挺起的颈项和垂在脸侧的玉米色头发都很美。

她点燃还带着余温的炉子，烧水准备煮燕麦粥。她拉开前窗的窗帘，看到一层迟来的白霜轻尘般蒙住了每块窗玻璃的下角，往上像凌厉的白色蕨叶一样在玻璃上冻成了纵横的网格。到处都找得到美，即使在这个镇子里也一样，她想，只要你别去摸任何东西就行。

接着她瞥到一个姑娘站在街对面，靠在正对着她家的那栋居民楼的黑色栏杆上，裹着一件上好的外套，两臂深深插在口袋里，一条腿的膝盖弯着，脚搭在身后的台阶上，露出一只刚踩过脏雪的黄色靴子。她披着一条厚厚的暗色围巾，哪里都盖住了，只露了个脸。她挑了一个多么奇怪的地方来等人啊，瑞秋想。

过了一会儿，沃尔特、乔治和瑞秋一同上教堂去。母亲说自己“身体不舒服”，好像过去的一周她连门都出不了，真的是因为她哮喘，而不是脸上的大片的瘀青。瑞秋注意到那个女孩还在那儿，只不过换了另一条腿站着，全身裹得像蹲在树枝上的猫头鹰。这会儿瑞秋出门了，离得近了些，感觉那女孩看着有点熟悉。

“那边会不会是海伦啊？”她对父亲说。

“谁？”

“海伦，厂里那个。”

他看都不看那边一眼。“我怎么知道？”他说，“难道这一片所有的疯丫头都归我管吗？”

瑞秋拉住了乔治的手，他却甩开了。

“就是啊，瑞姐，”他说，“难道所有的疯丫头都归爸爸管吗？”

今天和往常不同，他们准点到了教堂，因为在路上冒着寒气走得很急。乔治一路都在讲话：“爸爸，一辆自行车多少钱？等我有了自行车，我就可以给自己找个送报的活儿了，是不是？然后我就要攒钱买辆车，等我有了车，周六周日带你和妈妈去兜风，我们还可以买冰激凌吃。瑞秋也可以一起，如果她求我的话。”他一路手舞足蹈，在马路牙子上“走钢丝”，一半身子悬在下水道上方。

在教堂门口，沃尔特停住了脚步。“这周我在主的眼里做得够好了，”他说，“你俩进去吧。”

“但是爸爸……”乔治说。

“去吧。仁慈的主会理解的。”

“爸爸，他会理解什么？”乔治说。

“理解一个男人需要有一天开开心心的，不用回答各种该死的问题。”他回答，把乔治领进去，然后推着瑞秋的后腰把她推进教堂。在离他这么近的距离，她能闻到他身上的肥皂味。

“做完礼拜之后，我们等着你吧，爸爸。”她说。

“不用，”他说，摘掉帽子拿在手上，“你是个大女孩了，你自己能找到回家那条该死的路。”

他们果然能。回家的路并不长，但瑞秋和乔治却拖延着脚步，因为在他们的生活中，如果说最缺什么，那就是不必分秒必争的闲暇时间。他们一路走，一路玩着“你说我猜”，走到自己家那条街的时候，母亲穿着父亲的浴袍到门口来接他们。

“他去哪儿了？”玛丽一看到他们就问。

她任由炉火熄灭下去，瑞秋走过去添火。

“他在没人问该死的问题的地方。”乔治说。

瑞秋在餐桌上摆好四人份的刀叉和熨好的餐巾，他们一起吃了晚饭，然后睡下了。第二天一早也没有沃尔特的影子，但他们发现他的钥匙放在梳妆台上，紧挨着一个空的法国浮雕玻璃香水瓶，那是玛丽的姑妈薇拉给她的礼物。瑞秋去上工，乔治去上学。沃尔特也不在厂里。瑞秋当了一会儿班就注意到后排的一台空机器。海伦也不见了。

到了午饭时间，瑞秋鼓起全部的勇气，去跟迪姆利先生说，请他多多原谅，不知能不能问一句关于父亲的消息。

他眨眨眼，眼神聚了聚焦，好像她这会儿刚从面前的空气里显形一样：“所以你是谁？在家叫什么名字？”

瑞秋·莱勒尔，她提醒道。沃尔特的女儿。

接着他就朝她一顿大骂，骂她给他添麻烦，骂人们怎么这么反复无常，骂他们不知感恩，不懂回报，好像跟事实相反，最初是瑞秋在这儿工作，父亲是她介绍来的一样。

“我一有机会就应该开除你，”他跟她说，“坏习惯要遗传的。”

但相反，他付了她一直以来工作应得的钱：成年女工的工资。

沃尔特离开的第一个星期，玛丽的瘀青变得更肿、更深了。瑞秋感觉，每隔一个小时，乔治就要问一句“爸爸什么时候回家”。

第二个星期，瑞秋的母亲脸上出现了新的瘀青，当时是怎么弄的，瑞秋没有印象。它们一直深埋在肉里等待着，现在终于轮到它们冒头了。

乔治不再问问题了。空气很凝重，像等着第二只靴子落地。

一天晚上玛丽惊叫着从梦中醒来，两手捂住了脸。瑞秋爬到她床上，抱着她直到她再次入眠。客厅的桌子上放着一张传单，是海伦的兄弟们昨天在轮班结束的时候，到厂里发给大家的，上面写着“失踪少女”，底下是一张海伦的模糊照片。照片上，她的头发被一顶羊毛帽压得扁扁的，在阳光下眯着眼睛。传单上面还写着“找到必有重谢”。他们一定要每个工人都拿一张或者好几张。他们板着脸，面色阴沉，牙齿咬得紧紧的。

“我想你不会知道你父亲的去向吧，”海伦的大哥问她道，站得离她太近了一点，“我们很想跟他谈谈。”

瑞秋摇摇头。

等到了第三个星期，他们开始缺钱，因为只剩瑞秋一个人的工资了。不过乔治找了一份放学后的零工，去铸造厂清洗手推车。他晚上不再抓着她睡，那瘦骨嶙峋的手指再也不紧紧捏着她的手腕了。玛丽也接了些缝缝补补的活儿。他们吃的是咸牛肉、豆子和饼干。第四个星期，瑞秋母亲的皮肤痊愈了，恢复了本色——温暖的小麦色。瑞秋如今十九岁，她的母亲才三十四。如果不是母亲掉了几颗牙，两人看上去就像姐妹。星期天，如果愿意的话，他们会睡懒觉。随着天气转暖，瑞秋种的蔬菜也可以吃了，有土豆、萝卜和青葱。他们用吃不了的蔬菜去换鸡蛋和一点咸猪肉，然后坐在后门廊上用手抓着吃冷猪肉和黄油煎的鸡蛋。他们想要的都有了。

事实是，沃尔特吃得很多，而且酗酒。男人还需要零花钱——如果兜里没有几个钱丁零当啷，他们就觉得会被低看一眼，所以他们三人现在的钱比他们所想的更多。瑞秋甚至还设法存了点钱，包在手绢里，和面粉一起放在塑料罐子里。她现在能一觉睡到天亮了，因为她再也不会被细碎的声音惊醒了——不用总想着提防什么，也不用保持警觉。

一天，瑞秋下班回家，看到玛丽坐在厨房桌子跟前，围裙兜着一兜豌豆，一颗颗剥了放进一个锅里，脸上带着微笑。玛丽干活多了起来，打扫得也勤快了。瑞秋觉得，她现在想把房子搞得整洁闪亮，是因为这是他们的家，而不是因为担心如果不做，就会挨一顿劈头盖脸的大骂。睡觉前，她会坐在瑞秋身后，用梳子梳一百下她的头发。乔治成了家里的男主人，他也逐渐担当起了这个角色。瑞秋把父亲的钥匙藏在梳妆台一个抽屉的最深处。

“我不想他回来。”一天晚饭时，玛丽说道。

瑞秋把豆子递给乔治。

“我想让你们俩都知道，”玛丽说，“这不是因为他脾气不好，那只是做妻子应该忍受的罢了。是因为羞耻，是因为出了这个姑娘失踪的事以后，走在路上人家看你的眼神。我不想他回来。”

刚开始过第十个星期，一天瑞秋起来点炉子的时候，闻到客厅里有奇怪的气味。很微弱，但确定无疑，是烟草的味道。她感到嘴里充满了口水。她悄悄挪到前门上的小窗子后面，轻轻把窗帘挑开了一寸宽的缝。在门廊的角落里睡着一个衣衫褴褛的人，领子竖得很高，帽子拉得很低，外套像毯子一样铺开来。他瘦得像根芦柴棒，但从肩膀的形状，她看出那就是父亲。

9

1986 年，澳大利亚昆士兰州，布里斯班

又到了休息日，凯蒂发现自己又搭上了去往大学的渡轮，但这次时间是上午。距她上次来这里才过了一个星期。二月还没过几天，校园就像荒废了一样，平淡，炽热，就算那些喷头在操场上催眠般地转着圈洒水也无济于事。她昨晚来来回回改变了好多次主意，现在简直不敢相信自己真的来了。也许经过这么多的纠结，其实只会落得一场空，但她还是无法说服自己先打个电话，因为那代表她在谋划此事，也会摆明她的目的，那样她就会失掉所有的勇气。

从河岸往上，穿过学生会组楼的内院，再经过食堂的这段路，走起来还是很怡人的。组楼里面很阴沉，学生法律服务处、美发室和女士俱乐部都关着门。楼前的桌椅空着，没有卖线香或者扎染 T 恤的小摊，也没有印度教的黑天信徒派发大米和扁豆汤。

走进主楼的长廊，她在佛根·史密斯大楼外面的回廊底下，靠在砂石墙上等待着。她知道那个办公室在哪儿，那个她此行前来拜访的

办公室，但在爬上通向那里的楼梯之前，她需要镇定一下心神。她等待着，呼吸着，让加速的心跳平静下来。墙上的石像朝她邪性地笑着。这天早晨，什锦燕麦粥她一口也吃不下，只能在兜里揣了两块迷你奶酪圈出门了。这种食物看起来就像包在柔软的红色蜡皮里的奶油色橡皮擦。她已经狼吞虎咽地吃了一块，蜡皮也被卷成了小子弹的样子。她在想象中注视着几年前的自己从旁边走过，把蜡球向她弹过来。她在想她会怎么提醒自己当心蜡球。

天哪，凯蒂，她想，她一定是想解开这个谜想疯了。这是上天在告诉你，要拯救你的生活，找点事情来操心，试试保龄球也可以，或者舞蹈。

她等的那个男人不属于会改变习惯的那种人，所以她并没等多长时间。他出现在敞开的房门口，和一个年轻女士一起向凯蒂这边走过来。那位女士——其实还算女孩子——穿着牛仔裙、人字拖和荧光蓝的无袖上衣，黑发扎成高马尾，脸庞光鲜又干净。她胸前抱着一摞书，单肩背着一个黑色的书包，步伐很快，好跟上菲利普。凯蒂猜想她是他的学生。他一路说着话，空着的双手不断打着手势，活力十足，存在感很强，仿佛在说“我就在这里”。女孩点着头，跟在他后面一路小跑。一看到凯蒂，他一句话没说完就停了下来，女孩也跟着停下来。他的嘴角先是温柔了一下，然后绷紧了。她的心怦然一跳。

他像演员一样扬起一边的眉毛。他的眼睛像湛蓝的冰块，头发像金黄的稻草。他穿着蓝色短袖亚麻衬衫，打褶的驼色灯芯绒裤子和船鞋。他甚至比真名乔恩的普雷蒂还要帅，这本身就说明了一些问题。

他收紧了下巴，两只胳膊抱在胸前。这是战斗姿势，身体形成了临时的盾牌。

“哎呀，哎呀，”他说，“天才学生浪子回头啊。”

她只说得出一句“你好”，声音都变了，只有一点点像自己。

“阿娇，听话，你们先开始吧，不用等我，好不好？我这儿用不了多长时间。”他说，目光一直没有从凯蒂身上移开。

“当然，”女孩说，“我去帮您拿饮料好了，还是老习惯？”

他点点头。那个女孩，阿娇，就沿着回廊继续走下去，马尾一晃一晃。

菲利普靠在了砂石墙上。

“有段日子不见了。”凯蒂说。

“我发现，你轻描淡写的天赋依然如故啊。你这段时间还好吗？我看好像瘦了点。”

是的，她跟他说。她过得还好。

“你父亲呢？我相信他也还好吧。”

对。她没有停顿地回答。他很好。

渴望，这就是她初识菲利普的感受。她那时十八岁，完全被那种渴望摧毁了，有时候甚至觉得自己会死掉。没人警告过她爱情会像这样，像一场大病一般突然袭来。她现在看得很清楚，自己是如何一步步沦陷的，沦陷得那么激情四溢，那么目眩神迷。他的反应很矜持，她则全盘崩溃。他表现得那么现实，明说她幼稚——她“之所以认为这就是爱情，那是因为她还很幼稚”，她“不懂这世界的规则”，她那时太“冲动”。现在也还是一样。

和菲利普分手以后的一个多月，她身上每寸地方都在痛，包括眼皮、脚指甲、手指肚，连动一动都困难，更不可能吃得下饭。之后的岁月转瞬即逝，仿佛下午去看完电影出来，突然发现已是晚上。如今再看到他时，她的身体还有记忆，刻骨铭心，印在每个细胞里。她的脉搏跳动加速，她感到舌头在嘴里怎么放都不自在。又过了片刻，她还记得，菲利普很擅长沉默，用以制造黑洞，让你往里跳。他的面容一如往昔，甚至，如果这种事可能的话，还更英俊了。头发有点变白，但是气态更自信了。

“你的寒暄技巧仍然没进步多少。”

“确实没有，”她说，恢复了自己的正常声音，“我需要你告诉我关于 20 世纪 30 年代后期，美国图书出版领域的一切相关技术知识。”

十分钟以后，他们已经在他办公室里了。菲利普坐在他的雕花办公桌后面的老板椅里晃来晃去，一只脚踝搭在另一条腿的膝盖上。凯蒂坐在办公桌前面一张为访客准备的扶手椅上。办公室的门开着。他身后的窗户朝西，正对着运动场，能看到开阔的天空。他的办公室比以前更大了，打通了一堵墙，把隔壁房间也并了进来。在大学符号学里，这是个好现象，正如他桌上那台未来主义风格的微型电脑一样。电脑米色的显示器——虽然大体是立方体，但每一边都是有棱有角的斜面——放在一台跟录像机差不多大小、前面装有软驱的主机盒子上面。他无疑已经飞黄腾达了。角落里甚至放着一张多余的课桌——她猜是给研究助手用的。这里还是到处堆满了一沓沓的论文，那张裂了缝的老旧鞣皮沙发一向就让人不太放心，如今一条沙发腿彻底不见了，改用书来垫着。他已经把阿娇忘得一干二净，让她拿着他冷掉的卡布奇诺咖啡干等。凯蒂也没提醒他。

“那么，菲利普，你这些年还好吗？”他说，“非常抱歉一直没有联系你。跟我说说，菲利普，你这六年来都在做些什么呢？”[1]

“我太失礼了。我应该问候你的，很抱歉。你还好吗，菲利普？”

他不在意地挥挥手：“混日子罢了。我正在写一本新书，但已经有点过了交稿期限了，我的经纪人急得直挠头。不过不提也罢。我欣赏你这么开门见山，所以你指哪儿我就打哪儿好了。我记得你还在这儿读书的时候，对历史和出版业两者都没有特殊的兴趣呀，”他说，“你喜欢浪漫主义诗人，不是吗？还有英嘉·卡尔森。”

“图书史只是门选修课，”她说，“我当时在忙着做别的事情，如果你还记得的话。”

“哦，我记得，”他懒洋洋地一笑，看向半空中，“我不知道你还记得多少，但那门课不是我教的，是简米森教的。现在已经没有这门课了。他们把它砍掉了。”

他桌上堆满了书和论文，顺序都是有意安排过的。电话旁边放着

[1] 此为菲利普假托凯蒂的口吻跟自己寒暄的话，以讽刺前文提到的不会寒暄的凯蒂。

一个胶带切割器和一支装在盒子里的钢笔。整个房间里没有什么东西看着像他的私人物品，除了门旁的墙壁上贴的一张《愤怒的公牛》电影海报以外。海报上伤痕累累、赤裸上身的罗伯特·德尼罗汗流浃背，冷面冷心，备受摧残，但还是豪勇无畏，一心专注于自己的宿命。凯蒂试着想象菲利普筋疲力尽、淌着鲜血，仍准备与对手正面较量的样子。围绕着终身教职、办公室大小、新生和假期待遇而进行的争夺只是附带的琐碎小事。他要的是握手，拍背，然后把一柄薄薄的利刃送入敌人的肋间。

菲利普伸手从桌上一个彩釉陶碗里够到了一盒彩色回形针，开始无意识地把它们一根根掰直。她很确定，他所知道的足够帮得上她的忙。在她遇见他之前，他最大的成功之一就是一篇关于《世事皆有尽》的论文。他对英嘉的热情来得无缘无故，去得也十分迅速，但足以为他赢得了成百上千的引用次数，以及提升到副教授的职称。

“但是你懂这门学问，对吗？印刷史？”她说。

“简米森休假的那一年，我替他代过课。他当时本应该退休的，但终身教职这东西在那儿卡着，你能拿他怎么办呢？如果一个人就愿意占着个办公室不用，然后到社会上去混日子，最后在读叶芝诗集的时候猝死在书桌旁边，谁又劝得住他呢？”他撕下小块的透明胶，裹在他选好的几个拉直的曲别针顶端。

她清了清嗓子：“1938 年，在纽约，学会排版技术有多困难？”

“我刚才说了，这不是我研究的课题，而且学校反正也放弃这门课了。书本已死，小凯。简米森那种人应该到动物学系去，在那个研究恐龙脚印的家伙和那群专攻大陆漂移的书呆子中间找个地方自行腐烂算了。要不他们就该让他负责教全部的新生。天哪，那些新生！他们那语法才叫差，基本靠自己乱编。”他翻了个白眼，“瞧瞧！”他举起曲别针，“这是什么？猜猜看。”

他捋直了所有的曲别针，拼成了一个平面网格，最外一圈是两根黄色的，底下一半交叉着几根绿色的，一根蓝色的和一根黑色的从它们中间垂直穿过，一根红色的横贯其中。

“想不出来。”

“来吧，认真猜一猜。这可是天才的创意。”

他把作品在两人之间的空中挥了挥，保持在她的视平线上，拿拇指和食指捏住黄色的那几根，“这是伦敦地铁线路图，很明显嘛。看到了吗？红色的是中央线。”

“当然，是伦敦。我可真傻。”

他把这东西像扔飞盘一样抛进桌边的废纸篓里，然后像讨论什么阴谋一样，向前倾过身子：“这里快要变成原始丛林了，各种玩政治。如果不是有终身教职的话，我肯定会告诉他们少跟我来这一套。温哥华有个大学在招英联邦文学系的待位教授，我真的在考虑应聘，那样就能让他们清醒清醒了。”

如果这个系真的变成原始丛林，她一点不怀疑谁会站上食物链顶端。菲利普就是个披着粗花呢外衣的马基雅弗利。

"拜托了，菲利普。"

"拜托得真好听，"他说，"甜甜的，跟抹了糖似的。"

"我真的会非常感激你的。你这是在帮我一个大忙。"

他朝她挥挥手，她认为那意思是"接着说"。

"20 世纪 30 年代后期给一本书排版，难吗？"

"很难。操作莱诺铸排机是极高端的技术工作。"

她不知道什么是莱诺铸排机，从来没听说过。

他摇摇头，向后靠进椅子里："如果你当初坚持到底的话，这些你就都会懂的，现在你应该连博士学位都拿到了。也许当时我该对你——怎么说的来着，爱之深责之切？应该强迫你回系里读书的。我肯定能在我的组里给你找个位置。"

她双手叠放在膝盖上，等待着。我看起来很镇静，她想，这是最重要的。

"莱诺铸排机是一种机器，有点像连接着金属热压铸造设备的打字机。那时候，图书排版就是这么做的。机器操作工的报酬非常丰厚，抢手得不得了。学这个得拜师，而且学起来并不简单，需要精神高度集中，因为键盘上有九十个字键。干活的时候又热又脏，而且如果机器卡住了，就会崩出一大坨炽热的铅，掉在你的腿上。工作压力也特别大。如果出一个错，一整块铅字条就废了，只能直接扔进垃圾桶。那时，莱诺铸排机操作工是一个出版公司工资最高的人，有时候比编辑挣得还多。"

“这机器是怎么工作的呢？”

“实在相当巧妙。操作工坐在机器前面打字，机器就会制造出每个字母的字模，排成一排，然后每一行字都会被铸造成一块整的金属板，这就叫铅字条。一行行的字模凑在一起就是一页。”

“一行字，一块整的？”

“我刚才就是这么说的。”他朝门背后一排三个灰色金属文件柜的最边上一个走去，蹲下翻阅里面的悬挂式文件夹，“看这个。”他递给她一张纸。

那是一张照片，上面是一台巨大的黑色机器，带一个小小的键盘，后面连着一台有很多拉杆和机械臂的设备。机器顶端有一个斜面的显示器和某种滚轴。机器极其笨重，隐约流露出不是善茬儿的味道。这跟她想象的完全不一样。

“照你看，这机器会不会被说成是使用‘可怕的小字母’呢？”

他耸了耸肩：“那听起来像是在描述手工排字，就是人工一个个把字母拣出来，凑成‘一组’，然后放进排字盘里。你说的是哪一年，1938 年？那时候手工排字早就过时了，除非是印头版标题或者追求特定的设计效果才会使用。莱诺铸排机是 19 世纪 80 年代投入使用的，20 世纪初就很普及了。”

在这一瞬间，凯蒂发现了两个互不相干的真相。第一，英嘉并不清楚书本是如何排版的。她不知道有莱诺铸排机这种东西，也从来没见过。她脑子里的想象跟凯蒂是一样的，就是查尔斯·克莱伯恩会动手一个个分拣字母，然后放到一个排字框里。第二，查尔斯这个人，在纽约拥有豪宅，又有钱，又有范儿，而且大家都知道他没耐心，所以他绝不会是那种愿意自己去使用这嘈杂、肮脏的机器的人。查尔斯对英嘉说了谎。他没有亲自给《日夜与分秒》排版。还有别的人读过这本书。

“喂喂？”菲利普说道，“你还在听吗？”

“那时一般都是男人操作莱诺铸排机吗？有没有女操作工呢？”

“我没听说过有女的。天哪，这是什么女权主义课题吗？你是不是对男人失去兴趣了，凯蒂？跨过性别那道坎了？”

他只有一半是在开玩笑。他希望她回答“是”，希望能得到她这么多年不给他打电话的理由。回忆在她脑子里闪过：他的浴缸，是那种有兽爪形脚架的老款，每次都要很长时间才能灌满；他们两人白皙的膝盖露在一片烟波荡漾的水面以上；他的房子，是那种平顶的、60年代的式样，坐落在圣卢西亚区以数字编号的街道上，周围环绕着灌木丛；他过多的丹麦家具，木头光秃秃的，毫无装饰，让她看出经济困难时期的窘境；后门仙人掌花盆底下有钥匙，这样她来去都可以不被人看见。他把家里的威士忌佳酿一排排摆在卧室橱柜顶上——那里比较阴凉。威士忌的味道，她从清冷、沉甸甸的水晶杯里和他温暖的口里都尝过；两种感觉在她心里同时并存，一种是她能在那里陪伴他，真是世界上最幸运的女孩，同时她也很清楚，他从全班同学里选了她，是因为他知道她是最脆弱的一个，就像《动物世界》里，豹子相中羚羊一样。她感到一片火热的潮红从喉咙那里升起，罩住了整张脸。来这儿就是个错误，她现在才明白。

“如果你用这种机器给一本书排版，那和读这本书是不是一样的呢？我的意思是，那样能不能看清文字的内容？”

他把下巴搁在十指交叉的双手上：“我猜可以吧，如果专心看的话。一般来说，操作工都不注意自己排版排的是什么内容。操作机器本身就够困难了。”

“如果那时有会操作莱诺铸排机的女工，我怎么才能找到她们的信息呢？”

“有男朋友吗？你一定有男朋友了。让我脱离苦海吧，凯蒂。一想到你，那么可爱的你，还孤零零一个人，我晚上就睡不着啊。一定要告诉我他对你很好。”

她的长睫毛在扑闪：“我在苦苦等待一个特别的男人，这个男人能告诉我 1938 年纽约有没有莱诺铸排机女操作工，甚至哪些工人在给哪些出版社打工。”

菲利普笑笑：“你说笑了。当时全美国四分之一的出版界人士都住在纽约，总数可能有四万之多。其中有好几百个操作莱诺铸排机的男工，如果算上学徒就更多，也许好几千都说不定。在这么多人里找一个女工？而且他们又不是能载入史册的那种人。”

这不会是死胡同。不能是死胡同。“总会有办法弄清楚的吧。”

他隔着桌子探过身来：“为什么要弄清楚？究竟为了什么事？”他的眼睛眯了起来，“你有什么瞒着我？”

她张开嘴，想跟他说那位女士的事情，但看到他的眼睛已经眯缝起来，还闪着光，就改口道："没什么，只是想解个谜。我怎么才能查到呢？"

"凯蒂，亲爱的，那都是差不多五十年前的事了，而且还在另一个大洲。如果哪个女人作风够新派——《纽约时报》也许会提一提？这里的图书馆里有很大一个报纸库。也许他们曾经采访过谁，或者做过什么专题。但你需要花好多天去坐在那儿查缩微胶片，更有可能要好几个星期才行。而且我相当怀疑你什么都找不到。那是只有笨人才会做的机械性的重复工作，更不用说成功机会渺茫。我相信你肯定能找到更有意义的方式来消磨时间。"

"还有别人会知道这方面的事情吗？任何人都行。"

他用胳膊扫了一圈："我的凯蒂，不知道你发现没有，这里是昆士兰。两次世界大战之间的那段美国印刷史算不上我们的强项。如果你想要了解关于良种血蛋白或者牛群养殖项目，我们可是世界一流的。你可以去找简米森谈，如果你能让他保持清醒的话。我过去认识一个狂热的卡尔森爱好者，他可是系主任的心头好，直到有一天，谁也不知道为什么，他就离开了学校，去卖古董小玩意儿了。但我也好多年没见过他了。有的人就是这样，天上掉馅儿饼给他，他只会拿去扔掉。"

这个"卡尔森爱好者"是杰米无疑吧？他和菲利普以前很要好吗？后来吵架了？她会这么快想到这个，就是因为整整一天，在她试着专注于其他事情的同时，杰米·加尼维特却一直萦绕在她意识的一角。他的敦实健壮和菲利普的有棱有角形成了鲜明对比。她犹豫了一下。

“给我留个联系方式吧，我想起什么了就告诉你，”他说，“我不会吃了你的。一般不会。除非你特别要求。”

他递给她笔和纸，她写下了自己的住址，但是没留电话。他折起纸塞进口袋。

“你到底要不要告诉我你这异想天开的小心思到底是什么，某个研究课题吗？”他问。

如果事情照另一种轨迹发展，如今她也许都拿到自己的博士学位了。她可能也会在这儿工作，当辅导员或者初级讲师。隔壁的办公室也许就是她的了。但是——这一点是她不想承认的，就算对自己也一样——当她还非常、非常年轻的时候，她想要的就是嫁给他。她想要跟他共同经营一个家，每天下班后给他煮晚饭，用花体字写“凯蒂·卡迈克尔”的名字，写满整整一页。

“我没在研究任何课题。我在书店工作。”她站起身来说。他是个大忙人，她知道。她应该对他给予的时间和关注心存感激，不管是不是为了“异想天开的小心思”。“总之，很感谢你。麻烦你了。”

“别这样。”他说。他真是很有魅力，下巴线条好看，眼睛也很迷人。他自己完全知道这一点。有好几年，她每天都一个人慢慢挨着日子，晚上孤寒寂寞，醒来却很平静。永远稳定、纯洁和有原则的心灵，什么时候修成都不晚。

他隔着书桌向她倾过身子：“你现在年龄大点了，也不再是这里的学生了。我很想你。我们可以去库卡布拉餐厅，安安静静吃顿晚餐。”

她身后传来一阵响动。她转过身去，看到阿娇站在门口，手里端着一个泡沫塑料杯子。“不好意思，教授，我以为……”

“你以为得很对，”菲利普对她说，“沃克小姐和我马上就谈完了。”然后他转向凯蒂说：“你想知道的都知道了吧，是不是？如果还需要我帮什么忙，就联系我，好吗？我是说真的，凯蒂，任何事情都可以。”

她的髋关节不知怎么有点僵硬，迈不开腿，但她还是跨出了门，从给菲利普递咖啡的阿娇身边走过。这女孩很美，身形纤瘦，容光焕发。凯蒂和她在门口擦身而过的时候感受到一股激烈的能量涌动：只要给一点点机会，那个女孩一定会朝她小腿骨来上一脚。

几天以后，凯蒂看见一个朋克少女坐在书店最靠里角落的地毯上，读着威廉·巴勒斯[1]的《野孩子》。她头发梳成一根根尖刺，足有一掌多高，只有最顶上的三撮染成了暗红色，和她的眼影、口红和穿在黑色短裙和有扣带的沉重靴子里面的格子长袜颜色相配。她一定快热炸了吧，凯蒂想，而且那满是扣子和铆钉的外套保准有一吨重。

那女孩却一副恬然自若的样子，即使穿着那样的靴子，还是盘着腿坐着。克里斯汀一向放任顾客在店里看书，她说这总比偷书要好，因为至少我们有机会把书卖出去。凯蒂也是这么想的，而且对朋克一族很有好感。她欣赏他们费心保持个性的精神。她没有去打扰那个女孩，虽

[1] 美国作家，“垮掉的一代”文学运动的创始者之一和美国后现代主义创作的先驱之一，《野孩子》是他的一部代表作。

然她对巴勒斯不太感冒。也许她该推荐人家读多丽丝·莱辛[1]？

克里斯汀来到她身后，拍了拍她的肩膀："我一般不会说什么的。"

"当然，"凯蒂说，"你一向是那种有意见放在心里不说的人。"

"你不会在找新的工作吧，或者在创业还是干什么别的，对吗？我的意思不是要怪你，但你最近的表现实在很奇怪。不太正常。"

"我以前正常吗？"凯蒂说，"啧啧，克里斯汀，你这话说得可有意思了。"

克里斯汀交叉起胳膊："你的电话。"她朝办公室的方向一扬头，"是个男的，一个性别为雄性的人。"

凯蒂到后面的房间接起电话，说了一声"你好"。

"终于找到你了。我已经打了四家书店的电话找凯蒂了。"

是杰米·加尼维特。

"没想到你会联系我。我完全可以肯定，你只求我远离你的视线。"

"我也没想到会给你打电话，但是今天早上，有个老同事找我，就是昆士兰大学的菲利普·卡迈克尔教授。"

凯蒂记起了菲利普眼皮内双的双眼，双手指尖的轻触，还有对人温和的纵容——那是为了掩盖他那个超级好胜、无时无刻不在打如意算盘的大脑。"这跟我有什么关系呢？"

"我不知道。他问起了那个卡尔森的展览，以及有没有人联系过我，

[1] 英国女作家，被誉为继伍尔芙之后最伟大的女性作家，代表作有《金色笔记》等，2007年获得诺贝尔文学奖。

询问关于排版工人的信息。他跟你的问题是一样的，会不会有别人，某个女人，读过那本书，并且还记住了内容。他还问我知不知道查尔斯经常雇用的莱诺铸排机操作工是谁。他觉得有人会来问我。”

她早该想到的。“还有吗？”

“还有就是假如有人联系我，我给他通个气的话，他会很感激，‘学者对学者’嘛。关键是他从我手上买了一本很好的初版里尔克[1]的《给青年诗人的信》，这书在我手上有一段时间了，是精装本，有点日晒的痕迹，书脊翘了，纸张也有点散，但还是非常不错的。等书从装订工那里送回来，我就给他拿过去。”

“所以他买了一本书。”

“上一次见面的时候，我和他并不是和和气气告别的。但是今天，他却迷人得不得了，甚至价都不讲就买了东西。这就表示，他一定有所企图。”

“你不喜欢他吧。”凯蒂说。

“我不会这么说，他相当惹人喜爱，我只是认为他是个浑蛋。”

静默在两人之间延伸开来。

“我上周去拜访了他，”凯蒂说，“问他关于排版工的事情。我认识他，关系不深，那是好几年前的事情了。那时我还在上大学。”

“是嘛。”杰米说。

[1] 奥地利诗人，著有诗集《杜伊诺哀歌》《致奥尔弗斯的十四行》和小说《马尔特·劳利兹·布里格随笔》等。

塑料电话听筒在她手里突然沉重了起来。

“我没有提任何关于卡尔森展览的事情，他不可能知道那个的。”

“你有没有特别提到过 1938 年？”

她提过。要问出她需要的信息，她必须要这么具体。

“全城都在谈论印本残页，你这时候跑出来问他这些问题？他又不是傻子。”

她的手指在电话线上绕来绕去。菲利普一定猜到，她开口寻求他的帮助是多么不容易，于是只能总结出，她这么做必有重要的原因，重要到值得他花时间去探寻。

“你跟他说了什么？”

“如果你是问，我有没有跟他提起你，以及你在找什么人——就是那个瑞秋——那我没有。我告诉他我没有闲心去理会关于英嘉的阴谋论，对浪费我时间的人更是坚决不能容忍。他了解我够多，知道我说的是真的。但是凯蒂，我也相当了解他。他如果认为有什么料可挖，是肯定不会放弃的。”

她把手指从电话线上松开：“但是根本没有什么料啊。你是对的——我们没法知道那位女士是真的知道那行字的内容，还是她瞎编的。这是个死胡同。”

他暂时没有说话。她听见那边传来模糊的碰撞和滑动声。这声音很熟悉——像快递送来了一箱书？直到此时她还从未意识到他俩业务的相似之处，只看到了不同。凯蒂能听见他的呼吸，几乎能感受到这呼吸吹在她的耳鼓上。从开着的门缝，她看到那个朋克女孩向四周望了望，然后把那本巴勒斯著作塞进包里。

“鲨鱼能发现溶在一百万滴水中的一滴血。”他说。

“什么？”

“我父亲以前爱驾船出海，这是他的名言之一。他很懂这类事情，钓鱼啊，鲨鱼啊，还有掉下甲板该怎么办之类的。以前我们出门之前，他习惯检查我的书包，确保我不会偷偷带本小说到船上去看。”

“听上去他是个很有意思的人。”

“哦，的确是的。每天六点起来做操，然后升起三角帆。我打绳结的技术可是世界一流的。”

“我认为那本书的排版不是查尔斯做的，所以也许那位女士就是排版工。”她跟他提起了她父亲的性格，那些小字母，以及她对排版的误解。

“还不能完全确定，”他说，“你现在想怎么办呢？”

“意思是你相信我了吗？”

“还不到那个程度，但我认为，这件事有可能会让菲利普不爽到家，这太诱人了，”他接着叹了口气，像贴着她耳朵似的说，“或者，虽然过了这么多年，我也许还是有那么一点爱着英嘉。”

“大学图书馆藏有20世纪30年代后期的《纽约时报》。菲利普认为，如果有什么证据表明当时纽约有女排版工，在那儿也许能找到。但是这个工作量太大了。”

“一个人做可能工作量太大，”杰米说，“但两个人做就不会了。”

10

1938 年，美国宾夕法尼亚州，阿伦敦

瑞秋没有弄出一点声音。她溜到厨房又溜回来，把耳朵凑在门上听，但除了外面传来的带喉音的呼吸声，什么也没有听到。在她周围，整个房间都变得无比清晰：她头上的锡灯投下的绿色影子；矮橱上面的三个花边面板的架子；缺了口的蓝色珐琅牛奶罐和同款咖啡壶；挂在钩子上的两个擦得亮亮的锅；一本画着黎明天空下的海港和航船的古德里奇日历。时间在流逝，她不知道具体过了多久，但是一块太阳光斑已经出现在地板上。接着她就听见了一个声音，跟父亲的声音那么相似，导致她肠胃都翻腾起来。

“我饿了，瑞姐，把炉子点上嘛。”

是乔治，他光着脚，揉着眼睛。他快满十二岁了，是个小男子汉了。

她把手指放到嘴唇上。乔治等了等，然后两人都听见了。门廊上有动静，胳膊碰到了什么，靴跟踩在木板上，衣服料子窸窣作响，就像落水狗抖干身子的声音，接着瑞秋听见一只指关节敲了敲门。

“玛丽，我亲爱的，”沃尔特清了清嗓子，“我好像把钥匙放错地方了。”

瑞秋和乔治像石像一样站着一动不动。

又响起了几下敲门声，嗒嗒嗒嗒，挺欢快。

“小乔治宝贝儿，好孩子，你在吗？外面冻死人啦。”

玛丽穿着睡衣、披着毯子来到前厅，头发松软地散落在她肩膀周围。她眼睛一刻也离不开大门，一只手捂着嘴，脸色像见了鬼一般。

现在变成了一只手掌砰砰在拍门，接着是拳头和小臂的侧面在砸门。

乔治朝门口走去，又停住了。

“我这是最后一次好声好气地说话，”沃尔特说，“开门，否则后果你们承担不起。”

瑞秋感到皮肤下面有千百只小虫在爬。“爸爸？”她说，“是你吗？你这段时间去哪了？”

“瑞秋，你才是我的好闺女，”沃尔特说，“快开门。”

“都过了好几个月了，爸爸，”瑞秋说，“你遇到什么事情了？我们以为你死了呢。”

一阵浓浊的喉音，可能是他的笑声。“没有，没有，瑞秋。我好好的没事，感谢上帝，当然某些凡人也帮了些忙。”

玛丽踉踉跄跄挨到一把椅子边，跌坐在上面。乔治蹲到地板上，仿佛双腿已经支撑不了他的体重似的。

“大家都在找海伦，爸爸。”

“世事险恶，瑞秋。人心黑得深不见底啊。”

“你知道海伦在哪儿吗？”

“啊，这个嘛。”她听见什么东西一划，然后是火柴点燃的细小声响。他停顿一下是为了点烟。“说起来很遗憾，我被那个年轻姑娘狠狠地骗了。但这问题不适合隔着一道门讨论，小孩子也不该听。”

“大家都一直为你们俩担心啊。”

“她利用了我的好心肠，瑞秋。她当时那种境况，完全是一个人孤零零地活在世界上。我只不过是出于基督徒的善心去保护她，甚至不惜以牺牲我的家庭为代价。但是我现在回家了，赞美上帝。”

“别开门。”母亲做着口型道。

“我知道如果我在那个姑娘需要的时候弃她于不顾，那我就再也没脸见你母亲了，再也没脸了。你母亲是凡间的圣人。”

玛丽站起来，开始朝门口走去：“她在哪儿，沃尔特？那个姑娘在哪儿？”

“是你吗，我最亲爱的老婆？开开门，我的小心肝。”接着，因为他们一个也没有动，大门给撞了一下，接着又被踢了一脚。“我说了，开门。我被骗了，事情就是这样。事实擦亮了我的眼睛，我发现她是最坏的那种贱女人。好像我连从一到九都数不到，好像我是什么傻瓜似的。她利用了我，好给她和别的男人之间的勾当打掩护，或者说别的一车男人更有可能。”

玛丽闭上了眼睛。乔治向后一屁股坐下，双臂抱住了小腿，两个膝盖顶在眼窝里。

瑞秋从她的肺部最深处吸了一口气：“走吧，爸爸。”

“这不是你的房子，跟你没有任何瓜葛。我要待在这儿，直到听见我的玛丽开口为止，”他的话音充满暖意，甜得像蜜糖一般，“如果她真正抛弃了我，我就走，我当然会走。但我了解我的玛丽。我的玛丽不会为了某个心术不正的妓女就把我赶出家门的。”

“瑞秋，”玛丽悄声说道，“我不确定。”

但是瑞秋确定。这事她很确定。

“走吧，爸爸，”她说，“迪姆利先生把你的工作给了帕特·麦克鲁尔，我们也都习惯了你不在。你最好找个别的什么地方，再重新开始。”

一声巨响，一个强壮的肩膀撞在了门上。助跑，然后又撞了一下。他们三个瑟缩着，但大门还是挺住了。

“让我进去，瑞秋，否则你最好向上帝祈祷，让他阻止我动手。”

瑞秋知道，后门锁得好好的，而且很结实，窗户也一样。她们家只有两个女人和一个男孩，所以瑞秋自己做好了预防措施。

“如果你一直在这儿出洋相，有人会告诉海伦的兄弟们，他们会来找你的，爸爸。他们担心坏了，而且很生气，对你来说，局面可能会相当糟糕。你最好现在就离开。”

又一声碰撞，又一次踹门。

“我要去躺会儿，不然要昏倒了。”玛丽说。

乔治没有去她身边，也没有来瑞秋身边。玛丽两条腿都软得像融化了一样，她一手扶着墙朝客厅后面蹒跚而去。

“爸爸，”瑞秋说，“爸爸，我们对你没有恶意。但你得离开，我们祝你一切顺利。求你了，爸爸。”

外面安静了一分钟。乔治抬起头，看着瑞秋。她爬到窗户边，拉开了窗帘。门廊已经空了。地上只剩一个揉皱的好彩香烟盒和一个苹果核。她把窗帘拉得更开一些，朝街上望去。什么都没有，往左往右都看不见什么。她的父亲会没事的，她告诉自己道。如今天气暖和了，他不会冻死的。他会到卢塞恩县去找份矿工的工作，往后万事都会如意的。

但接着就是一声巨响，响得好像整座房子的地基都在动摇。她嘴里泛起酸味，双腿充满着疯狂的渴望。“快跑、快跑、快跑！”它们喊道。

后门被砸响的时候，它们还一直在这么喊着。

11

1986年，澳大利亚昆士兰州，布里斯班

凯蒂十岁的时候，同近邻的几个小孩交上了朋友，他们属于一个反对世俗浮华的基督教分支教会。某个周日下午，她和他们一块去他们的教堂周边玩垃圾堆寻宝游戏。那个教堂只是一座由表面斑驳的防风板搭建的礼堂，坐落在一个尘土飞扬的公园中央。

组织这次活动的牧师是那种满脸胡子、爱穿牛仔裤和扎染衬衫的人。他把第一个线索装在一个原来放煤气账单的旧信封里给了他们，上面写着：在《以赛亚书》38：8中寻找方向。凯蒂完全摸不着头脑，但是其他孩子一看就明白了。他们都穿着熨过的牛仔裤，拔腿就跑，你推我挤，咯咯直笑，不顾教义的束缚，尽情蹦蹦跳跳。凯蒂一路跟着他们。他们在教堂背后找到了第二条线索，说要去从上往下数第十级楼梯那里找……以此类推。这游戏本该很有意思，只不过最后的大奖好像不值得大家这么挤破头去争，那只是一本关于大卫和歌利亚的立体故事书。

这次的探索就跟那次感觉一样。就算他们发现了女排版工存在的记录，那又能证明什么？她告诫自己一定要理智，接着就想起了菲利普，以及他的气息吹在她脖子后面的感觉。虽然她的目标还是个谜，但她清楚她在逃避什么。菲利普可以使唤研究助理、研究生、本科生。凯蒂知道得比任何人都清楚，他有办法忽悠别人给他办事，而且让他们觉得这是自己的主意。

周六早上，她在大学图书馆外面和杰米会合。他这次穿的是白衬衫、牛仔裤和徒步鞋。风大了起来。许多学生在石头台阶和草地上游荡，抽着烟等开门。他们看起来都很相似——顶着大团蓬乱的头发，穿着松松垮垮的水磨牛仔裤和深浅不同的蓝色 POLO 衫或者法兰绒格子衬衫，不一样的只有一两个看起来像牙医的成年大龄学生和一个一枝独秀的"乔治男孩"粉丝，涂着一脸大概需要从黎明就开始化的妆容。图书馆一开门，所有人都把包存放在架子上，然后穿过旋转门。

凯蒂和杰米怀着一种使命感，大步迈了进去。他们挺像那种电视剧里的侦探搭档的，比如《斯蒂尔传奇》里的劳拉·霍尔特和雷明顿·斯蒂尔，或者《哈特夫妇》里的夫妻。这感觉像要去公路旅行一般，她应该带上一袋蛇的。

和她上一次来这里的时候相比，这里冒出来了很多蜂巢般矮胖的黑色卡片柜，挤满了每一寸可用的空间。因为如今已经禁烟，所以他们经过昏暗的书架间时，并没有看到闪亮的小小火光，但白蒙蒙的阳光还是一如既往，透过高高的窗户交织在空气中。这个图书馆一向很拥挤，当初建成的时候，好像不可能再在这里找出什么新鲜东西，但五十多年来，这里一直在临时扩建、增修夹层和添置密集柜，好像在给一道质量不过关的木板墙贴上了许许多多的壁纸。凯蒂一向感觉这里很欢迎她。这是一个给喜欢追根究底的人准备的地方，而凯蒂从来都是这样的人。

图书馆的宁静像毯子一样罩着他们。那种气味——腐烂的纤维加一丝刚割的青草和香草的气味——能让她保持冷静和专注。阅览室很快坐满了人，不过他们在靠近缩微胶片阅读器的地方找到了一张几乎空着的桌子。杰米负责找目录，她则准备好笔记本和笔，好随时记录他们的进展。

“都在这儿了。”他抱着一个纸盒子回来，跟她说道。盒子里放的是一盘盘的黑色胶片，卷得紧紧的。“你想从哪里开始？”

一股小小的电流从她全身流过，她感到自己的肌肉在皮肤下面仿佛活了一般跳动和刺痒起来。她希望别是染上什么病了。

“从 1935 年开始。”她说，虽然并不确定为什么。

这事的困难在于不要分心。20 世纪 30 年代，《纽约时报》上登着鳄鱼皮包、阿拉斯加野生海豹皮大衣和白鼬皮草的广告，以及光怪陆离、不可思议的犯罪故事。经过在某个下水道里“令人不堪的搜寻”之后，警方找回了价值八万美元的珠宝，是格鲁吉亚的姆迪瓦妮公主到纽黑文看完海军学院和耶鲁大学的比赛之后，在回家的路上丢失的。

凯蒂不确定哪种情况更荒诞：是你家乡的城市里竟然住着一位公主，还是公主竟然会去看橄榄球赛，还是她去看比赛竟然还戴着珠宝，还是警察竟然会去搜下水道，把珠宝找回来。在20世纪80年代的昆士兰，如果你拥有任何值得一偷的财产，你最不该告诉的就是警察。

她读了各种公告："新泽西公寓楼求合租""大学毕业生欲盘下推销员客源""割爱出售整套厨房用具"；读了婚讯、电台节目单和讣告；读了招聘广告："招可靠的已婚男性""招4名推销员，要求有推销客户订阅报纸经验""帝国模特学校，圆你一个模特梦"。要是这事可以当正经工作做就好了，每天都能体会这种脑力狩猎和采集的快感。

然而，过了两个小时，她就不再觉得自己像电视里的侦探了。她开始匆匆浏览，而且很确定使用她旁边那台机器的杰米也在做同样的事情。就算闭上眼睛，她还是看得到灯箱和不断从上面闪过的黑胶片，它们已经印在她虹膜上了。而且整件事也引发了某种存在主义的思考。一页页报纸都刊载着当时看来那么重要的消息，曾让人夜不能寐、如痴如醉、撕心裂肺或者欣喜若狂，但到今天却已经一文不值。没有人再去关心那些珠宝丢了没有，公主又把它们找回来没有。凯蒂意识到，我们只是时间长河中的小小沙粒，这一点让她有解脱之感。事实上，她不需要担心任何事情，本质上来讲就是这样。过去的差不多五十年的时间非常有效地为她筛选出了值得考虑的范围。

当单词开始在她眼前跳舞的时候，她开始专注寻找"排版工"这个词。她的发现包括一篇报道，说伊利诺伊州的一家报社拒绝指派一位工会成员去操作新到的“电讯排版机”（管它是什么呢），因此导致了工人大罢工；一条讣告，死者是《查塔努加时报》的编辑，最初是排版工出身；还有一条很小的消息，是关于一个既不会读也不会写的“黑鬼”排版工是如何通过一个个比对收到的打印稿上字母的形状，来制作出完美的印版的。没有任何关于女工的信息。

仿佛看穿了她的想法，杰米把眼镜往额头上一推，两只手按住了自己的后腰：“这东西简直像个中世纪刑具。”

她点点头：“你可以随时停下来。”

“我是自愿的，”他说，“要怪只能怪自己。”

“也许我们可以找找关于火灾的文章，纯粹为了好奇。”

翻了一会儿，他找到了需要的胶卷。他拉出胶片盒，把新找到的胶卷安在转轴上，从玻璃下面把胶片穿过去，卷进绞盘里，然后转动绞盘，快进到了第一帧图像。

他很快就找到了火灾的新闻，这消息占了头版右侧的很大一块地方，周围环绕着关于日美军备竞赛以及共和党敦促民主党倒戈，跟他们一同反对罗斯福提高商业税的报道。她站在他身后，跟他共看一块屏幕，往前倾着身子。很奇怪，书生气这么重的一个人，脖子却晒得黑黑的。

小说家英嘉·卡尔森于仓库火灾后失踪
各界纷纷悼念普利策奖获奖作家及其编辑

昨日，位于迪威臣街的克莱伯恩出版公司仓库发生重大火灾，后在现场找到两具严重烧伤的尸体，一为二十余岁纤瘦女性，一为男性。尸体符合英嘉·卡尔森小姐和她的编辑查尔斯·克莱伯恩的身体特征。自星期二下午后便未曾有人再见过他们。据称，尸体上残留的个人物品已鉴定完毕，警方亦找到克莱伯恩先生发给卡尔森小姐，促其于火灾发生时间前往仓库见面的电报一份。警方预计将于今日正式开展尸检工作。克莱伯恩公司员工表示，仓库内存有价值超过十万美元的图书和纸张。

火灾于晚间七时被路人发现。经四辆救火车的一番艰苦扑救，火情终于在次日凌晨两点半得到控制。最初人们还担心，从仓库屋顶蹿出的火焰有可能延烧至一栋邻近的公寓楼。第一探照灯公司属下三名消防员被坠落的玻璃砸伤，其中两人需送往医院缝针，余下一人在现场接受治疗后，继续坚守岗位。对废墟进行彻底检查后，并未发现任何其他受害者的踪迹。火灾的原因尚无定论。

接下来的报道内容就是对英嘉的生平和职业生涯的详细叙述，以及关于查尔斯的简要介绍。报道里写着，英嘉“在这个国家没有在世的亲属。人们眼下正积极调查，以便确定她在祖国奥地利还有没有家人”。查尔斯家里还有妻子玛德琳和二女一子。可以想见，英嘉的辞世将会引发世界各地的深切缅怀。葬礼的具体细节有待公布。

他们跳到两天后的报纸。

火灾专家帮助调查卡尔森案

小说家英嘉·卡尔森的尸体经鉴定无误后，全城陷入一片悲痛之中。纽约市警察局的三位火灾专家抵达迪威臣街的案发现场，协助当地警察调查火灾原因。各位警官均拒绝就调查的走向进行评论，但表示他们已讯问至少三十人，试图找到火灾背后的一名或多名作案人员。对于有人看见警察从英嘉·卡尔森的编辑、同样在火灾中丧生的查尔斯·克莱伯恩的办公室和住宅里运走成箱的文件这一流言，警官们同样拒绝发表评论。克莱伯恩先生的遗孀也拒绝评论，只说任何关于纵火犯身份的谣言都是毫无根据的。

“外面天气特别好，”凯蒂说，“让你耽搁在这儿真不合适。”

他们坐得离窗户很远。虽然风大，但天气确实特别好，凯蒂不用往外看就知道。他们居住的这座城市天气总是特别好。

“我跟你说了，我是自愿的。”

坐在长桌另一头的一个穿运动裤的男子抬起头来，宛如大脑皮层手术做了一半被打断的脑外科医生那样狠狠盯着他们，“嘘”了一声，然后整理了一下他的一把塑料尺、一支圆珠笔、三根彩色荧光笔和一瓶修正液。

凯蒂重新坐下来，把椅子拉得离杰米近了些，身子也向他倾过去更多，以便用更轻的声音说话：“你认识菲利普多久了？”

“够久了。他是我本科时的导师。他经常……跟学生混在一起，”他眨眨眼，把目光转回屏幕上，“你认识他多久了？”

她感到脸上火辣辣的，于是拿起一支笔转了起来。她很感激他没盯着她不放，但还是希望自己能缩到跟面前的透明胶片上的字一样小。如果人们需要借助某种特殊的机器才能看到她，那敢情好，她就能免于任何人的打扰了，只有那些真心准备好要看她的人除外。

“感觉像认识他很久很久了一样。”她说。

他点点头。

“为什么你不告诉他我在找什么呢，那个美术馆外的女士？”

“这不该由我来说。”

她点点头：“那咱们继续？”

“不错，”他说，“继续。”

他们乘着那魔法时光机回到了 1937 年，再次开始搜寻。他们慢慢工作着。

快到图书馆关门的时候，她有了发现。这发现跟她想象的不太一样，因为它和女排版工完全没有关系。这条消息几乎还没有一英寸宽，是火灾发生三天后刊载的。

本地男子在遭遇抢劫时遇害

与窃贼嫌犯搏斗时被捅死

塞缪尔·费舍尔，四十五岁，职业为排版工，在布朗克斯区佩里大道工作，周日傍晚于住所附近疑似遭遇抢劫，被刀子捅伤致死。数名路人向其伸出援手，医疗救助亦很快到位，然而已无法挽救被害人的性命。据目击者描述，袭击者身穿一件宽大松垮的黄褐色风衣，行凶后，他便步行逃离现场。警方称伤口极深，并在现场找到了沾血的凶器。附近居民对那一带暴力犯罪数量激增深表担忧。

对一条人命来说，一小段文字实在算不了什么，她想着，又读了一遍。胶片上的黑墨水在她脑子里变成了图像。他出现在她面前，塞缪尔·费舍尔。他是个快活的家伙，他这辈子算不上财运亨通，但是排版工也是份相当不错的工作了。他外表看着很过得去，穿着灰西装，戴着帽子，脚上是他最好的鞋子。她能看到费舍尔沿着一条逐渐暗下来的街道走着。他打扮得这么精神，这么快活，步子还带着一点雀跃，所以不是刚下了班往家走。也许是出去吃晚饭，或者和某个女士去看电影。空气发生了变化，刮起了风，纸片被刮得顺着街道飘。他经过许多红砂岩的房屋，一个电话亭和一座小酒吧，还经过了一个热狗摊。摊主感觉到周围气氛不对，开始收拾他的餐车。人们匆匆走过，抖开了伞，做足了准备。天空呈现一片铁灰。

费舍尔一个急转，走上了佩里大道——在她脑海里这是一条窄窄的林荫路，两边都是住宅楼，前面有楼梯和褪色的红色屋檐——迎面差点撞到了一个穿黄褐色风衣的人。这人没有让开，继续站得那么近，太近了。费舍尔倒是向后退了退，还往旁边让开，但这人跟着他移动，就像在跳某种舞步一般。费舍尔抬起头看看，脸上带着和陌生人在人行道上无意间互相堵路之后的尴尬表情，但是紧接着就感到一个锋利的东西逼上来，插进他的西服、衬衫和背心。他感到尖锐的异物抵在了肋间。

哦，他想道，原来这完全是另外一回事。

他吓了一跳，但费舍尔想，这就是住在全世界最刺激的城市的代价吧。他从小就在这几条街上长大。这是一次直白的交易，在那段困难时期，这种事情并不罕见。他知道谁也不必受伤，只需要简单地交出钱包，也许再加上手表，这事就结了。

但不知何故，事情没这样发展。

费舍尔支撑不住跪到了地上。他跌倒的时候紧紧地把那人的风衣攥在手里，但他很惊讶地发现自己的两只手自动松开了，风衣从他指间溜过，他意识到自己倒在了人行道上。这不行，他想，会弄脏裤子的。紧接着他就感觉到有液体在身体下面汪成一池，流进了下水道，沿着路面鹅卵石之间的缝隙画了一条弯弯曲曲的红绸带。

穿风衣的人俯身下来，掏走了他的钱包，从他手腕上捋下手表，然后跪下来把刀子在费舍尔裤子上擦干净。他竖起衣服的翻领，压低了帽檐，然后匆忙离去。其实街上空无一人，他并未引起注意。等到某个路人发现费舍尔的时候，红色液体已经在鹅卵石之间汇成了图案，好像滴落在一排排铅字之间的墨水一般。

凯蒂感觉心脏怦然一跳。“看这个。”她对杰米说。

他站到她身后，越过她的肩头读着消息。

“很奇怪的巧合，火灾后这么短的时间就出了这事。”她说，但并不真心这样想。她的脉搏跳得那么快，表示她明白这事另有玄机。但她强烈地希望先保持低调，因为如果有谁要跳出来说这篇报道跟他们的搜索目标毫不相干——除了“排版工”这个词和日期之外——的话，她宁愿这个人是她。

杰米用手揉着下巴：“也许吧，巧合确实会发生，毕竟在那个年代，纽约肯定有许多捅人事件，而且也有许多排版工。只不过那个名字，费舍尔，我之前曾经听到过。”

12

1938 年，美国宾夕法尼亚州，阿伦敦

眼下墙壁离她已经只有咫尺之遥，整座屋子都缩到了火柴盒大小。后门被撞开之后，听着他越来越近的脚步声，她想到的是那些供织机咔嗒咔嗒工作吐丝的蚕。每一个工厂里的每一名工人，他们的家人，镇上的商店，电影院——所有的一切都要仰仗它们的劳动成果，它们自己则安安稳稳地在蚕茧里憩息，对蚕茧以外的世界一无所知，直到被投进装满沸水的大桶里。

他就站在她面前，往上撸着袖子。在这座房子里，他一个人占的地方比他们三个人加起来还大。她了解他，她的一部分就来自他。他的脸颊布满灰白的胡楂，一道两英寸长的红肿擦伤从他喉咙侧面延伸到脖子根部。她从未见过他身上的衬衫和外套。最突出的是，他胸前口袋里塞着一块方巾，太大了，太紫了。他全身散发着烟味。在农场，她还在蹒跚学步的时候，会跌跌撞撞地向他奔去，那怎么可能真的发生过？

“把我关在自个儿的家门外，”他说，“这就是我得到的欢迎吗？”他把拳头捏了又捏，她看到他胳膊上青筋暴起。乔治已经没影了。

母亲站在沃尔特身后，双臂抱在胸前。“你真让我吃惊，瑞秋，”她说，“《十诫》里说了，‘当孝敬父母’。没有比你这样更大的罪过了。”

瑞秋的肌肉在战栗，她由此知道自己是有实体的。第一击就把她打翻在了地板上。

在那一阵光和暗的交杂中，她迎来了一个皮开肉绽的新世界。她身体的每一个部分都被之前根本想象不到的网状通路连在了一起：小手指和髋骨，膝盖窝和锁骨，等等。这个新世界又冷又热，放射着，刺痛着。她之前曾觉得没人看得见自己吗？感觉像飘忽的空气，像薄雾？她记不起来了。她是活生生的，她是一个动物。她是地，是土，是血。她感觉得到自己的颧骨，肚脐眼上方的那片空间，还有小腿。她尝到铁的味道，也闻到铁的味道。她新生了，滑溜溜的，扭曲着，翻滚着。时间在流逝。

她用胳膊肘撑起身子来呕吐，母亲在旁边拿着一个盆子给她接着。

“只要一两个星期，相信我，”她说，“你的肋骨就好了，最多再久一点。如果到了星期五，你的尿还带红色，咱们就去找大夫来。但不会的。”

瑞秋躺回去，但是一切都不够软。她感觉就像身体中间都是尖锐的石头，彼此互相磋磨着。一只眼睛无法睁开，她用另一只眼睛看到玛丽正用一块布去蘸冷水。她给瑞秋擦了额头、手臂和胸口，接着把那块布在水罐里涮，拧出血水来。

“他眼看着要大发雷霆，要不就你一个人遭殃，要不就得把我和你弟弟也搭进去，这是肯定的。一个人遭殃总比三个人来得好，不然哪还有人来照顾咱们呢？”

瑞秋两个手腕的关节响着，哀鸣着。每一次呼吸都像用尖锐的石片去划粗糙的河沙。她的身体在对她说话，若是哭号能停止的话，她是可以听见的。那种炼狱受刑般的呻吟，就像从决堤口迸出的激流一般绵绵不绝。

“这会儿你该消停了，”母亲说，“事情已经过去了，没必要再搞得大惊小怪，没完没了。他们不喜欢事后还得去回想。我是说男人们。他们完事了就会冷静下来，因为打人能让他们把怒火都发泄干净。你以后就知道了。你想提任何要求，都要事后再提，趁着伤痕还没消失的时候。”

在某处有对这番话的回答，但是瑞秋嘴里没有空间来形成一句话。

“最好一星期左右别出门。要是处理得当，就永远不会有人知道。甚至同一个屋檐下的家人也不是每次都能看出来。一个女人的一生都是痛苦，只有痛苦。痛苦，鲜血和眼泪。我生你的时候，感觉自己都要痛死了。我想我母亲也是一样的感觉，她的母亲也一样。轮到你的时候，你也会有同样的感觉的。”

很快天花板就模糊起来，瑞秋睡了又醒，醒了又睡，陷在一个猩红、玫红、紫红、阴影和光线统统搅在一起打着旋儿的世界里，骨头的低语伴着她入眠。她的身体在对她说什么呢？她集中精神，尽她所能地仔细听着。那是一种呢喃，一种无声的细语。她转侧着、翻覆着，每一次动作都会送出一朵新的小火花，贯穿她的身体。这其中隐含着某种信息，她若能听懂就好了。

她再次醒来的时候，躺在床上，阳光从她身上横贯而过。整座房子静悄悄的。她把一只手按在胸前感觉着胸口的起伏，尽管还是伴随着疼痛。她在这里，她一直都在这里。

她踉跄着站起来。四肢的劲儿还不能很好地使到一块去，她移动的时候感到很疼，不过是令人高兴的疼。她看了一圈卧室，又透过窗户往街上望去。乔治肯定上学去了，但是她父母呢？天知道。

她用了床下的夜壶，发现母亲说得对，她的尿液里已经没有一点血色，尿得也又快又多。之后，去屋外倒夜壶的路上，她感觉到蓝天、每一缕微风和每一道阳光都揿着她的皮肤。一只知更鸟立在篱笆上，歪着头直直地盯着她。她仿佛错过了许多，不止一天的时间而已。夏天已经降临了，她以前从未感觉到脚下的土地如此坚实。

她从厨房拉了一把椅子到卧室衣柜面前，每走几步都停下来歇一歇。虽然担心膝盖撑不住，她还是成功地站到了椅子上，够到了那么多年以前他们从农场带来的行李箱。她把自己抽屉里的东西都倒进了最好的一个箱子——长衫、内衣、长袜，叠好的外套，她拥有的第一本书《努姆仙境》，她在书摊淘来的两本书——《万世师表》[1]和《世事皆有尽》，一块本来将成为她第一件嫁妆的钩花桌布。她从卧室门背后的钩子上摘下她最好的一顶帽子，又从衣架上取下在星期天才穿的裙子，放进箱子。帽子是红色羊毛织的，裙子是棉布的。多少个月她都在小心翼翼地劳作，把蚕丝织成绸缎，然而自己却连一根丝线也不曾拥有过。

她从窗台上拔起一束离成熟还太早、鬼手般细瘦的橙色胡萝卜，拿了一条围裙，连同泥土和羽毛样的缨子一起把它们包起来，也放进了箱子。她从面粉罐里掏出裹在手绢里的钱，然后从母亲的笔记本上撕下了写着纽约城薇拉姑婆地址的那一页。瑞秋如今有躯体了，她不打算把它浪费掉。她把椅子就放在卧室里，钥匙则留在了梳妆台上，就是父亲好多个星期之前扔下他钥匙的地方。

[1] 英国作家詹姆斯·希尔顿作品。

13

1986 年，澳大利亚昆士兰州，布里斯班

她卸了自行车前轮，把车子放在杰米轿车的后座上——他很惊奇，她竟然没有轿车。布里斯班是一座山城。他的车是一辆老气的白色霍顿牌轿车，之前的主人是一个销售代表。车身有几处刮痕，但是内部很整洁。出发之前，他们把所有车门都打开，让空调运行了几分钟，但是她知道方向盘肯定还是热得烫手。车上收音机开着，他把音量调小，然后沉默地开着车，只用一只手握着方向盘。

“你住在布林巴区啊。”他们快到的时候，她说。她住的奥肯弗劳尔在城市的另一边。

“对，是这儿土生土长的。”

布林巴区位于河湾处，丘峦起伏，有许多小溪像血管一般纵横交错地流过，大部分上面都盖上了房子。这里离莫宁赛德区很近，那是她出生的地方，是她和父亲一起居住的地方。莫宁赛德区就像一座小镇里面的小镇，她熟悉那里的每一寸空间。父亲曾给她讲过当地居民

的故事：詹金斯一家，麦肯齐一家，住在温纳姆大道那所豪宅里的李家，还有著名的霍兰家的小子们，他们到涨满水的采石场去游泳，身后拖着半满的四加仑煤油罐拉练；开皮革厂的罗斯特家；怀特家的小儿子夭折了，因为他扮狗狗的时候，脖子上的皮带系得太紧；还有那个男孩，小时候在热沥青上玩耍，把三个脚指头干脆利落地烫掉了。即使到了今天，她也不知道父亲讲的这些事有多少是真的。在父亲去世以后，她收拾家当搬到了河对岸的奥肯弗劳尔，这是她离乡背井的最大动作，在她小小的世界里，其意义不啻搬去纽约或者伦敦。

他们开进布林巴区，此时下午已经过半，阳光低低地跳跃着照射过来，带来吱吱的蝉鸣声。空气凉爽下来，温度跟体温差不多了。他们在坡道上停了车。

“哇！”她说。

昆士兰民居一般都是简单的工人小屋，底下用十六根圆柱撑着，颤颤巍巍地像在踩高跷；室外厕所建在通向垃圾焚烧炉的水泥小道旁边，房顶上总爬着佛手瓜藤。然而，杰米的房子的宽度却是普通一户的三倍，露天阳台绕着房子围了一圈；正面的楼梯走下来是一块平台，分左右通向地面。她在本市住了一辈子，从没遇见过任何一个住这种豪宅的人。

他打开门，看着手里的钥匙串，睫毛忽闪忽闪。“和许多东西一样，”他说，“凑近看，你就会感到失望了。”

她把自己从人造革车座上剥下来，跨出车门，屋子前面的花园映入眼帘。这里杂草丛生、阴暗无光，到处戳着桉树，生着危险的夹竹桃，阳光透过雨伞一样大的龟背竹叶子斑斑点点地洒下来。他们走上从大街通向房子的小道时，脚下踩爆了不少无名的种荚。在一个角落里长着一株粗壮的香蕉，挂着孤零零的一串青色未熟的香蕉，悬着一朵紫色的花。另一角则生着一棵巨大的杧果树，是鲍恩品种的，不是筋特别多的那种。别人家也都会种这样的树，只不过都是种在后院里，而不是前院，前院应该留着种玫瑰和扶桑花才对，或者最多在某一侧种棵鸡蛋花。

这所房子弄颠倒了，她想。这让她雀跃起来。她喜欢杧果树，喜欢它树皮的气味和点缀在树枝上、像宝石一般的小团硬树脂。她还记得小时候，自己倒挂在树枝上，头发瀑布样地垂下来。他们沿着水泥小路走近房子，凯蒂的衣服不停地被各种带钩子的东西挂住，铁丝网也像套子一般把她裹住。她停下脚步，努力把自己解放出来。杰米也停住，转过身来。

“抱歉。”他抬手去摸她的头发，在半空中迟疑了一下，最后伸过去拿掉了她看不见的什么东西。“我的初衷是好的，但这花园不按我的想法来。我想，我还挺喜欢它这样的。这是一个不听任何人命令的花园。”

从街上看，这座房子仿佛浮在一层绿色植物组成的垫子上，窗户闪闪发光。现在她可以看到地基柱子到处垫着小块的木头，油漆也剥落了，像纸一样脆裂着。前面的楼梯没有扶手。

“小心点。”他一边说，一边爬着楼梯，钥匙在手上叮当作响。他一大步迈过一块看起来裂着口子又很潮湿的梯级。“这一级有点不稳当，来。”

他伸出手，“跨一大步。”他说。

他的手温暖干燥，她感到眩晕，仿佛马上要走进另一个世界似的。

“还行吗？”他问。

她把他的手握得更紧了一点，踩在他踩过的地方往前走。到了顶端，她转过身去，往下面河流的方向看去。她已经忘记了南岸有特殊的气味，来自恶臭熏人的宠物食品厂、培根厂、动物炼油厂和化肥厂，红树林和它们周围的淤泥，以及当风从东边吹来，还会加进极微弱的一丝被卷上科莫斯利海滩的腐烂死鱼的味道，就像现在。

前门打开，现出一座长长的、昏暗的大厅，通向一扇扇关着的房门。松木地板擦得很亮，但是大厅里既没有衣帽架，也没有挂画和地毯。他按下一个开关，点亮了一颗光秃秃的灯泡。走到大厅中间的部分，右手边的空间开阔起来，但其实整座房子基本上都是空的，除了盖在旧布单下面的一堆堆家具之外。某一面墙上搭着一架梯子，地上放着几罐油漆。他们头上的拱顶已经被刮干净，露出了原本的松木，分隔两个房间的拱门也是一样。这儿感觉很闷得慌——又是油漆，又是稀释剂，在这么热的下午，窗户还关得紧紧的。

厨房还没装修好，橱柜——其实还只能算是些空盒子——只安装了一部分，没有台面。抽屉一个叠一个地堆在角落。另一个角落的一张木凳子上，放着一台微波炉，微波炉上放着一个手电筒。卧室里肯定也有一个手电筒，她不用看就知道，浴室里还有一个。人人都明白随时有可能停电。

“今天女佣休息。”他说，把后墙上的一排窗户全都打开，窗户下面是另一个阳台。她走近一点之后，看到窗玻璃上坑坑洼洼，下面部分比上面要厚一些。

她看到其中一道门的门框上有看不清的横线，只是交替画上去的褪色印记，很容易被忽视过去，如果还有什么别的东西可以看的话。它们是旧日的身高标记，属于两个渐渐长大的孩子。“这么多原来的痕迹，你都要保留下来吗？”

他点点头：“我是自讨苦吃。等翻修好，我估计都老得爬不动楼梯了。”

她用指尖拂过窗玻璃上的凸起和棱子，想着在她之前，做过跟她同样举动的一代代的人：“这玻璃疙疙瘩瘩的。”

“我在这里长大，”他说，“小时候，我经常透过窗玻璃往外看，然后又打开窗户往外看，就这样反反复复。世界看起来会很奇怪，街上人的腿仿佛会变粗变胖。那总让我觉得其他人能比我们在地上站得更稳一些。”

“这是你家的祖屋，”她说，“你肯定很热爱它，才会留下来。”

“我没有留下来。我离开了，后来才回来。”

这是一个很重要的区别，她理解。每个人都热爱昆士兰，但只有极少数人有机会把它和其他地方进行对比。

他穿过大厅朝另一边走去，打开一个堆满了家具的房间。“我的文件柜都在这儿。”他从一条窄缝里挤过去，走到远处的角落，拉掉一张布单子，露出深色硬木做的四屉文件柜来。他打开最顶上的抽屉，在里面翻找着，然后关上了又去翻最下面的抽屉。

“搜寻成功！”终于听见他喊道。他转过身来，激动地挥舞着一个破旧的牛皮纸文件夹。

餐桌和两把不成对的椅子上搭的布单子也给扯掉了。凯蒂和杰米坐在一起，几乎紧挨着对方，面前是打开的牛皮纸文件夹。这文件夹已经饱经沧桑，脊梁用黄色胶带粘了一道，标签也经不同颜色的马克笔标了又涂，涂了又标。凯蒂能辨认出的就有“评论，卡尔森和20世纪30年代文学”“综合”和“澳洲文学，综合”。

一个牛皮纸文件夹卖多少钱？几分钱吧。扔掉用过的，再拿个新的，不是简单多了吗？菲利普家的书房就像个书报亭，那些文件夹全是他从系里的文具柜里顺回来的。一个会重复使用文件夹的人——尤其是这样一座豪宅的主人——可不是一般人。

文件夹里有厚厚的一沓信件，信纸有精致的，有粗糙的，纸上那些褪色的笔迹各不相同，有的蓝得发黑，有的红得惊心，还有的是棕色，令人生疑。有的信是手写的，有的是打印的。有的写得整洁、利落、行行分明，有的则脏兮兮、皱巴巴，仿佛是从垃圾桶里捡回来的。每封信的信封都用订书钉钉在左上角，上面都写着“昆士兰大学，詹姆斯·加尼维特博士收”，笔迹潦草的程度和缩写的方式都各不相同。

“都是我的粉丝写的，十年积累了这么多。这里就是阴谋论的墓地。”

杰米把那一摞信挪近一些，开始一页页地翻找，找过的每一封信都翻过来放到旁边，形成新的一摞。他专注又细心地浏览着信纸。凯蒂从他看完的信里随意拣出几封。

我需要你的帮助！！！如果把真相摆在美国人民面前，英嘉·卡尔森就会暴露出她作为世界上最无耻的抄袭者的嘴脸！她作品的真正作者是约翰·斯坦贝克[1]，他才是美国的英雄，他才是实至名归的作者……

我真心希望这封信不会让你把我看成一个跟猫王的疯狂粉丝一样的人，但真相就是，我确凿无疑地知道英嘉·卡尔森还活着。她以前常常来我们温室买绿植，我认识她好多年了……

很少有人知道，卡尔森的作品实际上是路易斯·布罗姆菲尔德[2]写的。我知道这是事实，因为他是我祖母的表兄，

[1]美国作家。代表作品有《人与鼠》《愤怒的葡萄》《月亮下去了》《伊甸之东》《烦恼的冬天》等。1962年获得诺贝尔文学奖。

[2]美国小说家兼散文家，1926年获得普利策奖。

我们孙子辈还小的时候到他家玩过，他亲口跟我说的。我还看见过他的日记，里面把那些作品都包括进去了，像他说的一样。这是约好的，是他们合伙策划的。放火的是马克思主义者，因为她欠他们钱。如果你能写本书把真相揭露出来，我愿意分你 50% 的版税。只要一收到你寄来的支票，我就会把所有文件资料都提供给你。

“我知道就放在这儿什么地方的。”杰米说。

靠近顶部的一张打印出来的信纸上写着：

你是在为我们的敌人工作吗？英嘉·卡尔森是一个俄罗斯间谍，一个共产党员。中央情报局视她为对美国的威胁，所以把她处决了。我们将赢得冷战的胜利，到时候证据自会公布于众。别再宣传这个叛徒的作品了！

凯蒂感到微微的恶心。

“哈，”他说，“在这儿。”

他从纸堆里抽出一封信，放在两人之间的桌面上。信看起来很普通，用的是常见的 A4 纸，行文也无甚特别之处。

1981年9月17日

尊敬的先生：

我叫马丁·费舍尔，给您写信是要说关于我父亲塞缪尔的事情。他于1939年2月12日被杀害，当年我八岁。

时间无情流逝，我觉得如今我应该尽力为他做点事情，因为我现在也当爷爷了，孙辈常常问起我的父亲是谁，是做什么工作的。他原是一名排版工，他完成的最后一项工作就是替查尔斯·克莱伯恩做的，是给英嘉·卡尔森那本失传之书排版。不要跟我说那不是他做的，因为我知道就是他做的。他当时一直在为此工作，有时候还熬通宵，但却被历史遗忘了。这不合适。

您是否见过任何有关英嘉·卡尔森的论文或者资料里提及我父亲塞缪尔·费舍尔呢？看在我家小孩子的分上，任何提及塞缪尔或者山姆的内容，什么都行，都会给我们全家人带来新的感受和值得自豪的理由。

您诚挚的

马丁·费舍尔

下面写着一个位于威廉斯堡的地址和一个电话号码。

“都快过去五年时间了，”凯蒂说，“他可能已经搬家了。”

“不打电话过去问问又怎么知道呢？”杰米看了看表，“不过现在不行，现在纽约是早上三点钟。咱们得打发一下时间。”

如果这句话是菲利普说出来的，她很明白那意味着什么，但杰米已经向电话伸过手去。

“吃比萨吗？”

太阳沉甸甸地挂在西面的天际。第二天是星期天，所以他们一致决定在布里斯班的午夜时分打电话，也就是那边的早上九点钟。对两个单身又没孩子的人来说，这是个很简单的决定，但是一旦做出，气氛就产生了某种变化。杰米空荡荡的房子里没有电视，他们也没法就他家里的装修和摆件聊些通常的废话，因为这里压根就没有那些东西——没有镶在镜框里的照片，没有装着水果的大碗，没有窗帘，也没有靠垫。

杰米冰箱里有半块卡蒙贝尔软干酪，还有一包雅乐思饼干。不过比萨很快就送到了，送餐员是个疲倦不堪的中年妇女，开着一辆老福特车。半个番茄乳酪的比萨是凯蒂的，另一半加辣椒的素食比萨是他的。她从自己包里掏出钱包，但他挥挥手示意不用。厨房橱柜都没有门，餐具也还打包放在箱子里，堆在房子底下，所以他们直接就从盒子里拿比萨吃，把纸巾当盘子用。杰米发现窗台上有个螺旋开瓶器，又从前厅拿来一瓶布满灰尘的红酒。他打开门去拿酒的时候，凯蒂一眼瞄到那边地上放着一个床垫，一顶白色蚊帐像降落伞一般罩在上面。他进去就关上了门。

回到厨房，他拿出两个纸杯用水涮涮，倒上了酒，再从卷筒上撕下两张纸餐巾，递给她一张，自己把另一张铺在膝头，仿佛那是精细的亚麻布餐巾一般。

“可能你会感到惊奇，我这里并没有多少客人来拜访。”杰米说。

她跟他说没关系。她但愿自己对红酒多些了解——随便知道点什么都好。父亲从来不喝红酒，她还小的时候，只有无可救药的酒鬼才喝红酒，别人喝的都是 × × 啤酒、朗姆酒或者可乐。杰米这瓶红酒她尝着像金属，还微微带点肥皂味。她仔细地慢慢抿着，让自己不至于露出傻笑，一句话也没说。她从浸透油渍的盒子里捏起一牙坠手的比萨饼，探身用纸巾接在下面吃起来。它闻起来美妙极了。小口地吃，闭着嘴嚼。这所房子有种气质促使她这样做。和她认识的其他房主不一样的是，杰米闭口不谈他的装修情况，为此她默默地念了一声感谢上帝。她认识那种能把铺个厨房防油垫的过程说得比《走出非洲》一本书还长的人。

“请随意用电话，”他说，“如果你需要告诉别人你在哪里的话。”

他看起来很疲倦，她打赌他真宁愿他们没开这个头。她想知道，电视发明之前，人们是怎么活下来而没有死于尴尬的。尘埃在最后几束坚挺的阳光里跳舞。远处的车流。她耳后有一处在发痒，手腕上也有一处。这古老的房子咯吱咯吱地呻吟着。

“你热吗？”他说，“房子底下有个箱子里装了一个电风扇，我可以去拿来。”

“没事的。这些就是为热天设计的，我是说这类房子。”

“的确，”他答道，接着又说，“玩玩拼字盘怎么样？我有一副在家里什么地方搁着。”

最开始的几盘她都输了，好像总是没法拼出任何有意义的单词。英语真是有限得无可救药，那么少的词汇却要描述那么多东西，而这天晚上她能想起来的只是一片空白。英语真是我的母语吗？她寻思。两人面对面坐在桌子两边，就桌子允许的宽度隔得尽量远。屋子外面，花园正循着它自己的时间表作息。她听见一只袋貂从屋顶爬过，而杰米似乎没注意。拼字游戏盘很旧了，但暗红色的格子却一尘不染。凯蒂把自己的字块按照可搭配程度沿着框子排好，杰米则随手放在哪里算哪里。他不玩弄它们，每次移动字块都是有目的的，他用食指尖把它们在游戏盘上对齐。

过了一会儿，她放松下来，就开始赢了。

“某人连胜呀。”杰米说。

“要不要打个小赌？我肯定只是一时转运而已。”

“才不是，”他说，“我觉得你一开始是在隐藏实力。不过我们也可以玩玩别的，如果你愿意的话。大富翁怎么样？”

“‘玩玩别的’——这在布林巴区是不是怕了的意思？”她感到一颗汗珠顺着脊背滚下。一只执着的蛾子拿头撞着灯泡。

“我只不过想尽尽地主之谊罢了，”他说，“加尼维特家的人从来不怕直面挑战。”

“那咱们就不换吧。我喜欢这个游戏，”她说，“我喜欢它的规则，你拿到什么就是什么，不能卖，不能买，也不能扔掉。你可能运气好能拿到很不错的字块，或者倒霉，拿到的都是 x 和 j，如何尽可能利用字块，完全看你自己。”

“你这人喜欢挑战啊。”他说。

“我喜欢……”她想了想，“让事情取得进展，从某个东西变成另一个东西。”

“那么你喜欢英嘉哪一点呢？”

“每一点都喜欢。在一个小村子长大，父母都没什么文化，然而她写出来的书却能改变人们的生活。”

“所以跟作者本人的经历也有关，你喜欢的不只是她的作品。”

她皱皱眉：“这些都是一个整体。一个人的作品就是他们本人的延伸。何况，她非凡得不真实。几乎不真实。”

“‘不尝试荒谬，便不能成就非凡。’”

“你确实对《堂吉诃德》很熟呢。”

“跟你说过，我热爱这部书。你知道，我真的会把书从架子上拿下来的，偶尔我甚至还会翻开来看几页呢。”

他们玩游戏的时候，他的手安然不动，但目光却望着自己的字块不断闪烁，在它们之间来回跳动，脑子里把字母顺序反复排列了又排列。他把字块放下的时候会发出不同的声音，就像标点符号一样：有的他先落一条边，然后噼啪按下，表示强调；有的他则用一根手指头滑到位，字块轻快地一溜，就像孩子推玩具小车一般。这是一种语言，她寻思。你如果知道规律，就能懂得它的意思。

他们一直玩到差不多午夜时分。直到他摘下手腕上的表（他们之前决定玩极速版拼字游戏，计时拼字，以此换换口味），他们才意识到时间已经过了这么久了。

“该打电话了，”他说，“我想你肯定已经等不及想回家了。”

“的确，”她说，“等不及了。”

电话响了十几声，没有人接。她正要建议他们过一小时再试试，就看见他脸上表情变了：有人接电话了。拿话筒的是他，因为这是他的电话（也是他出的电话费，她想，这可是国际长途）。他把话筒从腮边拿开了一些，她于是把一侧的脸凑到另一边听着。他紧紧握着话筒的指节擦着她的面颊，所以她调整了一下角度。

“我不确定有没有打对电话。我想找马丁·费舍尔。”他说道。

微弱的噼啪声从线路那头传来，就像揉皱一团纸那种声音。

“我就是马蒂。”

杰米手拿话筒朝她示意，要把话筒给她，她摇摇头。

“费舍尔先生，我叫杰米·加尼维特，人在澳大利亚布里斯班。我打电话是想跟您谈谈您五年前给我写的一封信。”

他不会记得的，她想。时间太久了。他们住在地球相对的两端，他们所在的城市差异也不能更大了。她想不到有任何东西能把他们联系起来。太荒谬了。如果布里斯班和纽约能以某种方式联系起来，那这个世界一定比她一向认为的要小得多得多。

“我叫马蒂。你是说，澳大利亚？”

“是的，”杰米说，“澳大利亚布里斯班。”

奇妙的事情发生了。马蒂·费舍尔一声口哨，声音大得杰米把话筒都拿远了。“我记得，我当然记得。哇，真想不到啊。你就是研究卡尔森的那群人中的一个吧，住在地球底下那面，澳洲那个。你可真是一点不着急啊。”

“我那时候不方便，”杰米开口道，“所以之前没办法帮您。”

“那现在呢？”

杰米转过头去迎上凯蒂的目光：“现在我有很多问题想请教。”

“有意思，但我现在不再想问问题，更别提有什么兴趣了。等一下。”那边传来喀啦一声，话筒被放在了什么地方，凯蒂估计是复合板做的餐桌上。接着是一阵离得远远的快速交谈，虽然两三个词里她只能分辨出一个，但其他内容都很好猜，“小家伙们，去电视前面吃饭吧，这次就算破例了，只要让我清静会儿。但别把东西弄洒了，否则可别怪我不客气”。她隐约听到的这顿家常早餐，对身处这午夜静谧之中的闷热屋子里的她和杰米来说，离得几乎不能更远了。他们就像两个迷失的宇航员，一根螺旋形的电话线就是他们和文明唯一的连接。

“好了。是我孙子孙女们，他们看动画片去了。就算房子被一把火烧了他们也注意不到的。”马蒂回来的时候说道。

“马蒂，”杰米说，“我现在会把话筒给我的同事凯蒂·沃克，她跟您说。”

她做了一个“不”的口型，但杰米还是把话筒递给了她，她接过来，坚定了一下决心，然后跟这个远方的声音，这位失去父亲的儿子，介绍了自己。

“您为什么写那封信呢，马蒂？”

电话那头溜出一声叹息：“你看，其实我也不知道。我那时就是死马当作活马医吧。我知道我老爹是个排版工，我也知道他最后一项工作就是卡尔森那本失传的、烧没了的书。我那时满脑子就想着看看……看看别人在关于这个主题的书里面都是怎么写我老爹的，结果发现他们压根一句没提。后来呢……就像我刚才说的，我也就不感兴趣了。”

“那个，所有人——卡尔森研究学者、专家、历史学家等都知道您的父亲并没有给那本书排版。查尔斯·克莱伯恩，就是英嘉的出版商，他——”

“说得跟真的似的。”马蒂说。

“您一定知道英嘉死后才寄到的那封信吧，里面写着感谢查尔斯亲自给书排版。”

“英嘉根本没有写那封信。她不可能写。因为那时候她已经死了。听着，那封信是大火发生两天以后寄到的，人人都认为是她寄的，是英嘉写了寄的。但是一封信寄两天，在1939年？现在倒是有可能。现在一个星期才送到都有可能，那些废物。以前可不会，一辈子都不会。”

杰米和凯蒂对望一眼。杰米拿回了话筒，凯蒂凑近了些，又凑得更近了些。她很想听，而且她不知为了什么原因，还想靠得更近。

“信的来源已经证实了，”杰米说，“是她的纸笔写的。笔迹也显示是英嘉的，和好几个不同来源的样本对照过了。人们解释说，那几天雪下得很大，所以信才送晚了。”

“我对笔迹什么的不了解，但是不，不可能。信肯定是伪造的，或者有别的猫腻。拿天气来说事，方便倒是方便，可不过是一派胡言。仔细听我说。英嘉没有写那封信，因为那时她已经死了，因为给那本书排版的是我老爹。”

凯蒂抬起一只手掌捂住了嘴。

“我老爹不是什么大好人。他脾气暴，喝了酒还很讨人嫌。他抱有……某种政治信仰。每天回家，他都要抱怨自己的工作，有一次甚至想辞职，但是克莱伯恩说给他加钱，如果他肯留下来的话。他还答应给我买把巴克·罗杰斯[1]款的玩具火箭枪，最后我也没拿到，顺便插一句。后来，他完成工作以后，过了几个星期，在那场大火三天之后，他就死了。这可离谱得太过分了吧。”

“您怀疑还有更多内情吗？”

“我不是怀疑，兄弟，我知道还有更多内情。我当时还只是个小孩子，但是人人心里都有数。无故被捅刀子，就在我们家旁边那个拐角，他住了一辈子的地方？一万年也不可能。”

“您母亲呢？她没有对别人说什么吗？也许找了警察？”

“警察并不待见我父亲，所以就这么说吧，他们在这个案子上并不是很愿意下大力气。”

[1]科幻漫画《巴克·罗杰斯》主角。

在他其后暂时停顿的时候，杰米说：“对她来说这事肯定很难熬过去吧，我是说您母亲。”

“她从来不谈这件事。我的意思是一开始她只是悲痛——说她应该告诉他钱没那么重要。她宁愿他从没遇见过查尔斯·克莱伯恩，或者英嘉，或者他们那群人中的任何一个。但就我家而言，一个寡妇带着三个孩子，又没有工作，我觉得过得还算可以了。我们还住在那间破公寓里，勉强过得去。”

“生活费从哪儿来呢？”

“那谁知道？我当时还是个孩子。房租总能付掉，餐桌上也总能有食物。对小孩子来说，这些事都没什么太大意义。”

“好多人都是在抢劫中遇害的，”杰米说，“一直都是这样。您父亲被害一定是个巧合。”

凯蒂听见一种刮擦声——一个五十多岁的男人正用皮革样粗糙的手抚过自己没刮净胡子的脸。想到隔壁在电视前吃饭的孙子孙女，他脸色发白，祈祷自己永远不要被迫和他们分离。不管经历了多少岁月的磨洗，在一个男孩心中，父亲的死永远不会成为过去。不用说，马蒂·费舍尔马上就会挂电话。他们可以再打过去，但他再也不会接听了，这件事就这么结束了。

“你不是第一个这么跟我说的人，”马蒂说，可以从他的声音里听出他耸了一下肩，“坦白说，如今我已经不那么在意了。我的意思是，以前这会让我气得热血翻腾——被那些蠢驴看成傻瓜或者骗子，就因为他们竟然相信那种事是巧合。而且我想要弄明白为什么，你知道吗？为什么我们会痛失——”他清清嗓子，“不管怎么说，如今既然知道了事情的全部，说真的，我就一点也不在乎是谁把他干掉的了。”

“什么事情的全部？”

“我们发现……那是在我母亲去年八月去世的时候，她的遗物里有一箱老爹的东西，那个嘛……”他再次清清嗓子，放低了声音。为了不让电视前的孩子们听见，凯蒂想。

“听着，你想知道吗？我父亲是个纳粹，一个正儿八经、有证件的、领薪水的德美同盟党员。”

一个世界之外，马蒂·费舍尔坐在他的厨房里讲他的故事。在整个布林巴区，整座城市，人们都盖着棉布被单熟睡，一个人睡的也有，跟别人一块儿睡的也有，或是摊开身子，或是蜷成一团。在这座半空的屋子的这个房间里，凯蒂和杰米一动也没动，保持着他们十秒之前的姿势，坐在光秃秃的灯泡下面。屋顶上仍然有袋貂抓挠。然而，和刚才相比，他们已经完全变了。凯蒂望着杰米的面孔，知道自己的表情也如出一辙：猛地倒抽一口冷气、脸色苍白；惊恐和激动并存；嫌恶与追寻的快感混在一起。一个认识英嘉和查尔斯，也了解那本书的纳粹党员，大火过后三天就被杀掉了。是要掩盖什么吗？事情已经差不多过去了五十年，一条解开谋害英嘉·卡尔森凶手之谜的线索——被他们发现了吗？

“您父亲，”杰米的另一只手伸上去按住了自己的喉咙，“我不确定怎么开口问这个，马蒂。”

线路那头说：“我一向都明白最好是有话直说。”

杰米再次开口的时候，声音比她任何时候听到的都要轻柔：“您父亲有可能动手施暴吗？”

一声短促尖锐的大笑：“那是一定的。”

“马蒂，”杰米说，“我们还什么都说不好，而且还需要做很多的研究工作，去寻访以前认识他的人，实地查阅档案，等等。但如果最后发现您父亲跟那场烧死英嘉·卡尔森的大火有什么瓜葛的话——您会怎么想呢？”

接下来的停顿让凯蒂胃里一阵恶心。

“我读过那本书，叫什么来着，《世事皆有尽》？战后读的。我的孩子们都读过。”

“马蒂，”杰米说，“这真的很重要。这可是全世界都想知道的事情。”

遥远的地方，椅子咯吱一声，是一个大块头男人重压下的喘息。他那时还是个小男孩，凯蒂在心里对自己说。如果他想要保护自己的父亲，这份感情她能够理解。他有权利挂掉他们的电话。她做好了心理准备。

他说：“那些废物，只会打女人、打小孩，把半个该死的世界都搞得惶惶不安。他是个烂透了的父亲，做丈夫就更加不合格。你们只管把实情说出来，这就行了。”

“您确定吗？”凯蒂问，“想想您的孙子孙女，这也许会成为了不得的事情。”

“你们明白这个就好：如果他真跟那场大火有什么瓜葛，那我自己都想杀了他。如果我的孩子和孙子们不能为他感到自豪，那我怎么着都要让他们至少为我感到自豪。”

“这想法真挺可怕的，但我们理解。”杰米说。

“就这么说吧，我不排除在他身上发生任何事的可能。也许他的某个纳粹同伙杀了他呢？这也是有可能的。我一度被那些花引开了注意力，但毕竟如果你跟狐朋狗友混在一起，那么，惹得一身骚都是轻的。”

凯蒂把话筒抬了抬，平举在她和杰米之间。“什么花，马蒂？”她问。

“那跟这些都没什么关系。”

凯蒂虽然知道马蒂看不见她，还是点了点头：“但您一度觉得有关？那些花是什么意思呢？您父亲曾经给谁送过花吗？”

“听着，我非常确定这只是他的私事，不过事情是这样的：在我老爹的葬礼上，有人送来一大束鲜花，从没见过那么大的一束花，有白色的百合、菊花和其他你想得到的花，足足四英尺高。”

“谁送的？”

“某个我妈很不喜欢的人吧。她只扫了一眼，从花束上扯下卡片念了一遍，然后抓着黄铜座子把花束提起来，沿着圣约翰福音教堂的过道，在地板上一路嘎吱嘎吱地拖着它走出去，扔到了前门楼梯下面。花束摔得四分五裂。而且，你知道吗，她把卡片也撕成几片扔出了大门。”

“那个卡片，”杰米说，“我想她没有告诉您上面写了些什么吧？”

“她一字没提，”他回答，“避而不谈。但事情发生了就是发生了，历历在目，仿佛就在昨天。一教堂的人都尴尬得不知该往哪儿看了。”

“啊哟。”杰米说道。

“这一类的事情总叫小孩子心痒痒的。那时候我还没完全意识到失去亲人的痛苦——之后当然感受到了，但在葬礼现场，我非常好奇。我跟你说，我父亲以前总给我买《侦探画报》系列和DC漫画，一般都是把我揍得三魂出窍以后。我当时在读初中，是个小小的埃勒里·奎因[1]。总之，我就说我想撒尿，然后偷偷溜到大家背后，绕到教堂前门。有人已经把花束收拾干净了，但是他们没看到雪地里的破卡片，但我看到了。我特意到处找，找齐了所有的八小片。”

“上面说了什么？”

“语句简短又亲切。诚致深切的哀思，然后就是签名。但这真不算一回事，我也不想到处跟人去说。如果我老爹真的犯了罪，而且你能找到铁证，那你就放手去干吧，但是个人隐私还是应该保密。也许他有外遇呢？大概可能就是外遇吧，不然我妈怎么那么生气呢？”

“卡片上的签名是谁呢，马蒂？”

在马蒂·费舍尔回答之前，凯蒂就已经知道他要说什么了。

“签的是一个女人的名字。瑞秋。瑞秋·莱勒尔。”

[1] 埃勒里·奎因是美国推理小说家曼弗雷德·班宁顿·李和弗雷德里克·丹奈表兄弟二人合用的笔名，开创了美国侦探推理小说的黄金时代。埃勒里·奎因是二人小说中虚构主人公的名字，是一位侦探小说作家兼超级侦探。

2
PART

14

1938 年，纽约城

瑞秋·莱勒尔非常知足。修瑞福连锁餐厅的制服穿在身上痒得很，白领子和白袖口都硬邦邦的，而且她还不知道这些东西浆洗、叠好、发给她之前，曾经染上过多少人的汗渍，但她仍然非常知足。她头上每一丝灰褐色头发都塞在了帽子底下，发夹深深插进去，把头发别得紧紧的。其他姑娘都不跟她说话，连看都不看她一眼。时间还早，还没到早餐高峰期。前一个星期，东海岸遭遇了一场超大规模的暴风雨袭击，眼下曼哈顿这边的下水道还堵着树杈、街道指示牌和屋顶盖板。现在是九月份，在经历了一个仿佛烤焦了所有的绿荫、把半个城市的人们都撵到洛克威或者贝尔港去避暑的夏天之后，天气开始转凉。这天早晨，她天还没亮就起身了，绕远路避过洪水泛滥的街道去上班。她用了整整一个半小时，才从地狱厨房一路步行走到这里，西十三街和第五大道的交叉口，但她仍然非常知足。

"既然来了，你可别叫我后悔。"奥洛夫琳太太说道。她两臂交叉在面前，把胸脯挤得高高凸起，看着都让人害怕。

“不会的，奥洛夫琳太太。”瑞秋答道。

“我一向宽以待人，决不苛求人家，”奥洛夫琳太太用她那公鸭嗓接着说，“但有时候就是心肠太软了，我就这点不好。”

听她这样自我标榜，瑞秋都不信自己能控制住脸上的表情。她站得直了些，努力把嘴角拉平。

“你要先通过试用期。如果你不能跟别的姑娘一样努力工作的话，那你铁定什么也别指望了。如果你不能给我们餐厅增光，那随便你姑婆是谁都不管用。”

瑞秋心想，奥洛夫琳太太真应当去纽约爱乐乐团吹小号。嘴里一刻不停地念叨，同时还能用鼻子吸气，这可是罕见的天赋。

“是，奥洛夫琳太太。”她说。

“就拿这个布丽吉特举例子吧。”奥洛夫琳太太把头往一个站在主柜台边上的矮胖姑娘那边偏偏。她身上的黑白制服和帽子穿戴得整整齐齐，手里拿着菜单，踩着平底鞋的双脚稳稳地站着。“天知道，她可不是什么美娇娘，但也不怪她，毕竟是从爱尔兰科克郡来的，下船就来打工了。你问问她，她是愿意在这干，还是愿意回她家农场去，和十二个兄弟姐妹待在一起。她会告诉你，在这她就像到了天堂一样，从没过过这么好的日子。”

布丽吉特眯缝起了双眼。

又一声“是，奥洛夫琳太太”在瑞秋脑子里回荡，但她不确定这一声她说出来没有。

“安排你去给顾客点菜，你就去，”奥洛夫琳太太说，“顾客就是你当天的皇帝和太后，如果你接受不了这一点，如果你觉得自己当个使唤丫头太委屈了，那你在这儿可干不长，没说的。你要给客人送鸡蛋沙拉，送软酪三明治，送华夫饼，而且永远永远要用托盘送。你要懂得称呼他们‘夫人’和‘先生’。应该怎么拿托盘？”

“胳膊伸直了拿，奥洛夫琳太太。”

唠叨还在继续。你不能跟柜台边的人讲话，甚至是，尤其是他们跟你讲话的时候。你不能跟送汽水的小伙计们讲话。你不能跟糖果柜台后面的姑娘们讲话。每天早上，开始轮班之前，你要接受检查，因为没有什么能比女招待满是污垢、都可以在里面种土豆的指甲缝更让客人倒胃口的了。壶里的咖啡必须二十分钟换一次新的，如果我看到哪个壶里的咖啡是陈的，大门就在那儿，给我滚。

“听明白没有？”奥洛夫琳太太说。

明白了。她的脸颊发烧，其他姑娘都在窃笑，但她还是点点头。瑞秋很知足，非常知足。

她刚到公园坡薇拉姑婆家的时候，身上青一块紫一块，几乎要饿晕了。她的出现让薇拉大为恼火。她让瑞秋睡在自家厨房的一张行军床上，拿汤给她喝。她跟玛丽说过多少遍了，那个男人是个大麻烦。瑞秋呢，既然她一半是从她爹身上遗传的，那也是个麻烦，这不是明摆着吗。薇拉没工夫处理麻烦事。她自己身体也不好。她会帮瑞秋找个工作和住处，完了就不管了。

最初几个星期，瑞秋在薇拉家附近的卫理公会主教医院洗衣房做熨衣服的工作。有个负责缝补的姑娘，她表姐要找个人合租第九大道上的一间廉价公寓。卡萝尔身高差一点满五英尺，像个矿工一样粗壮，总是不停地眨眼睛，一副坐立不安的样子，那间房子也是四面漏风、阴冷潮湿。洗衣房的其他姑娘都觉得瑞秋是疯了，才会搬到地狱厨房去住，但在那段刚到纽约的日子里，瑞秋似乎对什么都无所畏惧。城里有好多小小的宝藏，只有她一个人能注意到，比如交通灯顶上披着金色长袍的雕像，或者清晨的阳光照在大理石和花岗岩的沟壑表面反射出的图案。这座城市蕴藏的力量多么大啊。多少钢铁建筑刺破天空，一副盛气凌人的架势，然而唐人街好多人到处拖着装满破旧家什的手推车，又完全像是另一个国家的景象。

后来薇拉姑婆就给她找了现在这个工作，地点离她的新家比离医院近些。她已经尽完了对瑞秋的义务，帮了她两次之多。以后她不许瑞秋再去麻烦她了。

能当女招待是工作档次的提升，瑞秋不打算浪费掉这个机会。她整天都在埋头苦干。其他姑娘大部分都跟布丽吉特一样是爱尔兰人，更习惯挤牛奶。她们不搭理她，不仅因为她是美国土生土长的，或者她的薇拉姑婆曾经给奥洛夫琳太太的女儿接过生，帮助她度过了一次艰难的分娩过程，还有别的原因。

瑞秋以前来过这里。小时候，难得来纽约一次，她跟着母亲和薇拉姑婆上这儿来吃饭。那时候她还觉得农场大得就像一个王国。那一天，她第一次见到了霓虹灯广告牌和浮在云间的飞机。母亲点的是当天的“蓝盘子特价菜”黄油炒鸡蛋，给瑞秋点的则是一份草莓酱圣代。吃着它，仿佛就尝到了在未来等着她去体验的一切。

如今呢，整个早上她都在伺候客人进餐。她有一种被分成两半的感觉——她是一个坐在母亲旁边凳子上的小女孩，把红的、粉的草莓酱搅拌进白色的圣代里；同时她又是那个胳膊伸得直直的、指甲修得干干净净的女招待，帮小女孩点菜。瑞秋从菜单上抬起头来，就看到瑞秋戴着帽子、穿着围裙站在面前。她能认出她自己来吗？这就仿佛另一个瑞秋一直藏在她的内心，但还没有显露真身，没有真正露面。她还是那个在这吃午饭的小瑞秋，但穿上了制服，扮演着自己的角色，就像在戏里一样。

修瑞福餐厅的工作很忙，所以每天过得更快了一些。等早餐高峰期结束，瑞秋就掌握了端托盘的诀窍，也懂得了怎么把点好的菜单送到厨房。一位年华半老、身材发福的女顾客高声叫着“服务员”来引起她的注意。等到午餐时间结束，她感到脚后跟上已经磨出了水泡。今天干得还不错，她想。她在 17 桌打翻了一杯水，但一眨眼就擦干净了，坐那桌的女士只是笑了笑。莫琳都在这干了好几个星期了，还把一杯冰激凌汽水掉在柜台上，导致一些汽水滴脏了一位女士的鞋子。

快到下午三点的时候，那个女孩进了大门。在离门不远的地方，瑞秋立刻就看到了她。后来回忆起来，她也没法确定为什么她在来来往往的顾客当中，偏偏会注意到这个女孩。她站在那里的样子是不是有点鬼鬼祟祟？修瑞福餐厅的顾客大部分都是女士，社会各个阶层的都有，但对她们每个人来说，能来这里都是一种享受。这里有锃亮的棋盘格地板，闪光的镀铬餐具，深色木制桌椅和曲线优美的大理石长柜台，有鸡尾酒、奢华漂亮的盒装糖果和制服整齐的服务团队。女士们飘然穿过餐厅滑动的大门，如同访问自己家的祖屋，仿佛坐在高脚凳上，用吸管喝水果鸡尾酒是在回归自己本来应有的生活状态。

然而，从见到那个女孩的一刻起，瑞秋就看得出，她并没有这种宾至如归的感觉。

奥洛夫琳太太安排女孩坐在了瑞秋服务的区域。她看起来几乎还不满二十，但顾盼之间，眼神却又不像这么年轻的人。她的身材像老家的白桦树一般纤秀，穿着一件过大的男式外套，过于单薄，不适合目前秋天的气候。外套大概是棉布的，是黑、白、灰三色布料拼花的样式。女孩没有把外套脱了挂在门边的衣架上，而是一直穿在身上，坐下的时候，衣服就堆在身子周围。如果不是她容光焕发的脸和光滑亮泽的头发，她看上去就会像个乞丐了。她的头发编成一条长长的辫子，颜色是浅金的，浅得近于白色，金得刺痛了瑞秋的眼睛。她的颧骨可以从十英尺外就割伤你。

瑞秋向她问好，她没回答。也许她不会说话，瑞秋想，至少不会说英语，而不是因为害羞。她看瑞秋都是直视，一双眼睛相比她的脸，不知怎么显得有些太大。她没有化妆，皮肤是这样的清新，让人联想起深暗的冷杉树、草原和山间的湖泊。她指着菜单，示意要点一杯加奶油的热巧克力。瑞秋给她端过去放在面前之后，她用两只瓷器一样雪白的手把杯子握住，然后低下了头。

“绝对是个怪人。”瑞秋回到自己的位置时，布丽吉特说道。

接下来瑞秋又伺候了一桌客人，然后是另一个单客，一位上了年纪的女士，她点了一份热奶油糖果圣代加香草冰激凌和烤杏仁。在她之后，又来了一对母女，两人都要了青椒奶油鸡肉，跟她俩一起的戴鸭舌帽的男孩，年纪比乔治还小，纠结了半天之后点了三角形的烤奶酪。她在点菜单上写得很明确，还画了图，但端上来的烤奶酪还是正方形的，必须返工，之后男孩就不想要了。他这会儿想要巧克力加枫蜜软糖——不，还是棉花糖夹心巧克力吧。

“这可不行，”其中一位女士跟他说道，朝瑞秋眨眨眼睛，“这不合规矩，是不是？”

“你要先吃完午饭，才可以吃甜点哦。”瑞秋对他说，然而一看到他的表情，她就后悔自己成了这种套路的同谋。就吃软糖吧，她想换成这么对他说。吃点樱桃派，再吃点薄荷糕和花生奶油杯。到了明天，也许一切都会改变，你也许再也没机会光顾这里了。

烤奶酪重新做好以后，她抬起头，看到那个编着辫子的女顾客正往收银台走去，手里握着小票。她步子里带着一种飘逸，仿佛是在冰面滑行。她转向糖果柜台，指尖抚过玻璃柜，慢悠悠地打量着饼干、蛋糕和一盘盘的软糖，就像准备在这消磨一整天似的。

柜台顶部一溜排列着亮晶晶的果酱罐子，堆成金字塔的形状，还有装在各种大小的天鹅绒盒子里的糖果，以及闪光的方形、圆形锡罐，有的是金色，有的是银色，有的还带花朵浮雕、绸带和蝴蝶结。女孩随意地拿起某一件来看看，翻来覆去地欣赏完了又放回去，然后拿起另一件，仔细看看，再放回去。接着她拿起第三件——一小盒装在朱红色盒子里的巧克力夹心糖，顶上装饰着一朵鲜艳的绸花，然后把它顺进了口袋。

从瑞秋这方面看，这个小动作就像超声波一般，能惊动一整个餐厅。她四下瞧瞧，别人都没有反应。没人大喊大叫，也没人冲那个女孩跑过去。瑞秋真的是唯一一个目击者吗？她想到了母亲，她虽然看得出父亲在发怒，但不知怎么却领会不了这怒火意味着什么。好像某个行为必须要符合观察者认知中的现实，才能真正发生一样。没有人会认为在奥洛夫琳太太眼皮子底下偷巧克力有哪怕一丁点儿的可能，所以就肯定没人偷。

在瑞秋周围，一切都照常进行着。勤杂工们端着沉重的托盘来来往往，杯盘碗盏丁零当啷地响。顾客们一边吃着他们的三明治、沙拉或者冰激凌水果冻，一边谈论着自己表亲的婚礼或者下午的计划。女招待们像燕子一般穿梭在各张餐桌之间，女主管则在大门口监督着一切。也许瑞秋想错了。

金发女孩没有迟疑。她径直走向收银台。瑞秋想到这女孩可能一分钱都没有，连她点的热巧克力都付不起，就感到全身发木，嘴里泛酸，仿佛即将要在大庭广众下被扫地出门的是她本人。这种紧张感在她皮肤底下颤抖，就在瑞秋一秒钟也忍不下去、正要请求离开一下然后奔到后面去的时候，女孩伸手到衣服另一边的口袋里，若无其事地掏出一张大票子付了钱，还余下一些小额的找头。之后她就离开了，没人去拦她。瑞秋呢？她站在那里仿佛生了根。

女孩走了之后，奥洛夫琳太太把她们都召集起来，在通往厨房的门旁围成一小群。“那个穿大外套的丫头有问题，”她说，“穿一件那样的外套，外套上有那么些口袋，而且还不愿意脱了挂起来。如果她再来，谁肯盯着她的话，我就谢谢她了。”

“我来吧。”瑞秋说。

第一天工作结束，等瑞秋回到顶楼出租屋的时候，天已经黑了。修瑞福的轮班时间比大部分餐厅都短，女招待的收入也不跟小费挂钩，但她的脚却感觉不到区别。一切都会好起来的，瑞秋一边开门一边对自己说。这种情况不会永远持续下去，只是暂时的罢了。

她一开门就知道卡萝尔不在家——这么小一个房间，人是没地方藏的。她们俩睡觉是头对脚地睡在一张靠墙的折叠壁床上，卡萝尔热乎乎的粗壮小腿就贴着瑞秋的背。沙发是搬来的时候房间里自带的，还有两把椅子和一张摇摇晃晃的牌桌，卡萝尔没写完的连锁信[1]就堆在桌上的信封旁边。屋里连衣柜都没有。她们所有的裙子都挂在钉子上。窗子底下有个嘎吱作响的电暖气，产生的噪声比热量还多，天花板上的霉斑星罗棋布。然而，这里还有些东西让房间带上了她的特色：种在玻璃瓶、锡制咖啡罐和奶粉桶里的小植物沿墙壁和窗台摆放着，一个角落里堆着一摞二手书。除了从家里带出来的那几本以外，她现在又添了《走出非洲》和《人与鼠》。每本书她都读过两遍。小厨房里有个冷水槽，她俩在觉得太累或者太恶心，不想忍受走廊尽头的洗手间的时候，都用这个水槽来盥洗过。这一层楼说是仅限女性居住，实际上也许确实是，也许不是。然而她很清楚，自己还算幸运的。好多六口、八口之家都挤在只有两个房间和一个微型厨房的住所里。

她打开灯，看到桌上放着一张卡萝尔的留言条，压在一个栽着波士顿蕨的生锈施莱格酸梅酱锡罐下面。“我去佐伊家了，”纸条上写着，“有个小派对。你想来玩的话请便。”

瑞秋不想去。好消息是，奥洛夫琳太太说她明天可以继续上班。坏消息是，她的背突突地跳痛，手臂像果冻一样止不住发颤。她之前都没力气走回家了。第五大道专线大巴一张票卖一毛钱，比普通公交

[1] 一种骗局。写连锁信的骗子要求读者寄几块钱给名单最顶端的名字，之后重打一次信件，删去最顶端的名字，把自己的名字加在最底层。凡是照着做的人，这封信承诺会让他们变得有钱。连锁信的收件者会像滚雪球一样越来越多，但只有前几个写连锁信的人才有机会赚大钱。连锁信的原则是金字塔式的，顶端少而底层多。所有的金钱都流向顶端，底层的人只是支付者，而非接收者。

车贵一倍，但她想用特别一点的方式庆祝自己的第一个工作日。现在，她倒觉得不该花这一毛钱了，因为她不知道这份工作能做多久。她没去佐伊家的派对，而是拿出长柄锅烧了开水，倒满了家里的铝盆，再往里加了一勺结块的小苏打。

她从阿伦敦坐大巴车到了这儿。刚刚下车的时候，她十分兴奋。这份兴奋现在还在，就藏在水泡底下的某处。这座城市笼罩着这么浓的雾气，以至于她第一天都很难看清那些直插云霄的摩天大楼。但就是这样一座城市激扬着全世界人们的向往。瑞秋知道，她一定得来这儿。

她还不能宽衣解带，也吃不了饭，不过她也不饿，因为走廊上飘来的各种油烟味就像多国部队一样，在她喉咙里冲击翻腾。现在她的双脚是最要紧的。热水的温度让她的脚趾得以伸直，柔软了她的皮肤，放松了她的肩膀。她在想，此时那个穿大外套的女孩是不是正坐在某个公园的长椅上，或者蜷缩在比她这间还破烂的出租房里，吃着那盒巧克力夹心糖。偷面包她还可以理解，偷鸡蛋、偷一大块酱牛肉或者一个苹果都正常，但那个女孩冒了天大的风险，却只为偷这么一个不实惠的东西。她绷直了脚尖，搅动着洗脚水。她已经习惯了一天工作很长时间，也知道明天、后天、不管多少天，只要有必要，她都能坚持下来，只要眼光盯着未来就行。

她双脚泡在水里坐着，直到水里最后一丝暖意消失。瑞秋的晚餐将是隔夜的肝泥糕和土豆泥，她甚至可以坐到外面的铁制消防梯上去吃，如果她忍心打扰栖在栏杆上的鸽子的话。在这里几乎看不见几颗星星。如果她早知道是这样，在家的时候就会努力去记住星星的样子。她之前以为星星就像太阳一样是永远看得到的东西。

如果有收音机，她就会收听《隐士洞窟》[1]，但她家没有收音机。她伸手拿起《世事皆有尽》，又一次从头开始阅读。凯登丝的勇敢和永不放弃拯救父亲的精神感动得她热泪盈眶。她最喜欢的就是这类图书了——主题是奋斗和胜利，甚至是高尚的失败，情节扣人心弦，总让你想看下回分解。

睡觉之前，她会用洗脚水把花浇了。她太累了，反而没法很快入睡，但是一旦睡着，她就会梦见自己躺在一张浮在热巧克力海里的奶油床上，一只白皙如同象牙的手喂她吃偷来的夹心糖果，味道像巧克力，像柴火的烟气，又像丁香，温暖、滑润、香甜地萦绕在她的舌尖。

[1] 当时的一部奇幻广播剧。

15

1986 年，澳大利亚昆士兰州，布里斯班

凯蒂什么别的都没法思考，一门心思想着这件事的各种可能性。她敢肯定杰米也是一样。他们离开布林巴区的时候已经快凌晨两点了，杰米沉默地开着车通过空旷的街道，穿过布里斯班南城，取道格雷街大桥。他时不时会看她一眼，张开嘴，好像有话要说，但考虑了一下还是决定不说的样子。

“马蒂·费舍尔真是了不起。”他最后还是开口说道。

她很赞同。她好奇还有多少如此勇敢、如此坦诚的人在周围来来往往，她却浑然不知。如果在大街上遇见他们，她永远也猜不到跟自己擦肩而过的人是如此卓越。他们——那些卓尔不群的人——在面临重大事件的时候，很容易在人群中脱颖而出，但是在日常平淡的生活中，你怎么才能看出谁属于这类人呢？她想，只要你有一点点自以为是的小念头，就可能忽略掉那些揭示他人真实品格的蛛丝马迹。

他们在她家房前停了车。

“以前就没人想到过这一点吗？”她问他道。顾及左邻右舍以及住临街房间的特蕾丝和普雷蒂，她把声音压得很低：“英嘉和德美同盟的事情？你确定吗？”

他忙着把她的自行车从汽车后座上抬下来。

“我上次演讲之前，回顾了所有的研究成果，”他说，“当年我研究英嘉的时候，并没有任何地方提到德美同盟，现在也没有。”

“怎么可能呢？”

自行车轮子卡在了车门把手上，他来回摇晃着想把它解放出来。他肯定已经非常疲倦了，但即使这么晚了，他的动作仍然透着相当的耐心。“英嘉研究学会兴起的时候已经是20世纪50年代了，那时美国关注的焦点变成了共产党。而且，也没有人质疑过查尔斯排版的事，直到眼下，直到你提出来为止。以前同样也没有人跟马蒂·费舍尔谈过话。优秀的调研就该这样做，有创新，不教条，灵光一闪就把两个别人从来没想到过的点联系到了一起。”

自行车已经拿出来了，放在他们之间的人行道上。

“谢谢你送我回来。”她说。

“晚安。”

她感到有点迷醉，被惊讶、可能性和知晓人所不知的秘密的感觉弄得有点上头。她双手扶着车把，朝前探过去一点，踮起脚尖，抬起头，倾过身去吻了一下他的面颊。她光滑的脸贴着他的脸，逗留了一会儿。她能感觉到锉刀样的胡楂和粗犷的体温，也能感觉到他的脸颊也回靠着她的脸。

她往后仰仰，站直身子。他脸上的表情叫她笑出声来。

“不好意思。”她咯咯地笑着说。

他的眼睛睁得大大的，不断眨着：“天哪，别说不好意思。我只是……我没想……我没想到有这一出，有点吃惊。惊喜，大大的惊喜，美妙的惊喜，惊喜就是你。”他咬住了上嘴唇，“这一晚可真是不得了。”

他的双手碰触到了她扶在车把上的手。这双手比她想象的更光滑、更有劲。他把他的手指和她的交叉在一起。

“嗯，那晚安吧。”她说。

她又探过身抬头吻他，这一次他可早有准备，把头俯了下来。他们的呼吸同步了。这是一个彼此不太确定的吻，来得缓慢又轻柔。她的手换了位置，抚上他的胸口。凯蒂上一次被亲吻已经是很久以前的事情了。出门之前把自己打扮得光鲜亮丽，好勾走哪个路人的魂儿——这种事从来就不是她擅长的。她已经忘记了接吻是多么快乐，能尝到那种甜蜜、试探、柔软碰撞着柔软、带着烟火气仿佛要把人融化的陌生人的味道。她的呼吸变得粗重了。尽管不想结束这个吻，她还是主动停下了。

“时间不早了，”她抬头看了看自己的窗户，“我该回去了。”

他点点头。“当然，”他说，“好的。没问题。”

“晚安。”

“好的，好的。谢谢你，”他皱起了眉头道，“不，不该说谢谢你。

谢谢……不能完全表达我的心情。但是——哎呀，算了。还是就说一句谢谢你吧。”他又咬了咬下嘴唇，“唉，我这话说得……”

“这话说得怎么了？”

“说得就是……我也不知道。显然我英语都不会了。”

靠近他，她感到很温暖，整条街、整个世界都变得温暖起来。她感觉得到自己脸上绽开了笑靥：“那要是这样的话，我也说一句谢谢你吧。”

她去房子底下锁好自行车，然后从后门的楼梯走上去。杰米站在人行道上，等她的房间熄灯以后方才离去。

动机，这是问题所在。为什么德美同盟想要英嘉·卡尔森的命？而且还有关于瑞秋的谜团。瑞秋已经成了凯蒂脑海中固有的一部分。在书店上班的时候，凯蒂余光所及之处好像总能看见她，在城里往来的时候，每个老太太都会吸引凯蒂的注意。瑞秋在凯蒂这个年纪的时候，长得什么样呢？她的性格如何，举止怎样？每一天，她想象出来的一老一少两个瑞秋都不断地在变，性格在变，样子也在变。有时候年轻的瑞秋是个娇小可人的姑娘，生着灰褐色的头发和警觉的棕色眼睛，有时候她要高一些，白一些，胳膊像晒褪色的骨骼一样苍白，眼睛水汪汪的。她健谈，她沉静，她脾气暴躁，她雄心万丈。

她在美术馆外遇见的那位女士和送花的这个女人，是同一个瑞秋吗？毕竟瑞秋这个名字并不罕见。凯蒂努力去回忆自己遇见的那位女士身上的每一个细节，就像面对着警方的素描画师一样，但她简直是史上最靠不住的目击证人。身高？体重？没印象。她倒记得她说话的腔调，觉得她似乎是那种写数字“7”会在中间画一个斜杠的人，然而这些细节毫无用处。岁数大概是六十七八到七十四五。至于她的声音——能听出一点点口音，如果凯蒂记得没错的话，或者说，如果她想象得没错，希望得没错的话。听口音并不足以判断她是美国人，但是那又能证明什么呢？一个演员只需几小时就能学会本地口音，如果某人几十年如一日，一心要改掉自己的外国口音，那还有什么不行呢？塞缪尔·费舍尔下葬的时候，瑞秋应该是二十几岁：嗯，有可能是她。

但这些都只是猜测而已。凯蒂能确定哪些事情呢？塞缪尔·费舍尔是个纳粹，以及瑞秋·莱勒尔很富有。马蒂·费舍尔描述的那种花束绝不便宜。这个瑞秋跟费舍尔一家并不熟，但马蒂的母亲是认识她的，或者至少听说过她——因为没人会因为陌生人送的礼物而那样大发雷霆。善于观察的小马蒂在葬礼之前从没听说过她，瑞秋也没有戴着黑色蕾丝面纱，坐到教堂长椅上参加葬礼；这一点也没人评论过。

但是一个纽约女人为什么最后会到布里斯班来定居呢？屈尊光降此地的重要人物是如此稀少，以至于他们的来访总能被载入史册：人们至今还在谈论麦克阿瑟将军、1954 年来的年轻的伊丽莎白女王和 1948 年来的费雯·丽和劳伦斯·奥利弗，他俩抵达阿奇菲尔德机场的时候得到了一个菠萝作礼物。除了特蕾丝和她的母亲还有兄弟们之外，凯蒂一只手就数得过来她认识的人当中有几个出过国，而从国外来的就更少了。

一切都是徒劳。凯蒂觉得，自己像观鸟一样，一项项勾出特征：她的叫声如此这般，她的喙是如此这般的颜色，她的栖息地有如此这般的特征。她翅膀底面、蛋壳表面和胸脯下方有如此这般的花纹。仿佛照着这些特征按图索骥，就一定能找到她一样。但是人不是鸟，不会照着一个模子度过每一天，也不会每天都跟同样的人在一起。人会改变外表，会自我调整，会虚与委蛇，也会反复无常。就算凯蒂确实遇到过这个瑞秋，她们的交流也只持续了——多久呢？——两分钟？三分钟？根本不足以向她揭示任何东西。

也许这只是巧合，这两位——送花的和美术馆门外的女士恰好名字都叫作瑞秋。或者也许马蒂说得对，纽约那位瑞秋跟塞缪尔有婚外情，但跟他的工作没有什么关系。还有可能她是马蒂母亲的闺蜜，但以前因为什么原因，比如偷了她的蛋糕食谱——得罪过她。或者马蒂的母亲就是那种容易生气的女人，她单纯就是特别讨厌百合或者菊花，或者一想到她丈夫死了，可瑞秋·莱勒尔还活着，就忍不住想砸烂眼前的一切。更不用说，这些推理要成立，都要取决于整件事不是一个看《侦探画报》长大、心理受创的小男孩想象出来的。

但是如果瑞秋也通过某种方式读过小说手稿呢？如果她怀疑杀死塞缪尔·费舍尔的凶手也冲她来了呢？这就可以解释为什么一个年轻姑娘会离开世界上最繁华的大都市，搬到世界的另一边来居住——她是在逃命。

还有杰米。她应该怎么去看待关于他的问题呢？虽然她非常希望找到瑞秋，她同时也很希望能跟杰米单独在一起，待在没有书本、没有待解谜团，也不用考虑瑞秋、塞缪尔和英嘉的小岛上或者森林里。凯蒂一想到他，心弦就会一阵颤动，但她知道如果这事发生在别人身上，她会怎么评论：这种亲密只是幻觉，其实质不过是两人共同追求一个目标而已。

周一早上，他打电话到书店找她了。她当时正在接待顾客。到了午饭时分，她的想象力已经起飞。她想象着他与她肌肤相亲，她的胳膊环抱着他的颈项，后背抵在墙上。她想象着自己全身悬空，被他抱在怀里。他脸颊上的胡楂，到底延伸到脖子下面多远？他的胸膛上有没有胸毛？他的腹部有没有一条线？她回想起她吻他时他的表情和他语无伦次的样子。单单是想这些事情，就叫她没法专心工作了。她幻想如果自己跨坐在他身上，他会是什么表情。一定会让他禁不住喘息吧。

下午过半，她接起电话的时候，思维已经跑到九霄云外去了。

“凯蒂吗？我是杰米。”

这次轮到她措手不及了：“哟，我只是……没承想……”她朝书店里面看去，没有顾客，克里斯汀也不在附近晃荡，凯蒂不知道这算好事还是坏事。“你好。”

“你也好呀。”

对面停顿了一下，但是很短暂："那个，我从我家书店仓库里找到了几本书，是关于 20 世纪 30 年代的法西斯主义的。我也通过一个朋友的朋友跟某人搭上了线。他对罗斯福、30 年代后期的美国、当时的政治，还有其他诸如此类的东西都特别感兴趣。"

杰米告诉她，亲纳粹的德美同盟当年希望美国别去插手即将到来的世界大战。"他们大力支持孤立主义运动。当时很明显大战要开打了，他们也知道罗斯福想参战。"他向她讲述了德美同盟和美国第一委员会——一个 1940 年成立的压力集团，目的是确保美国不插手欧洲那场战争，鼎盛时期曾拥有八十万成员——之间的隐秘联系。

"当时德美同盟势力非常大。那场火灾之后才过了几星期，他们就在麦迪逊广场花园举办了一场大型集会，参加人数几近两万之多，传的都是诸如'罗斯福是个布尔什维克，还是个傀儡犹太佬'之类的瞎话。他们甚至还有自己的突击队。另外，各种阴谋诡计也不缺——炸毁军事设施、偷武器偷炸药等，全套都有。"

"真是了不起，你一直扑在这事上面吧。"

"啊，算是吧。不知怎么的，我就是睡不着，早上六点钟就去办公室了。"

"咖啡喝多了？"

"不不不，就是没法停止去想……怎么说呢……去想……你。一直在想你。"

"我？"

“不错。如果我现在继续想你，然后试图在电话里聊这个话题的话，可能需要好几个小时才能找回把话一句句说完的本事，而我很确定我还需要保留着这本事，今天接下来还有用呢，所以还是说回我打电话的正事吧。一句话，烧一座仓库，除掉两个平民，绝对是德美同盟干得出来的事。”

“但是为什么呢？为什么要杀害英嘉，毁掉那本书呢？”

“她亲欧洲，反法西斯，这是出了名的，也许《日夜与分秒》里的内容会影响读者，让他们支持更偏向干涉主义的政策？我也不知道。但是你甚至还没有开始仔细探寻呢。可能得花一些时间，但是你一定能找到动机的，对此我深信不疑。”

她没有回答。

“凯蒂，能听见吗？”

“我能找到动机？”

“当然非你莫属。这全是你的功劳。你可以把马蒂·费舍尔的信也拿去。要是能有一所大学支持你的话，这事做起来会更容易一些。你得到他那去，跟他见面，并且采访每个记得塞缪尔的人。会有记录可查的，也许 FBI 档案里有？”

“这些事我一件也做不到。我不是研究员，我还有工作要做。”

“凯蒂，”他的声音低沉下来，变得严肃了，“这件事很重要。据我所知，这是几十年来在卡尔森谋杀案上出现的最有价值的线索。有人会雇用你，或者资助你，或者给你发奖学金，让你去做这些事。如果你想进入学术圈，论文就不用愁了。如果你不想，那写本书不成问题。这可是那种能改变你命运的点子。”

“我得考虑一下。”

“当然，”他说，但他的语气听起来则是“天哪，到底还需要考虑什么？”，“听着，我明晚有个拍卖，但我已经耽搁了好多时间，快来不及准备了。我过几天再给你打电话，好吗？”

她答应了，但是他一挂，她就给菲利普打了电话。她也不知道为什么，也许因为她的脑子已经转晕了，也许因为他是她认识的唯一在大学里位高权重的人。尽管可能弄巧成拙，她还是冒险给他打了电话。她脑海里想象着他伸手去拿办公桌上的电话，用他那精明的手握着话筒，她想知道这是否是一个精心设计的借口好听到他的声音。菲利普的声音说着她的名字。她想：我就如此不了解自己吗？这一系列的行动是不是都表示我背叛了自己呢？她完全不知道他如果接电话，她该说些什么好。

他办公室的电话响了半天没人接，她松了一口气，这可太险了。她刚刚放松下来的一瞬间，电话就被转接到了系里的总机。接听的是一个女声——“这里是昆士兰大学英文系”——她的机会又来了。她只要说一声“对不起，打错电话了”就好。

但是她没有。相反，她却告诉接线员，她要找菲利普。那位女士停了停，翻找着电话表。

“他休假了，”接线员告诉她，“家里有急事。宾克斯老师现在替他代课。亲爱的，你是他的学生吗？要不要给你接宾克斯老师？”

凯蒂一阵反胃。真的吗？她想。菲利普？为了别人放下手里的所有事情？

“太遗憾了。我是他家的旧相识，但愿不是他母亲出事了，她一个人孤零零住在日内瓦呢。他是家里最小的儿子。”

“不知道是他家谁有事，”女士说，“但确实是在国外，所以肯定特别重要。不过，我想不是日内瓦，所以他妈妈应该没事。我记得有个女生提过，他去了纽约。要我帮你留个言吗？”

“不用，我不留言了。”

突然动身去纽约——有多大可能是巧合呢？她没说再见就挂上了电话。

16

1938 年，纽约城

这一个星期过完，她的轮班工作时间短些了，那些爱尔兰女孩呢，即使没有跟她说话，至少也开始朝她点头了。汤米，一个勤杂工，一直强行撩拨她，但他才十六岁，比瑞秋小三岁，而且他这样做，与其说是要钓她上钩，不如说是一种小心机，要在众人面前故意招摇一下，打响自己的名声。她并没有惊慌失措。以前她和父亲一起到公共场所去的时候，就算母亲在场，沃尔特也会像猫头鹰一样，脑袋转来转去地瞄美女。所以汤米不知道，遇上这种事情，她可算得上见多识广了。他就算使尽浑身解数，也不可能让她这样的姑娘伤脑筋。

这个九月底的星期五下午，餐厅里洋溢着放假的气氛。这个下午即使不能说暖意满满，至少也还残存了一些温暖。无袖衫、棉布裙和公园吃冰激凌的日子已经结束了，整个城市都严阵以待，预备着迎接数月的严寒。奥洛夫琳太太在厨房里调解两个厨师之间的争执。女招待、女领班和勤杂工们被她狠狠一瞪，都站在她那一边，但厨师却占了她的上风。他们为别人看不出区别的锅铲彼此争吵，互相指责对方做的奶油霜里放的砂糖结了块。“等自动化实现以后，我就不用再抱怨这些事情了，”奥洛夫琳太太一边像水手那样啪啪捏着指关节，一边对女招待们说，“我已经在百老汇那边看到了一台煎饼机。记住我的话，那些天杀的厨师过不了几天好日子了，我敢打包票。”

大概两点的时候，人流稀少下来。大门开了，瑞秋无法移开自己的目光，一直盯着——什么？大门吗？一定有什么古怪，为什么她没法挪开眼睛，为什么她会知道在玻璃和铝制的大门外站着谁，而她本来应该看不见的？

是那个扎辫子的金发女孩，穿着同一件男式外套。她的步子很轻盈，是做贼那样的轻，伺机下手那样的轻。她进门之后又一次环视周围，就像觉得有人会把她扫地出门一样。

只这么一瞥，瑞秋就意识到，自从星期一以来，她是多么频繁地想到这个女孩。早晨沿着晨光渐亮的街道步行上班的时候，她看见一个男人穿着跟这个女孩的外套料子相似的修身夹克。没有穿相似的衣服也一样，瑞秋想。前一天晚上，卡萝尔请瑞秋给她编个侧马尾，因为她从一张地铁里贴的海报上看到过那种发式。每个点热巧克力的女客人，每个买奶油糖果的男客人，她都会加以注意。瑞秋这一个星期都隐隐地期待着她再次从大门走进来。

领班没有认出她，微笑着示意衣帽架就放在大门附近。女孩摇摇头，把外套裹紧了些，又用一根长得在地上拖泥带水的腰带把它系好。

领班把她安排在莫琳负责的区域坐下。

瑞秋逼着自己迈开步子。她给一桌三个庆祝某人生日的女客人送去了一张新的餐巾，又为一位把餐具掉在地上的女士拿去了干净的餐具，与此同时她一直都在观察着那个女孩。她照例点了热巧克力，瑞秋望着她喝完，然后站起来，拿起小票，走向收银台，中途拐了一个弯，来到糖果柜台前。

这时候奥洛夫琳太太已经从厨房出来了，就站在领班旁边，朝来往客人点头致意。只有瑞秋通过她右脚所指的方向看出来，她的注意力实际上放在什么地方。

那个女孩拿起一罐果酱，仔细打量着——她在打量什么，瑞秋也猜不出来。她又放下了。

奥洛夫琳太太朝汤米和另一个叫柯特的勤杂工点了点头，他们把托盘塞在补给台下面，然后装作不经意的样子溜达开去，一左一右把住了大门。

瑞秋原地转个身，手里拿着点餐簿和钢笔，朝糖果柜台走去。她和那个女孩差不多高，身材胖瘦也很相似。经过女孩身边的时候，瑞秋动了动肩膀，然后重重地撞了一下她。女孩身上好像几乎没有肉，瑞秋隔着袖子都能感觉到她锁骨旁边包着骨头绷紧的皮肤。瑞秋的点餐薄哗啦啦掉到地上。

“请原谅，小姐。”瑞秋说道。她等了心跳一拍的短短一瞬间，试图和女孩四目相对。从这么近的距离看，女孩的皮肤仿佛露水一般晶莹。她眨着眼睛仿佛刚刚被惊醒一般。瑞秋跪下来收拾地上的点餐簿。

女孩也跪下来，伸手去够点餐簿。

“他们盯上你了。”瑞秋悄声说道，声音很低，靠得很近。

她站起来，让点餐簿滑进围裙口袋里，谢了女孩帮她忙，然后又道了一次歉。她往汽水机后面走去，做出忙忙碌碌的样子，把糖浆瓶子排整齐，并且擦干净它们喷嘴下方黏糊糊的东西。她的脉搏突突的，跳得很快，但那个女孩毫无反应，一点也没有。她的表情还是那么清澈明媚。

也许她是个聋子，瑞秋想。也许她智力低下，无人陪伴的情况下不应该单独出门。

女孩并没有受到困扰。她继续浏览着，拿起一盒糖果，仔细察看一番，又放回去。

又拿起一盒。这一次，她把它放进了口袋。

瑞秋感觉胸口被敲了一闷棍。她能做什么呢？大门离得太远了，在大厅另一侧，中间隔着一大群人，门口还有汤米和柯特把守着。她将不得不在大庭广众下动手扯住那个女孩，逼她把盒子放回架子上去，她的罪过就会曝光。瑞秋看着奥洛夫琳太太：她这次是全程看得清清楚楚，鲨鱼一般的脸上带着绝无差错的笃定。奥洛夫琳太太朝小伙子们点点头，然后跟着女孩来到收银台前，站在她身后，看她付账。瑞秋揪着自己的围裙好像要把它拧出水来，往前凑了凑，好听清她们说什么。女孩收起找给她的零钱。

“你得从后门走出去，等我们派个小伙子去叫警察来，”奥洛夫琳太太朝她倾过身子说道，“而且，你在我们这儿闹出的动静越小，对你就越好。”

女孩眨着大眼睛望着她，一动也没动。

“跟我装聋作哑没用，你该去哪就得去哪，”奥洛夫琳太太说，“我会喊小伙子们来把你架出去，不信你试试？偷东西没有借口，这店里每一盒糖果的去向都逃不过我的眼睛，说破天我也要管好我该管的事情。”

瑞秋感觉自己就像站在万丈悬崖边上，朝半空中探着身子一般。

女孩开口了：“对不起，夫人，有事吗？”她的口音带着欧洲的腔调，声音轻而含混。

“外国人哪，”布丽吉特操着一口爱尔兰腔说道，她和莫琳都站在瑞秋身后，眼睛兴奋地直直瞪着，“我早该猜出来的。”

“别夫人这、夫人那的，”奥洛夫琳太太说，“监狱就是给你这种人准备的。”

“请原谅我英语说得不好，”女孩说道，“您说的是什么意思？”

“我说的是你口袋里的那盒糖果，你这狡猾的小偷。”

女孩皱起眉头，拍了拍一边的口袋。是空的，但不是这一边。奥洛夫琳太太翻了一个白眼。女孩又拍拍另一边的口袋，里面显然有点什么东西。她取出一铁皮盒巧克力糖衣樱桃，上面绑着天鹅绒的蝴蝶结。

“天灵灵，地灵灵，你的手可真他娘的灵。”奥洛夫琳太太道，伸舌头从牙齿前面舔过去一圈。

女孩看起来好像马上就要哭了：“请原谅，拜托您了。”

瑞秋往前走近一步，接着又走近一步。她宁可牺牲一切去把时间停止住，把每个人都暂时冻结，让她可以从女孩手里拿走那个盒子，放回柜台上。

“我的意识，”女孩说道，她的声音现在变得非常轻柔，清透得像水晶，精致得像镶了蕾丝的绲边，“会自由飘荡。我没法叫它专注在该做的事上。我只能向您说一千个抱歉。”

“我说了，从后门出去，快点。”奥洛夫琳太太说。

“或者我付账好不好？再加一笔小费，补偿我给您添的麻烦？”

女孩从同一个口袋里取出厚厚一沓用橡皮筋捆着的钞票，从上面剥下两张——不，三张纸币来。瑞秋不知道那些糖果多少钱一盒，因为她从来没买过，但她知道一块好时巧克力卖五分钱。这盒樱桃可能得卖三角五分钱，甚至四角钱。

奥洛夫琳太太盯着钞票不放。

“出书之后，”女孩接着说道，“一切就乱糟糟的。都怪我的脑子，里面塞满了各种故事情节。我再次表示抱歉。”

“出书？”奥洛夫琳太太说，“别跟我耍滑头。”

“老天爷，”布丽吉特在瑞秋身后叫道，“可不是嘛，我知道她是谁了。她就是那个谁来着，对不对？”

“就是她没错，”莫琳答道，“我从图书馆借过那本书来看，书背面就印着她的照片。我之前就该看出来的。她应该都快三十了吧，不是吗？看她的样子，说她才十几岁我都信。”

“我看了那本书哭得像个小不点儿一样，”布丽吉特说道，“看到凯登丝找到字条的时候，我都快把眼珠子哭出来了。”

餐厅变得一片寂静。“她是英嘉·卡尔森。”瑞秋说道。正当此时，那个女孩也刚好在跟奥洛夫琳太太说：“我的名字叫英嘉·卡尔森。”

“你不可能是她。”奥洛夫琳太太说道。

女孩笑了：“我一直都是。”

接下来的几秒钟，餐厅里的职员和顾客凝固成了一幅静态的群像，因为他们至少都听见了对话的最后一部分。接着，邻近桌子边坐着的一位女士开始鼓起掌来，于是掌声如同波浪一般激荡开去，伴随着人们时不时彼此介绍情况的交头接耳，从一桌传到另一桌。有三位女顾客站了起来——她们是一起看了下午场电影来喝茶的，点了岩皮饼。不多一会儿，半个餐厅的人都在起立鼓掌，甜点和沙拉已经被他们忘在了脑后。

英嘉转过身来面对着大家，瑞秋看到她的皮肤已经不再是象牙一般的颜色——她苍白的喉头染上了玫瑰色，脸颊晕开了樱桃红。

“各位真是太客气了，”她对着一屋子的人说道，直挺挺地微微一躬，“我永远忘不了你们的好意。”接着她又对奥洛夫琳太太说：“对我的疏忽，我只能说，让我再向您道一次歉。但我想我是打断您的话了。不好意思，刚才您在说什么？”

“我说的是，”奥洛夫琳太太说道，“我们很高兴为您服务，卡尔森小姐。”

17

1986年，澳大利亚昆士兰州，布里斯班

两天以后。

凯蒂的餐桌上堆满了杂志、亮光纸宣传册、深浅不同的柔粉色纸材，还有象牙色、珍珠色、骨白色和霜蓝色的蕾丝方巾，以及锡纸托子里的小块水果蛋糕和一条条肉粉色、珠光色、珊瑚色和紫红色的缎带头。凯蒂坐在桌边，紧挨着特蕾丝，正往笔记本上写着什么。普雷蒂躺在沙发上看电视，音量调得很低。特蕾丝的妈妈奥林皮娅上门来做客了，眼下正坐在桌子旁边，左腿因为血管疼，抬起来架在一张椅子上。凯蒂感觉自己膝盖窝里冒出一片痱子，刺痒刺痒的。

“我喜欢这个，”特蕾丝拣出一片蕾丝方巾，“不是太花，大部分是几何图案，比较不容易和真花撞色，就看跟伴娘服的粉色搭不搭了，你觉得呢？”

“再说一遍伴娘服是哪个粉色来着，泡泡糖粉吗？”凯蒂说着，伸手去拿一条光滑的缎带。

“才不是呢，”特蕾丝答道，“你没毛病吧？我可不要和一群芭比娃娃一块儿站上圣坛。再说了，伴娘服和新郎腰封的颜色要一致，普雷蒂穿这种粉色看着糟心。”

“这里每一种粉色我看着都糟心。”凯蒂说道。

“那只能说幸好这不是你的婚礼了，不是吗？”特蕾丝答道。

“淡紫色是我的心头好，”奥林皮娅说道，朝凯蒂挤挤眼睛，“跟我的头发很相配。”

“妈妈，这一点咱们要讲清楚，绝不再考虑淡紫色了。”特蕾丝说。

“她是故意逗你呢，宝贝。”普雷蒂躺在沙发上叫道。

“我想你就穿白西装吧，伊奥尼斯。你看起来会跟约翰尼·杨[1]一个范儿。”

“干脆现在就杀了我吧。”他回答。

八月里，布里斯班西风过境的时候，人人都在抱怨木头烂了、天色阴沉，但是现在待在屋子里，却感觉这种阴沉令人愉悦，而且很凉爽。至少相对来说是这样。这类老房子都有露天阳台、屋檐和低矮的门廊。按道理来说，最适合坐的地方应该是房子底下支撑桩中间的空地，但在布里斯班，那是停车、放洗衣机和啤酒冰箱的地方。不管怎么说，楼上的昏暗渲染出一种庄严的氛围。普雷蒂经常说，如果这是他自己的房子的话，他一定会给它开个天窗。

[1] 荷兰裔澳大利亚歌手，词曲作者，唱片制作人，电视节目主持人和制作人。

“你知道我选了多久才决定用这个粉色吗？给点支持吧。”特蕾丝在空中挥舞着小样喊道。

“粉色很棒，宝贝，”普雷蒂答道，“你选的哪个粉色都好看。”

“你想不想让我在婚礼上弹钢琴，特蕾丝？”奥林皮娅说道，“只要你喜欢，弹什么都行，并不一定要弹史翠珊的歌。”

普雷蒂脑袋往后仰起来，盯着天花板道：“行行好吧，奥林皮娅。”

“我实在不理解你为什么要花钱请那个什么，哦，弦乐四重奏？别请了，把钱存起来多好。”

我的小车尾——小时候，奥林皮娅就是这么叫特蕾丝的，因为她出生的时候，她的两个哥哥都已经上高中了。奥林皮娅比学校里别的同级生的母亲年龄都大，而且艳丽得多。凯蒂回想起以前放学之后，在停车场入口等着奥林皮娅来接她们回去的往事。特蕾丝的衬衫下摆散在外面，鞋带拴在一起，把鞋子吊在脖子上。凯蒂的棕色头发绑成两个马尾辫，膝盖上带着跳皮筋弄出来的擦伤。两个人的书包都拎在手上。奥林皮娅从车里一出来，那蓝色的眼影、一身超短裙、脚上的坡跟恨天高和比世界上任何东西都更让凯蒂渴望得到的长串珠子项链就足以把其他母亲震得鸦雀无声。遇上父亲要工作的下午，凯蒂就会去特蕾丝家。她的家总是一片混乱嘈杂（而凯蒂和父亲两人相依为命的那个家里，一切都是沉稳而平静的）：两个男孩子乌烟瘴气的房间，他们每次说话引起的共振，每一阵脚步声，奥林皮娅不停地团团转，要么是急匆匆地赶出去上课——她自己学唱歌和爱尔兰舞，要么是把意大利面塞给凯蒂和特蕾丝，让她们在沙发上坐着吃，再不然就是把家具拖来拖去，好让他们能有地方把床单搭在扫帚棍上，做成临时的舞台大幕。

“你是新娘的妈妈，这任务已经够艰巨了，”特蕾丝说道，“而且你还得照顾那些女花童呢。”

“那些？”普雷蒂问道，“不止一个？”

“我们需要三个，我请了伊莲娜、茜娅和约兰达。少于三个可不行，因为婚纱后摆太长了。”然后她转向奥林皮娅，“你起码已经预订好女花童的裙子了吧？”

“当然。我订的尺码比你写的大一号。”

“妈！别啊，”特蕾丝说，“尺码都是我把她们本人带去量的，正好合适啊。”

“那如果她们这段时间长个了怎么办？如果裙子大了，你可以用别针别紧点，这都不在话下。如果太小，问题可就大了。抱最好的希望，作最坏的打算嘛。”

“听起来确实有道理，特蕾丝。”凯蒂说道。

“谢谢你，凯登丝，”奥林皮娅说，“你真是个讲道理的丫头。”

“好好好，就这样吧。妈妈真英明。现在该看伴娘服了，”特蕾丝挑出一本婚庆杂志一页页翻动着，“快来，伴娘小姐，给我帮帮忙。”

凯蒂抓起一本杂志，也开始翻来翻去。

“凯登丝，你还在那个书店工作吗？”奥林皮娅问道。

特蕾丝朝天花板翻了一眼:“我们都跟她说过了，不知说了多少遍，外面还有个很精彩的世界，小凯。”

“我喜欢书店的工作。”她很享受卖书的日常工作——整理好一团糟的书架，把最最合适的书送到读者手里；她也热爱新书发布的喜悦、重温经典的熨帖，以及书籍封面抽象的美。

“如果我再变回你这个年龄，我要做的就多了。去冒险——尤其是要玩出格，绝对少不了。我就是后悔没闯出够多的乱子。还有男人。男人一定要多点。”

“妈妈！恶不恶心呀。”

“你应该多去夜店玩，凯登丝。夜画，是叫这个名字吗？我在电视上看过这家夜店打的广告。”

凯蒂拿起另一本杂志翻看着。她漫不经心地想，怎么没有裙子图片呢？然后她才发现这根本不是婚庆杂志，而是《专业摄影杂志》1986 年 2 月刊。

“这本书也有用吗？”

“那是我的，”普雷蒂的声音从沙发那边传来，“经典摄影，我要的就是这种感觉。婚礼照片其实真的很重要，我们将来是要拿给儿女们和其他所有人看的，我可不能接受随便找个摄影师。天哪，记得索尼娅和斯蒂文的婚礼吗？”

想不记得都难。每次那个摄影师跪下来给圣坛上的新人拍合影的时候，全体来宾都能看见他裤腰上方露出的半截屁股。

“录像呢？”奥林皮娅问道，“我也许能帮上忙。我有表演经验，记得吧。”

她们十二岁的时候，有一次奥林皮娅告诉大家，她主演了一个电视广告，还邀请了左邻右舍在电视剧《96 号》[1]演到下半集的时候来家里看。为了待客，她还准备了插在牙签上颜色像红绿灯一般的切达奶酪块、意大利香肠和腌洋葱，以及盛在空心杯柄的浅口香槟杯里的阿斯蒂甜葡萄酒。整条街的邻居，有十五六个还多，都挤着坐在特蕾丝起居室里的电视前。等广告终于开始，奥林皮娅出现了：那是一管跳舞的牙膏，能认得出的只有她曲线美妙的双腿，身体的其他部分则是一条闪闪发光的白色牙膏管，戴着一个醒目的大盖子。

特蕾丝气得在树屋里度过了整个傍晚。

“对呀，录像。录像肯定要录的呀，哪个妈妈不愿意帮忙做这个？”

凯蒂翻阅着手里的杂志，扫过佳能、尼康、哈苏的广告，扫过关于灯光、显影剂的介绍和反光板广告页，然后就看见了那个黄色的眼睛。

这一页左上角是窄窄的一条布里斯班摄影俱乐部的广告，上面说只要是本地居民都欢迎加入，与其他摄影师交流，提高摄影技术，彼此切磋，友好竞争。该俱乐部的标志是一个黄色快门的图案，外面套着一个圈。

凯蒂眨了眨眼，脑子里一激灵：她见过这个标志。排队看卡尔森展览的时候，她身后那个健谈的摄影师穿的就是印有同样标志的上衣。

[1] 澳大利亚电视悬疑喜剧，1972 年首播。

18

1938 年，纽约城

修瑞福餐厅以前也接待过名人，其中很多都把签名照留在了长长的背墙上，成了历久弥新的记忆。拉瓜迪亚市长[1]来这里用过午餐，艾索尔·摩曼[2]也是，还来过不止一次，还有弗朗西斯·阿尔达[3]和希拉·巴雷特[4]。纽约是个靠明星效应撑起来的城市，绝大多数女售货员、女招待、香烟女郎、勤杂工和快递小哥离乡背井来到这熙熙攘攘的大城市，就是因为知道在这里自己有机会成为人生赢家。纽约之所以迷人，很大一部分原因在于你现在的人生和你渴望拥有的人生之间，只隔着一层薄薄的纱。然而即使是修瑞福，也从未迎来过英

[1] 美国意大利裔政治家，美国共和党成员，曾任美国众议员、纽约市市长和联合国善后救济总署总干事。

[2] 美国百老汇歌星，也是舞台、电影演员。首次登台演出音乐剧《疯狂女郎》，后又成功演出《安妮，拿起你的枪》《吉卜赛人》。她是 20 世纪百老汇音乐剧舞台上最伟大的女演员之一。

[3] 新西兰女高音歌唱家，出演过《奥赛罗》《浮士德》等剧目。

[4] 美国喜剧女演员。

嘉这样的顾客。

整整二十分钟的时间，她都在跟一桌又一桌的人握手、致谢，一直自谦，羞红了脸。谁能想到，两个女顾客包里就带着《世事皆有尽》，于是她为她们签了名，措辞既亲切，又巧妙。她给小孩子们付了圣代的钱，给餐厅员工每个都买了一盒巧克力糖衣樱桃——二十二位员工一个也没落下，包括厨师在内，又向他们道歉，说给他们添了麻烦。他们对她极尽赞美，争着说自己多么多么喜欢她的书、多么多么爱不释手。每个人都在说，除了瑞秋以外。站在这个女孩旁边，她仿佛失去了讲话的能力。奥洛夫琳太太叫汤米去把街角照相馆的摄影师找来，拍了一张餐厅全体员工簇拥着英嘉的合影，替照片墙增辉不少。然后，大家排成一行，英嘉就像皇室成员一样，走过来跟他们一个个握手。她很热情友好，跟哪一个人握手，态度都不偏不倚，并不对谁表现出特别的重视。

当英嘉对着瑞秋微笑时，她激动得快哭了，虽然这微笑跟布丽吉特和莫琳得到的一模一样。

一切都尘埃落定。英嘉再一次提出要付钱买下那些樱桃，奥洛夫琳太太再一次表示不用，之后，英嘉脸上突然蒙上一层奇怪的神色。她一下子苍白了。为了站稳身子，她伸出一只手扶住桌子，弄得桌面上的玻璃器皿摇晃起来。大家都吓了一跳。

“十分抱歉，”英嘉说道，“我觉得……请原谅，我的老毛病又……又犯了。我保证，绝不是因为在你们这里吃坏了肚子。就算我倒在你们门口，也没人会那样想的，我敢肯定。”

奥洛夫琳太太惊得眼睛都鼓出来了，问英嘉要不要喝杯水，或者找个地方躺一躺，需不需要他们给她叫辆出租车。

“好的，叫辆车吧，”英嘉说道，“但是我怕自己会晕过去。不知可不可以请谁陪我一同回去？要不，就麻烦那边那位姑娘，如果她不是太忙的话？”

英嘉抬起一只发抖的胳膊，张开手掌，朝着瑞秋伸过去。

时间差不多是四点，她们已经到了户外。城市的空气有一种粉尘样的质感。瑞秋替她拿着外套和包，两人一同迈步沿着第五大道向前走去。英嘉倚在她身上，瑞秋感受得到她的重量，摸得出她纤细的骨架。她身上散发着新割青草和洗衣皂的味道。她那农村姑娘稳健的双脚踏在英嘉精巧的弯弯玉足旁边。如果英嘉晕倒，她该怎么办呢？她有足够的力气把她抬起来吗？奥洛夫琳太太本想派汤姆去叫辆出租车来，但是英嘉阻止了她，说散散步，走一两个街区，穿过联合广场，或者甚至走到麦迪逊广场，她就能恢复元气了。都怪她总是待在室内不出来，三餐也没有好好吃——显然这就是她无法集中注意力的原因，刚才的樱桃事件就是例子。只要有个人陪着，她就不怕突然倒下了。再多的话也不足以表达她对奥洛夫琳太太的感激之情。

沿着第五大道走了大约一个街区，英嘉挺直身子，自己站稳，不再要瑞秋搀扶了。瑞秋感觉到胳膊空了出来，英嘉身体的重量从上面移开了。之前要不是因为这个重量坠着，她早已飘入云端。英嘉快步走到前面，在西十四街口向左急转而去。这么说来，她们要去的就不是联合广场了。

“身体好些了吗，卡尔森女士？”瑞秋问道。

“好多了。”她走路也稳当了些、快了些。

“您是不是希望我就此告退了呢？”

英嘉放慢步子，朝瑞秋绽开笑容。“别傻了。”她说道，一双眼睛暖得能融冰化雪。

瑞秋极目望去，所见都是一片起伏的帽子的海洋。在她们身畔，戴软呢帽的男士和几位戴毛皮小帽或者头巾的女士来来去去，都穿着灰色、棕色的华贵套装。街上跑着闪闪发光的小轿车，还有卡车和大巴。

英嘉突然在人行道中间停下来，瑞秋差一点撞在她身上。

“我们去哪里呢？”

去哪里？她的意思是找哪个医生吗，还是去哪个医院。

“说真的，应该把你这样的宝贝放在玻璃罩子里。不，我暂时还不准备去找那些江湖郎中。动物园怎么样？里面好像有只虎狮兽还是狮虎兽之类的，可怜的小东西，一半是这个动物，一半又是那个动物。要不去现代艺术馆？我们也可以到洛克希饭店吃点东西，或者……我不知道，你去过阿戈西书店吗？我们可以去那逛逛地图区，或者购购物也行，我可以带你去买顶帽子。”

“卡尔森女士，如果您身体恢复了，我想我就该回去了。我到六点才下班。”

“无稽之谈。”英嘉说道，带着不容置疑的断然。

原来如此：瑞秋已经得了一下午的假，就像个无忧无虑的女王一样。如果被别人发现她开小差，后果会很严重，但是她完全可以肯定，英嘉不会去告发她。没有人会发现。

“去中央公园吧，”瑞秋毫不犹豫地说道，“我想去看看没人注意的时候，地里又长出什么来了。”

显然，没人注意的时候，中央公园里长出了一大堆的东西。她们乘出租车到东 61 街下车，看到公园在这个尚带暖意的秋季里，仍然郁郁葱葱。这番景象有点诡异，背后就是被多少参天大厦刺破的天际线，地上躺着十几棵树断裂破碎的残骸，是上周被暴风雨刮倒的。除了她们只有很少几个游客，另外有一些工人拿斧头清理着道路，还有一些用推车把小些的残枝败叶运走。瑞秋和英嘉沿着波浪起伏的湖边溜达，然后走过了盖普斯托拱桥。松鼠都盯着她们看，揣摩着她们会不会投喂。

“你其实愿意去哪里都可以的。”英嘉说道。

“我愿意来这里。”瑞秋答道。

她的皮肤感觉痒痒的，四肢涌动着不安分的热流，既来自她对户外的热望，也来自离她仅有咫尺距离的英嘉。地上到处都是泥泞，但她还是瞄到远处有个好东西，于是冲出小道，跳过一路上的小水坑，然后在一棵榆树边上跪下来。这棵树粗壮的树干已经被风暴干脆利落地拦腰吹断。她用手把浮土刨开，露出一条细细的块根。

“看，紫色的小刺果，扁平的叶子像大象耳朵一样，这就是牛蒡，”看英嘉一副茫然的表情，她又说道，“你肯定不会不知道牛蒡是什么吧？”

“就算我知道，我肯定也会拼命把它忘记掉。”

“很好吃的。”瑞秋把手帕摊平，包起了块根，一点也没多想——英嘉看她的眼神就像看着动物园里的虎狮兽一样。她是不是太贪心了？“你有手帕吗？”她问英嘉，“咱俩可以平分，这些足够两个人吃了。”

“哎呀不巧，刚好我吃牛蒡撑到嗓子眼了，一口多的也吃不下。”

往前又走了一点点，在一块和车水马龙的喧嚣似乎远隔万里的树荫底下，瑞秋找到了车前草、小酸模和马齿苋。她的动作十分小心，轻柔地把这些植物拢到手心，然后拂拭干净。这些贴地生长的小生灵挺过了狂风和暴雨的肆虐。她把它们放进手帕，和牛蒡包在一起，然后又继续前进。英嘉跟在她后面。一丛黑莓紧紧缠在花架上，果实掉了一地，烂得一塌糊涂。黑樱桃也一样，全都被鸟儿糟蹋了，四分五裂，落到小路上淌着血红的汁水。

“真可惜啊。”瑞秋说着，一抬头发现英嘉正皱眉看着她。

“你要的话我会给你买顶帽子。”英嘉说道。

“我已经有顶帽子了。”

“我认识的大多数姑娘宁愿美滋滋地盯着波道夫百货商店的橱窗看一下午。你收集这么些奇怪的东西，是要拿来做什么？”

“做什么？当然是吃掉呀。”

“你可以买东西吃啊。”

“但如果不用花钱买就更好了。如果你能想办法维持温饱，有个栖身之地，那就不用勉强忍受任何委屈了。”

英嘉把头倾向一侧：“你一向得忍受特别多的委屈吗？”

瑞秋突然意识到，像英嘉·卡尔森这样一个高贵的人物当然不该踩在泥浆里，看着她在荒芜的公园里采摘觅食。她肤如白瓷，发映星辉，让她站在这儿就像逼着一个芭蕾舞者站在洗衣房里侍弄轧布机一样。想到事情搞得这么不着调，瑞秋的喉咙顿时被噎住了：“有一些委屈吧，当然跟别的姑娘没法比。一个姑娘可以忍受好多委屈，但是总有个度，再多就不行了。”

“是这样吗？”

“你必须得坚强，就像喝一勺鱼肝油一样，”瑞秋说，“捏着鼻子喝下去就好。干着一件事，却希望自己能干别的，这毫无意义。”

“的确毫无意义。”英嘉说道。

“而且，你看这些植物，它们不是谁专门种的，也没有人浇水，只是一个劲地长啊长。它们真是奇迹。”

天气渐渐凉下来，她们散步回到了第59街，一路上都是泥泞的小道，细小的树枝在脚下的石头上被碾得嘎吱作响。

“我顺路载你回去。”英嘉说。

出租车来了之后，英嘉为瑞秋打开门，然后替她把裙角掖好，免得被车门夹住。司机看着她俩的脏鞋子翻了个白眼。

回到市区，付完出租车费，已经快到七点了，太阳正缓缓西沉。她们站在人行道上。瑞秋的提包里沉甸甸地装着野菜，包得妥妥帖帖。

“谢谢您，卡尔森小姐。”瑞秋说道。她把提包紧紧抱在胸前，但没有动身离去。她感觉自己好像被一张网紧紧地捆在英嘉身边，她——离家出走不带一点犹豫的她，查收邮件从不屏息期待的她，连潦草的只言片语都没给母亲写过，更没起过寄信念头的她，此刻却没法让自己转身离去。

英嘉眨了眨眼，双手叉腰，说道：“来，我问问你，你难道没有读过我的书吗？”

“当然读过，”瑞秋答道，“人人都读过。”

“然而之前在餐厅的时候，你是唯一没说你读过的。就连你们那个母夜叉老板都把它吹上了天，但那更说明很可能她今天之前从来没听说过我的书。”

“一本书带来的感受是属于内心的，”瑞秋说道，“很难去描述……你的书让我很开心，伤感又开心。”

英嘉肯定要问她说的那句话是什么意思了。“他们盯上你了”，她当时在英嘉身边跪下，就是这么向她耳语的。这可是对雇主的不忠啊。

瑞秋想，她迟早一定会问的。

但是英嘉没有问，只是说：“我知道你的意思。”她开始迈步离去，接着又转过来对着瑞秋。

“不，我想咱们还没完呢，瑞秋。跟我来吧，一定跟紧了。”

轻轨高架在地上投下长长的梯子形阴影。英嘉在那下面再次左转，头顶上火车呼啸而过，溅起飞舞的火星。她们向市中心的方向继续走去。

来纽约这段时间，瑞秋已经认识到一点，那就是纽约并不是一个城市，而是十好几个，每一个都像坐落在一个不同的国家。它们之间唯一的共同之处便是垃圾堆和老鼠。她从未走过这条路。她们经过了街角的一座大楼，上面的广告牌写着此处出售皮外套和仿皮风衣，“全套骑马装备”。又过了几个街区，周围的景象开始变得暗沉起来。戴鸭舌帽的年轻小伙在楼梯上闲荡，眼睛直盯着她们。一个黑人在扫地。两个修女走过，飘洒的黑衣服、黑面纱和白色头巾式帽子让她们显得严峻可畏。

她们经过法院大楼，英嘉绕着女子监狱转了一个弯。两人正快步趱行，英嘉突然招呼也没打一声，就钻进一条小胡同，里面塞满了手推车、破箱子和一把没坐垫的扶手椅。瑞秋一溜小跑跟在她身后。两人走过一沓可能是作为临时过夜掩蔽所的纸箱子，一个侧面喷着“卫生部”三个大字的巨型铁皮垃圾桶和一群大小各异、像保安一样盯着她们脚踝的橘猫。瑞秋觉得自己看见黑暗的胡同深处有一只老鼠从一些圆形垃圾桶背后飞快地溜过去，但那些猫却毫无反应。这里闻上去就像馊了的尿液、腐烂的水果和外国的香肠。

胡同走到一半，英嘉在一扇暗绿色的金属大门前停住脚步。右边的门框上有一个按钮，如果不是英嘉伸手去按，瑞秋肯定是注意不到的。她只是站在那里笑，两手揣在口袋里。

“现在怎么办呢，卡尔森小姐？”

“我的名字叫英嘉。现在我们就等着。”

她们没等多久。门上的一块挡板滑开，一双深色眼睛上来瞅了瞅，然后挡板就重新关上。过了一会儿，门就开了，与此同时英嘉在一块石台上擦着她的鞋底。里面完全不像有人的样子，只看得见一条狭窄、阴暗的楼梯通向地下。一阵冷风向她们倒卷上来，闻起来就像下面有一汪油腻的大海。

英嘉迈步往下走去。瑞秋刚刚才进来，大门就轰然关闭。

她站在楼梯顶端。楼梯很陡，两旁的墙壁凹凸不平又冰冷严峻，就像是在这座城市名字还叫作新阿姆斯特丹的时候，由荷兰人拿铲子和锄头开凿出来的。她想，她得转身回修瑞福餐厅去，趁事情还没发展到下一步。

英嘉已经下了十几级台阶，回过头来：“我们可不能在这儿浪费一晚上。”

瑞秋解开外套，抻抻她的围裙，扶了扶头上的发网，又盯着脚上难看的平跟鞋，这是为了长时间工作专门穿的，说道：“我真的该走了。”

英嘉翻翻眼珠子，重又走上楼梯，在离瑞秋很近的地方站住。楼梯顶上地方本来就小，她于是把手伸进瑞秋的外套里，环抱着她的腰。

瑞秋屏住呼吸，双臂颤抖着抬离身侧，同时英嘉从她背后松开她的围裙。英嘉解掉绳结的时候，瑞秋感到围裙拉紧了一下，然后腰上的束缚感就消失了，围裙从她头上给脱了下来。英嘉把围裙紧紧地卷起来，塞进她外套的某个大口袋里。接着，她和瑞秋面对面站着，近到呼吸相通，然后伸手到瑞秋头上，摘掉一个又一个发夹。瑞秋连吸口气都做不到。她之前并不觉得夹着发夹怎么样，但是现在她闭上眼睛，就能感觉到那种扯得紧紧的感觉在顺次消失。发网也取了下来。她感到脑袋轻松了不少，仿佛头顶那一块会腾空而起、飞上天去一样。她的发髻披拂下来，触碰着她的脸颊。她睁开眼睛，迎面就看到英嘉凑得更近了一些，伸手捋过自己的卷发，把它们抖散开来。那柔和的牵拉感，是发丝在英嘉指缝的流连。这会儿，英嘉温暖的双手又解开她衣服最上面的一颗扣子，接着解开另一颗，让她的领口开大一些。她把瑞秋外套的袖子往上卷起，沿着她白皙的胳膊，一直卷到肘弯上面，然后两个拇指揉揉瑞秋的颧骨，再捏一捏她的皮肤。完事以后，她往后退了半步。

“好啦，”英嘉说道，“这就好多了。”

19

1986 年，澳大利亚昆士兰州，布里斯班

只打了两个电话，就寻到了那位神秘的摄影师。俱乐部的秘书给凯蒂回电话一问，马上就知道她要找的人是谁了。

“是罗德尼，”他说，“罗德尼·弗雷，就是去美术馆拍照片那位吧？他跟我们都讲了，什么他得克服多少的困难才能拍到那些照片，人们对摄影这门艺术根本缺乏尊重，这都是他说的。”他说他愿意给罗德尼打电话，把她的号码给他。“你是有活儿要找他吗？”

“算是吧。我对他拍的几张照片比较感兴趣。”

“因为罗德尼老是在找活干。”

罗德尼十分钟以后就回了电话。没问题，他可以跟她见面喝个咖啡。

于是，星期六中午书店一关门，凯蒂就一溜小跑赶上了回家的公交车。根据计划，她要先在斯帕加里尼餐厅外面跟杰米碰头。

凯蒂沿着自己家那条街，往前走到弥尔顿大道。奥肯弗劳尔是个挺不错的城区，家家户户都安居乐业，她怀疑她们的房子是唯一一座破旧的出租房。各家的后院里，小孩子们穿着运动衫在花园洒水器下面跑来跑去，咯咯直笑，当妈妈的则透过厨房窗户看着他们。天空蓝得清爽通透，平得像碟子，空气仍然跟体温一样温热。灌木丛中传来蝉鸣，抬眼望去，高大的树冠越过铁皮屋顶，探出头来。

她在街角转弯，朝猫头鹰便利店的方向走去。等到穿过弥尔顿大道，离目的地越来越近的时候，她就看见了他。杰米正站在人行道上。本来他望着另一个方向，但好像感应到她的到来似的，向她这边转过身来。

“你好呀，”他看看她，再看看地面，又看看她，“狩猎开始啦。”

“确实，一鼓作气，往前直冲吧。”凯蒂吻了一下他的脸颊，笑着说道。

他咧嘴笑起来，就像她送了他一份大礼一般：“大多数人都以为这句话是柯南·道尔写的。”

“我可不是大多数人，”她说，“我对《亨利五世》可熟悉了。”

她收敛了一下心神，努力集中注意力。杰米替她把门打开。进去之后，可以看到柜台后面有个比萨炉，前厅的几张桌子都铺着红白格子的桌布。罗德尼·弗雷坐在角落里，头发剪短了些，更加油亮。他的照相机已经从套子里拿出来了，就搁在他点的卡布奇诺咖啡边上，随时准备着开拍——也许是为了进一步证明他是摄影师吧，他的黑包占着另一个座位。他们朝那一桌走去，中途在柜台点了咖啡。罗德尼在他们走到面前的时候抬起头来，但没有一点认出她的表示。她向他先介绍了杰米，两人握握手，然后再自我介绍了一番。她问他还记不记得那些印本残页和那个展览，但是说得越多，他脸上的表情越茫然。

“要薄荷糖吗？”他拿着一个皱巴巴的纸袋子问他们。袋子开着口，里面是半袋光滑的白色糖球。

她摇摇头，杰米也摇摇头。罗德尼吸吸鼻子，自己拿了两颗吃起来，然后把袋子卷一卷折起来，放回口袋里。

“我们排队的时候紧挨着，一前一后？你说是就是吧。”

她提醒他，他当时对空调评价非常高，还说了自己喜欢读书和绘画。这才过了一个月啊。

“那我一定给你留下了深刻的印象啰。”罗德尼一开口，一阵薄荷味的气息朝她扑面而来。

她的咖啡来了，顶着一层厚厚的奶泡，形状让她想起那种画得很拙劣的坛子。罗德尼把薄荷糖含到腮帮子里，啜了一口他的卡布奇诺。咖啡在他上嘴唇留下一道巧克力色的痕迹，让他看起来就好像大一号的唐·阿米契[1]。

“我不是矫情，真的是脸盲。”薄荷糖好像两个奇怪的赘生物一样突出在他的腮帮子上。他把手掌在空中挥了挥，仿佛在擦一块隐形的

[1]美国男演员，1986年获奥斯卡最佳男配角奖。

黑板："全是一片模糊。我见过的人太多了。"

她朝他笑笑。他说得对，记不记得并不重要。她只是想看看他在展览现场拍的照片。

"都在这儿了。"他拉开背包侧面口袋的拉链，取出一个正标着他名字的黑色公文包，看起来很昂贵。罗德尼抚摸它的样子就像在抚摸一条小狗，"你这个要求好奇怪，到底是怎么一回事？"

"我想找到某个女人。"这话一出口，凯蒂立刻意识到说得不太妥当。

"不是那个意思，"杰米说道，"凯蒂邂逅了某个人。"

这句话听起来更糟糕。凯蒂和杰米对望了一眼。

"那个女人……我想，她知道一些什么东西。"她重新试着解释道，"我们聊得很愉快，过后我一直难以忘怀。"

餐厅前门打开了，三个十几岁的男孩走进来，要取外卖的比萨。其中一个男孩问，哪一份是奥肯弗劳尔特色餐？这场对话的走向跟凯蒂之前想象的完全不一样，现在她只想说一声"我也不知道这么做是为什么"。她瞧了瞧杰米。

"一个跟你真心合得来的人可不是天天都能遇到的，"杰米说，同时眨了眨眼，"凯蒂只是想找点她的照片当纪念。"

事实就是如此。两人之间那场唯一的对话，在灼人的烈日底下，一个陌生人洞悉了你最真实的自我。这是个小小的奇迹，而如果她当时没有抓住，可能就随风而逝了，不管那位女士知不知道关于英嘉·卡尔森和她作品的信息。也许之前这类细微的、象征着心灵相通的小火花也在她身边闪烁过，可她却没有去注意。她努力想对着罗德尼说话，然而目光却离不开杰米。

“那幸好你碰到我这个专业人士了。你知道吧，我是时尚摄影师，给杂志拍时装秀和风景写真的。反正几乎算是吧。眼下我拍百货拍得比较多。”

“百货？”

“就是商品目录上那种照片。瓶装维生素，那是我的强项。拍瓶装维生素可比看起来要难得多，因为要把它们拍得像那么回事，一看就是正规药物，但又不能显得过分严峻，因为毕竟不是毒药。瓶子都是塑料做的，但你一定要拍出玻璃的质感。我也拍了不少毕业照，还有很多葬礼。”

“人们居然会请摄影师来拍摄他们的葬礼？”杰米说道。

“当然不是他们自己的葬礼，他们人都死了，哥们。”他又朝嘴里送了一颗薄荷糖，“个体户不像以前那么好干了。如今相机也便宜了，是不是？随便哪个张三李四都觉得自己能变成斯诺登勋爵了。”

“做这行一定很辛苦吧。”她说道。

罗德尼·弗雷叹了口气：“胶卷、邮费、新镜头，还有我妈的理疗，这些都得花钱哪。”

杰米从裤子后面的口袋里掏出钱包，抽出一张十块钱纸币：“你一定得让我们表示一下。”

“你人真好，真仗义，”罗德尼说着，手飞快地伸过来攫住了钞票，“我就喜欢你这样的人，懂得耽误了别人的生意，就要多给补偿。”

杰米又往桌子上放了十块钱。

罗德尼以行善积德的态度点点头，然后从公文包里抖出一些照片，顺着桌子滑了过去。

“不说了，”他说，“自己随便看吧。”

照片差不多有五十张，有的拍的是印本残页和其他英嘉的遗物，但玻璃上有反光，基本上什么都看不见。其他大多数都拍糊了，还有一张是罗德尼的鞋，一只棕黄色的亮面系带皮鞋。凯蒂但愿罗德尼还有个副业。

接着她就看到她了。是瑞秋。

“就这几张吧。”

交易几分钟之内就完成了。罗德尼·弗雷把钞票叠好塞进上衣前胸口袋里，同几支笔和一个袖珍 Spirax 笔记本放在一起。

“很高兴跟你们做生意。”他对杰米说，一边把他的照相机、公文包和大黑包收拾好。然后他就走出了门，咖啡钱都没付。

杰米朝她倾过身子，把照片转了一个角度，好让两人都看得见。她几乎不敢相信自己的眼睛。在其中一张里，一切都是模糊的，不管是装着印本残页的展柜，还是周围拥挤的人群。整张照片体现出一种迸发的动能。这和凯蒂记忆中的氛围不太一样：在展厅里的感觉跟一场公众纪念活动差不多，但罗德尼·弗雷却把它拍得像蹦迪现场，连展柜都好像在旋转。

瑞秋确实在照片上，就在左侧，但因为罗德尼曝光了一次又一次，她的影像给分裂成了十几个镜像。她正高高举起一只层层重影的胳膊，因为她看到罗德尼在拍她，对着摄像机的方向挥着手——也是重影无数的手，想要挡住镜头。凯蒂意识到，从拍摄时间上来看，这是第二张照片。

另一张照片应该才是先拍的。前景也有一个模糊的人像——就是凯蒂本人。她看到了自己头发垂在脸颊处的样子，还有脸上专心致志的表情。她看起来真的是这个样子吗？

瑞秋的身影在照片正当中，非常清晰。她这时候还没看见罗德尼的相机。她的样子和凯蒂记忆中一般无二，但表情却完全不同。她望着侧上方，那是天堂的方向，她的神情可以形容为——凯蒂能想到的词就是“爱慕”，仿佛与她共处一室的是这世上可能存在的最神妙、最美丽的东西。

“她年纪真大。”杰米说道。

凯蒂也很惊讶。他们一直在进行调研，想要重构20世纪30年代那个年轻的瑞秋。这里拍到了她纤细的胳膊和苍苍的白发。在第一张照片上，她完全毫无防备，第二张则满怀着极端的戒心。如此脆弱，如此缺乏保护。凯蒂如今真希望自己当天能多注意一下罗德尼的照相机，能站到他们俩中间去替她遮挡一下。当然，如果她真这么做了，那也就没有这几张照片了。不过她还是那么想。老太太那张脸多么精致，完全不带一丝世故。虽然她讲话口气尖锐，但现在一看就很清楚，她和别人一样，都是全身心崇拜着英嘉。凯蒂自己在展厅待了很长很长的时间，也许脸上也是跟她同样的表情。想象一下别人用那种眼光看你是什么感受，凯蒂想。无论身处世界哪个角落，你一定都能感觉到那种心意。

凯蒂的思绪中，同时还存有一点不安，飘忽在意识边缘无法解决。也许是因为到处搜罗一位老太太的照片，在人家毫无戒备的时候偷拍的照片，然后还当成战利品保存起来。

杰米的手指在照片上轻轻敲着。她之前当然看见过他的手，他们接吻的那晚她甚至还握过，但直到现在她才注意到这手是多么大——但是比她想象的要瘦，线条也更加纤折有致，骨节分明，青筋毕现。他的手腕也比她想的更加宽厚结实。

“这就是爱。”他说道。

凯蒂把眼光牢牢盯住照片：“这么容易就能看出来吗？”

“有时候很容易，这就是个例子。她在看什么呢？”

“某张英嘉的照片，但我不确定是哪一张，也许是中间挂的巨幅海报？我从她站的这个角度判断不出来。你还记得展厅里有什么吗，在她视线范围以内的？”

“我还没去看印本残页展。”杰米答道。

不知为何，她从没想到过这一点。

“什么，你还没去看？你花了多少年研究她，却不去看展览？”

“这里是不是有点闷？”杰米说道，“我需要透透气。”

一走出斯帕加里尼餐厅，热浪如同一堵墙，迎面拍到凯蒂的脸上。等转过弯，回到凯蒂住的那条街，街两旁的树都蔫了，小路上的草皮也稀薄枯黄了。蝉鸣简直无处不在，她都不知道是真的有蝉，还是她脑子里的蝉在叫。他们一路走着，经过一棵从生锈的铁丝网里探出头来的一品红。看见它，她的太阳穴后面就感觉突突直跳。

“我欠你二十块钱和两杯咖啡。”她说。

他扬起一道眉毛：“别携款潜逃就行。”

汗水浸湿了她的衬衫，贴在她的后背上。“所以是怎么回事，跟我说说吧。”

他抬起一只手，替眼睛挡住光线：“没什么可说的，我只是对英嘉失去兴趣了，就这么简单。”

“谁说不是呢，不就是因为轻轻松松就能做到嘛。”

他们继续走着，绕开一个骑着三轮车上山的小男孩。男孩的妈妈在后面紧跟着，手里推着辆童车。

“我和菲利普闹掰了，行了吧。”

她抓住他的胳膊，拉着他停下脚步：“什么时候，为什么？”

“他是我的导师。我刚开始写论文的时候，想找个新的角度去诠释《世事皆有尽》，就是对其中的象征主义进行大幅度的重新审视，分析她是如何颠覆我们常见的那些纳粹符号的意义的，”他朝着天上望了一眼，“现在看起来，这是多小一件事啊，甚至都想不起当时那个我是什么心态了，把一篇论文看得生死攸关。”

菲利普的伟大成功，他的那篇成名作。

“我把论文给了他，请他作最终审阅。他说他会帮我寄出去的。我以为是评委工作拖沓呢，因为期刊从来没有联系过我。看来是论文还没写得尽善尽美，我当时就是那么以为的，”他哈哈几声，咬起了大拇指指甲，“菲利普让我不必担心，说这类事情一般会拖很久。直到我看到论文印成了铅字，才发现第一作者署名是他。”

“而你的名字从未出现？”

“出现倒是出现了，在致谢名单里，感谢我给予了他宝贵的支持。”

距离街角还有几户的一座房子后院里，靠近侧面篱笆的地方，栽着一棵木瓜树。树上有两颗果实已经熟透变黄了，有一颗还熟过了头，看上去柔软而臃肿，有点泛黑。

“你抗议了吗？”

“大闹一场，还爆了不少粗口。我并不觉得很光彩，当时我只是个年轻的傻瓜。他跟我说这叫‘交学费’，人人都这么干。我要是生气，只能说明我幼稚，不懂这世上的潜规则。”

凯蒂转过身，继续迈步走着。一模一样的话，菲利普也用来说过她。她也不该“生气”，她也“幼稚”，她也“不懂这世上的潜规则”。她当时还很相信他，但现在明白了，这种事情并不是只发生在她一个人身上。他也是这么跟杰米说的，也许还跟其他人这么说过。

“他说，只要我忍气吞声，我拿博士学位将会一帆风顺。他倒是没骗人，确实很顺。”

就这么一下子，凯蒂的记忆重负从肩头卸下了。菲利普这套说辞一直让她耿耿于怀，但结果那根本不是针对她一个人。她现在可以把这段放下了，爱扔哪儿就扔哪儿。

“这也不能解释你为什么辞职呀。你已经付出代价了。”

“好像我疯了似的，是不是？我做了博士后，但是……那件事以后，在我心中学术圈就变味了。我去国外混了一段时间，后来我父母去世，我就回来了。”

也就是放弃了一切，把你所有的梦想抛到脑后。

他们已经到了她家大门口。她一点也没有进去的表示。特蕾丝的福特福睿斯轿车停在车道上，两人就靠在车尾接着东拉西扯瞎聊。杰米比她高，他把脚往前出溜一些，好跟她保持一个高度。

“我不该在背后说人坏话，”他说，“关于菲利普的。”篱笆旁一根长长的草茎顶着草籽挑在空中。他折断草茎，在手指之间绕来绕去。

“没关系，我理解。”

“不。这很不职业。我相信他私下里肯定完全不同，说不定人品还非常好呢，我敢打赌。”

这是等着她接话了：其实吧，他不是什么好人。

“你们之前显然走得挺近。”杰米说道。他朝她走近一步，胳膊肘搭在她肩膀旁边的车顶上。两人几乎已经触碰到了对方。她能闻到他温暖的身体，在阳光下散发着法布伦香水的味道。

这很危险。两人都受过同样的伤害，两人各自和菲利普之间的恩怨，形成了三角形的两个底角。他们就像两只躲避楔尾雕的小麻雀，彼此抱团取暖；或者更糟糕的是，现在这事倒变成了某种意义上的复仇行为。她眼下宁愿她和杰米之间没有共同点，没有交集，宁愿他是个屠夫，是个工程师，是个销售员，从来没听说过英嘉·卡尔森就好了。有什么很关键的东西就在抓不到的地方盘旋，她却怎么也无法接近。菲利普不是桥梁，而是两人之间的一道鸿沟。她不知道怎么才跨得过去。

“我得考虑考虑，”她说，“未来该怎么办，想想怎么处理这些涉及瑞秋、英嘉、费舍尔等的事情。”

“当然。”他说，咽了一下口水，盯着地面，站直身子把手揣进了口袋里，“当然得考虑。”

“现在头绪有点多。”

“是有点多。千头万绪的，”他沿着车道，往外面的人行道走去，“我会给你打电话的，或者你也可以给我打。要是你想打的话。”

“我会的。”她回答。

杰米的车停在餐厅后面。她等在路边，看着他转过了弯方才进屋。她关上门，额头在门上碰着，一下，两下。你，凯蒂·沃克，就是个大笨蛋，她想。现在他走了，她又开始想念他。此时此刻，他俩本可能已经上床了——这几天晚上她一直在想象这事来着。一早上的时间都快过完了，她的收获是什么呢？而且她还得再去一次展览现场，看看瑞秋那么专注是在看什么。

杰米半小时就能到家——她可以给他打电话，跟他说抱歉，问问可不可以过去找他。虽然特蕾丝的车停在车道上，但家里并没有别人。凯蒂的衣服又黏在了身上，于是她在客厅脱掉了上衣，打算简单冲个澡。

她刚站到淋浴喷头下面，门铃就响了。她的心跳陡然加速。补救一切的机会已经来到眼前。她关掉水龙头，拿一块毛巾包住头发，另一块裹住身子。

“是不是忘记拿东西了？”她一边开门一边问。

耳边传来轻哨一声：“怎么可能？”

来的是菲利普。

20

1938 年，纽约城

沿着楼梯往下走，墙壁越来越潮湿，一块块绿色地衣逐渐出现。瑞秋听到四周升起了乐声，开始好像只是一堆乐器挤在麻袋里彼此叫板，充斥着哀鸣、短声和颤音，但是仔细听一听，她就发现自己能辨别出一个一以贯之的基调，另外那些声音都在跟它拉扯碰撞。这调子懒洋洋的，然而自带张力，像饱餐后小憩的雄狮甩着它的尾巴。瑞秋身边的空气因管乐的嘹亮而震颤着，她感觉胸腔都在共鸣，耳朵里的血液好像要跳舞。接着，她们就来到另一扇厚重的大门前。伴着洪流般的嘈杂和热力，门扇轰然洞开，她简直难以相信，时间还这么早，刚刚傍晚，在这么小的一个空间里，居然就会有这么多的人在里面喝酒跳舞、高声喧哗。

天花板非常高，这也出乎她的意料。墙壁像洞穴的厚壁一样坚实，装饰着各类的镜子和古怪的艺术品。燕尾服、毛皮大衣、珠宝和羽饰随处可见，也有穿得像拳击手或者水管工的人，还有些可能是医院跑出来的病人和流浪汉。人群像海一般汹涌着，随着音乐的节拍，朝着同一方向荡起浪头。外头街面上，人们来往穿梭，在薄暮中购物，开车，对脚下这翻腾喧闹的集体狂欢一无所知。她看看周围，有几乎一丝不挂的女郎，抽着烟，跟没穿外套、衬衫邋遢的男人或者身着燕尾服的男人勾肩搭背。台上的音乐家都是黑人。一个香烟女郎经过，上身完全赤裸着。

英嘉在人缝中穿行，瑞秋紧紧尾随，像小艇贴着大船。

她们挤到吧台边，紧挨着两个说着某种外语的男人。英嘉叫了两杯起泡苹果酒，两人拿着杯子挪到角落的小包厢，远离了舞台。这里很热，但不闷。英嘉大口痛饮，瑞秋小口啜着。酒很甜，沿着瑞秋的喉咙一路烧灼到胃，嘴里留下酒精的余味。如果这就是正宗香槟的话，瑞秋想，我实在不懂喝这个为何总要搞得煞有介事。

“这些人一定是下班就直接到这儿来了吧？”瑞秋在一片嘈杂中说道。

“‘下班’啊，对，他们都是下班直接从学校、医院和办公室来的，他们就在那些地方工作。”

“真的吗？”

英嘉笑起来，笑声尖厉，如同一声冷喝：“不，当然不是真的。这个地方从大下午开始，到比你给那些打工仔端早餐的时候再晚得多为止，都是这个样子。来的大部分都是些窝囊废，偶尔会有个把妓女、混混、艺术家和反社会分子。毒品贩子也来。反正只要你想找派对玩，基本上任何时候都可以上这儿来。”

“我没想到像您这样的人们会喜欢——”瑞秋开口道。

“你没想到像我这样的，人们会喜欢？”英嘉睁大了眼睛，两手抚上胸口，装出被一箭扎心的模样，“我可招人喜欢了，起码人家是这么跟我说的。我还有粉丝俱乐部呢。连小孩也给我写信，说他们会求神保佑我，因为我一个人孤灯寒窗地伏案写作，天天呕心沥血，播撒人间大爱。”

“不，不，我不是没想到这个。我知道人们喜欢您。我的意思是，我没想到像您这样的人——我是说作家——会到这种地方来。”

“但这地方最理想了呀，”英嘉说道，“在家只有你和你脑子里的想法，还有面前扎眼、雪白、一干二净的稿纸。上街呢，总有被人认出来的风险。有时候那不是坏事，我也有兴致跟人应酬，但一般我只想一个人待着。仔细听。”

瑞秋尽力去听了，但是却没法从永无止境的派对噪声里分辨出任何有意义的声音。她就说她什么也听不见。

“那就对了。”英嘉说道。

“两位美女，打扰一下？”

瑞秋抬起头，看到一个男人，打着花领带，留着油光锃亮的大背头和浓密的小胡子。他笑的时候，上下牙还并在一起，眉毛扬得像要挑到天花板上去。

“滚一边去，”英嘉说，看都不看他一眼，“我刚才说到哪儿了？”

瑞秋咽了一下口水。男人听话地滚到一边去，消失在舞池的人群中，好像见一见英嘉就已经很满意了。瑞秋说：“你说你只想一个人待着。”

“对，就是，”她拿起一张钞票冲吧台挥了挥，叫他们添酒，“但是如果连我自己都受不了自己的时候，我就会来这里。”

酒来了。侍者一退下，又有一个男人过来站在她们桌边。

“你是聋子还是傻瓜？我刚跟你说了，没听见吗？”英嘉说道，这次她的眼睛紧盯着酒杯。

瑞秋没来得及告诉她，这不是之前那个男人。首先他就没有留小胡子。他的波浪形卷发是深灰色，太阳穴上方那一块灰色稍微浅些，蒜头鼻子，厚嘴唇。他年纪比她们大，金丝圆框眼镜低低地架在鼻梁上，眼镜后面是充血的双眼。他穿的是一件好像是缎子短浴袍的东西，罩在粗花呢裤子上面，裤子口袋里垂下一条几乎长到膝盖的白手帕。他看瑞秋的样子，就像一个人刚被吵醒，深一脚浅一脚赶下楼来却发现自家客厅里有几百号陌生人正在喝酒跳舞一般。

“你刚跟我说了什么？”他开口道，“我知道，什么也没有。一句话都没有。”

“查尔斯宝贝儿，”英嘉说道，“真有意思，居然在这儿碰见你，好惊喜呀。”

“好惊喜？”他手里端着一个盛满琥珀色酒液的方形杯子，说话的时候晃得酒都泼到了地板上，“我已经打电话找了你三天，派了人给你传话，还叫玛丽安帮着找，虽然我那离了她不行，人家还一个接一个给我打电话。我甚至还找人送了一块新斯科舍进口的三文鱼到你家，因为我知道任何人都不会拒绝开门笑纳加拿大三文鱼。显然，你就是个例外。我刚才正打算牵条猎狗，闻得出你的冷漠味儿的那种，一条条街挨着搜人呢。”

“行了，行了，算我错了。”

“两周了，天天晚上我都到这儿来找。我想‘她迟早会在这露面的’。苦了我可怜的肝，得拼死拼活地工作，全是拜你所赐。”

“别再说了，真的。请你坐下来再喝一杯吧。这位是瑞秋。”

我是女侍应生瑞秋，她想，从宾夕法尼亚州的阿伦敦来的瑞秋，在这地方待得能有多自在？可以说跟在城市上空飘着的飞艇上待着差不多。她沿着卡座挪了挪身子，给他腾地方。这个人，这个查尔斯，就像膝盖发软似的一屁股坐下，跟她握握手。

“瑞秋是我的加拉哈德[1]，查尔斯。我今天下午才认识她，她顶着全部的风险，只为救我脱离恶龙的魔爪。”

“我记得从龙爪下救人那个是高文[2]来着，不过无所谓了，见到你很高兴，”查尔斯说道，“拜托告诉我，她没在外面惹出什么乱子来。英嘉刚才说，你们今天下午才认识？你皮肤这么水灵，一看就是刚跟

[1] 亚瑟王传说中的一名骑士，他是圆桌骑士中最纯洁的一位，且独自一人找到了圣杯。

[2] 亚瑟王的外甥，圆桌骑士中最伟大的骑士之一，以有侠义风度著称。

英嘉接触不久。看看我，刚刚遇见英嘉的时候，我看上去跟泰隆·鲍华[1]差不多。那都是几百年前的事情了，差不多是约克镇战役[2]刚结束不久的时候。”

“别听他的，瑞秋。要不是我，他多少年前就已经无聊至死了，我就像帮他延年益寿的补药，”英嘉说，“现在我们来聊些什么好呢？聊罗斯福夫人那迷人的朋友，还是葛洛莉娅·范德比尔特[3]得流感的事？”

查尔斯摘下眼镜，用外套来擦。他们坐的地方灯光并不强烈，但瑞秋还是能看到他涨红的双颊和鼻翼上因为生气而突起的血管。乐队开始演奏《大篷车》；瑞秋听过艾灵顿公爵[4]的曲子，但还是第一次听现场演奏的爵士乐。

“你的下一部手稿呢？”查尔斯说道，提高嗓门，盖过音乐，“我们来谈谈那个吧。”

“你真不厚道，”英嘉说道，“难怪人家都躲着你。”

“说得太伤人了，而且又是错的。你认为我是个厚道人，是不是，瑞秋？”他说。

---

[1] 好莱坞影星。

[2] 约克镇围城战役或称约克镇战役爆发于1781年，乔治·华盛顿将军率领的美军和罗尚博伯爵带领的法军联手围攻困守约克镇的英军，并最终获得了决定性的胜利。

[3] 因经营铁路和水上运输致富的范德比尔特家族创始人科尼利尔斯·范德比尔特之女，是电影《蒂凡尼的早餐》女主人公的原型。

[4] 爱德华·肯尼迪·艾灵顿，美国著名作曲家、钢琴家、乐队队长。

她看看这个又看看那个。“我不知道，”她说，“我才刚刚认识你。”

“感谢上帝，我终于找到了一个诚实的纽约人，”英嘉说道，“真是新闻。”

“说到新闻出版……”查尔斯说着，肩膀朝向屋子另一头耸了耸。

瑞秋搞不清楚在一片人山人海之中，他究竟指的是什么人或者什么东西。英嘉却知道。她又长长地啜了一口酒。

“查尔斯，”她说，比刚才淡定了，也更冷漠，“如果他要过来，我们就走。”

“他一直在帮我找你，到各个酒吧到处搭讪问话，以防你不来这儿，去了别的地方。这又不是他分内的事——全是义务帮忙，因为他不嫌烦。他真是任劳任怨。”

“你说他任劳任怨，是认贼作父吧？”

“你不能总是由着性子来。”查尔斯说道。

“书的封面上是谁的名字？书的内容是谁的血汗？我宁肯一把火烧掉所有的印本，也不想让那个人接近我的书，”她捏着杯子，紧得仿佛要掐断杯柄，“美国人，你们都跟小孩一样，只知道闹着玩。你们就会开玩笑，对待任何事情都不严肃。这事很严肃，查尔斯。”

这时候的英嘉已经换了个人，瑞秋想。不再轻言巧语，也不再是那个餐厅里的迷茫女孩了。英嘉到底有多少种不同的模样呢？

“他已经是我们一伙的了。我们给他稍微多付点钱，他负责替我们挡掉所有的麻烦事。他干得很出色。”

“勒索保护费呗，”英嘉说道，“这就是他和他那一帮混混干的勾当。”

“这桩交易很明智。”查尔斯说道。

“瑞秋，”英嘉说，朝她靠过去，“你看见那边那个男人了吗？穿白衬衫、扣着吊裤带，朝着那个上衣丑得可怕的女人淫笑的那个？他可是你们美国原产的纳粹党员，纯粹的本国货。”

“英嘉。”查尔斯说道。

“怪不得美国是移民向往的灯塔。得了指标的犹太人一船一船从德国逃到这里，连卑微的我也远渡重洋，投身到自由女神脚下——就因为美国在一切领域都能打遍世界无敌手，连法西斯主义都比别国昌盛。”

“她反应过度了，”查尔斯对瑞秋说道，“他们是爱国者，仅此而已，是自豪于拥有德国血统的美国人。他们担心共产党的影响，就像我们一样。”

“我当然相信，他们在亚普汉克[1]那边干的就是这些事，就是几个自豪的美国人聚在一起开座谈会，一起担心共产党的影响。”

查尔斯揉着脸，仿佛是拿着毛巾在擦干脸上的水：“英嘉，这是个自由的国家。”他把声音放得不必要的低：“他们在自己的地盘上自己

[1] 亚普汉克是美国纽约长岛的一处社区。20世纪三四十年代，纳粹德国在美国的同情者曾在这里召开夏令营并组织游行，社区的街道也以“希特勒”和“戈培尔”等名字命名。

做主，我们美国就兴这样，而且那本来就是个野餐公园，小孩子们在那儿围着篝火唱歌，吃着酸菜配香肠，唱着……我不知道，也许是《霍斯特·威塞尔之歌》[1]。”

英嘉喝干了杯子里的酒：“他就是块狗皮膏药。你不知道他们这种人有多下作。”

“我只知道为了让你高兴，我摧眉折腰也没关系，你就像我从来没有过的疯妹妹。就算这样，我也不会在这个经济危机过后大家刚刚恢复点元气的时候，去炒掉一个上有老下有小的好雇员。两年前城里每隔一个街区就有救济厨房，如今可没这样的事了。你难道忘了囊中羞涩是什么滋味了吗？再说了，他有雄心，工作也很努力，一心想闯出个名堂。多数人哪怕能有他一半的干劲就不错了。”

二人交谈的时候，瑞秋已经看见那个扣吊裤带的人迂回穿过拥挤的舞池，朝他们走来。他脸上带着笑容，时不时还怪不自在地挥挥手，试图吸引他们的目光。在他往前一跳，避开一个莽撞家伙的时候，她注意到他的X形腿。一会儿他就来到了他们面前。这是个小个子男人，头发细软，长长的瘦脸上带着窘迫的微笑。他的金发梳着一个精确的中分，发际线相当低。在一副高级圆框眼镜后面，他的一双小眼睛闪闪发光。

“嗯，克莱伯恩先生，卡尔森小姐，”他说，“晚上好。”

[1]《霍斯特·威塞尔之歌》又称《旗帜高扬》，是1934年后纳粹德国国歌《德意志高于一切》之外的另一首非正式的德国国歌。

“塞缪尔，你好。”查尔斯说道。

“很高兴看到您给找到了，卡尔森小姐。”

英嘉没回答。

“这位是……怎么称呼你，小姐？”查尔斯问。

瑞秋告诉她自己姓莱勒尔。

英嘉笑起来：“莱勒尔？真的吗，你是犹太人？”

“也许我父亲的祖上是吧，我不确定。年代太久远了。我家是长老会教徒。”

“不管怎样，都是好事。多好啊，不是吗？费舍尔，你不觉得这很不错吗？”英嘉说道。

他笑笑，满口牙都露了出来。“我说不好，卡尔森小姐。很高兴认识你，女士。”塞缪尔·费舍尔对瑞秋说道。

塞缪尔·费舍尔经常眨眼，每隔一会儿，前额和脸颊还会一齐使劲，挤出一个更用力、更明显的眨眼，就像在练习把喷嚏憋回去一样。有时他会咬住下嘴唇，显出受惊的样子。他那变化多端的脸叫瑞秋联想起盛在搪瓷杯里的温牛奶，以及抹在切掉面包皮的白面包片上的肝泥香肠碎。

“我可没想到你竟然愿意来这儿，费舍尔，”英嘉说道，“你看台上，看见乐队没有，他们可是黑人哪，黑得就像……Schutzstaffel（党卫军）制服一样，没有一个例外。”

费舍尔低下头笑了：“卡尔森小姐，德国人和美国人并没有那么不同。这年头，美国的价值观就是普世价值观。除了红色政权之外，第三帝国并无跟任何人开战的意思，就像我国一样。的确，他们认为优秀的人种来自与外族隔离，但在我们美国的南方诸州，人们不也这么认为吗？”

“那你还不是来了这里，”英嘉说道，“和跟你不同种族的人混在一起。”

“英嘉，”查尔斯开口道，“山姆来这里只不过为了给我帮忙，就因为你玩消失，想起来了吗？今晚就这样吧，咱们都回去休息怎么样？”

“没事的，克莱伯恩先生，”塞缪尔说道，“能把这事说明白也好。卡尔森小姐，我是个忠诚的美国人，第一、第二、第三重要的都是这一点。”

“那你对如今欧洲的局势有什么看法呢？你绝对是个孤立主义者，我敢打赌。”

“我认为，作为一个男人，照顾好自己和家人是分内的责任，我认为对我们的国家来讲，道理也是一样的。所以的确，尊敬的小姐，我认为我们不该管欧洲的事情。”

“你以为意大利会甘心袖手旁观吗？如果佛朗哥控制了西班牙，那——”

“英嘉，”查尔斯打断了她，“他又不会去竞选国会议员。”

费舍尔低下头：“卡尔森小姐，如果我有幸可以为您的书排版的话，我会把它当成一项光荣，因为我相信它肯定又会是一个巨大的成功。

能为此贡献一份小小的力量，我将不胜感激。”

“我的天啊。”英嘉答道。

“好了，咱们到此为止，行不行？”查尔斯大声说道，“再喝一杯怎么样？我请客。”

他们谁都不想回家，于是又喝了一杯，之后又喝了一杯。音乐一直没有断过，小号和长号的声音是如此醇厚丰满，人躺上去都能撑得住。在那个地底的小酒馆里，他们四个情绪高涨，一起坐着喝酒；瑞秋，这个女侍应生，就是其中一个。很多事她都不太懂，但她一直在注意观察着。

21

1986 年，澳大利亚昆士兰州，布里斯班

凯蒂抓住毛巾，说了一声“失陪”，就消失在卧室里，穿衣服去了。菲利普看着她，咧嘴一笑，信步踱进客厅，双手背在身后，仿佛在逛博物馆。她出来穿过客厅去浴室吹头发的时候看见了他。他穿着斜纹布裤子和蓝色棉质针织衫，脚蹬船鞋，太阳眼镜架在额头上，恍若度假的美国影星。他看起来漂亮、优雅、清瘦。

“我没料到你在家，以为你去书店上班了。朝九晚五，商店营业就是这个时间吧。”他朝里面喊道。

“今天星期六，”她从浴室里喊着回答道，“中午就关门，你知道吧？”

他大笑：“我真傻。去了趟国外，就记不得这种事了。”

回到客厅，她突然想起八岁的时候，因为割了扁桃体，上不了学，只好一个人在家待着的时光。空气里尘埃翻飞，厨房板凳上放着一个木头碗，里面有个已经长了褐斑的杧果；水槽里放着好几个麦片碗，

里头装着乳白的洗碗水，表面零星浮着几坨泡烂的甜麦片。窗台上一溜躺着三只苍蝇的尸体。餐桌上堆得满满的都是普雷蒂和特蕾丝那些叫人尴尬的婚庆用品。她把水壶放到火上。

“不是你的吧？但愿不是。”菲利普说着，朝餐桌点点头。

她抓起两个洗完放在水槽边沥水的杯子，往每个里面都丢了一袋茶包：“我结婚会第一个通知你。”

他们端着茶杯走到屋外，来到后花园里。她把普雷蒂从垃圾堆捡回来的一套铁艺桌椅擦干净。这个花园十分凌乱，各种蕨类、一丛野三角梅和一排已经看不出是红色木槿花的植物争相朝天勃发新枝。桌子摇摇欲坠，一看就靠不住，所以两人都把杯子放在了裂着缝的水泥地上。

“你的头发现在留长了，是不是？”他说，“很适合你。”

他们之前交往的时候，菲利普对她的头发发表过什么看法吗？在那激情燃烧的几个月里，她一次也记不得他评论过她的头发，或者她的脸，或者她的眼睛，或者她的皮肤和衣服。她低头看着自己的手，整洁干净，毫不出奇，交叠着放在膝盖上，向她自己证明她不是个隐身人，她在他身边的时候也确实存在着。

“你来这里不是为了讨论我的头发吧。”

“开门见山，真是典型的凯蒂作风。我需要你告诉我你知道些什么，关于那位女士。”

她想起自己之前像个学生一样坐在他办公室里，傻乎乎地说这说那，自信跟他的过节已经理顺，留在过去了。她再也不会犯同样的错误了。眼下她浅浅地笑着，咬牙隐忍着自己接近于愤怒的真实感受。她想，这份愤怒大概是在气她自己。

“哪位女士？”

“看来你不想跟人分享这份信息，我懂。但是你想过没有，这会引起多大的轰动。印本残页在全世界巡展，观众那么多，名气那么大，现在正是趁热打铁的时候，”他停了一下又说，“我刚从纽约回来，在那儿找到了一些非常有意思的东西。”

完全是靠着意志力的控制，她的双膝才没有一下子弹起来。“哦，是吗？”她说，“你在纽约找到什么了？”

他笑了，有点不好意思的样子，手从发间捋过。这熟悉的动作叫她心头一震。他态度温和，胸有成竹，他毕竟是菲利普。她生命中的那些时光，本来应当用来刻苦学习的，却浪费在课堂上犯花痴，头撑在一只胳膊肘上，望着他的手从发间捋过。

“我们聊过之后，我一直忍不住去想，到底有没有其他人可能读过《日夜与分秒》，有没有人现在还记得内容。我的想法是，卡尔森这么有名，一定给《世事皆有尽》带来了巨大销量，那就意味着巨额版税。我就寻思，跟着钱走吧。《世事皆有尽》还在版权保护期，版税肯定得有个去向，对不对？”

她从来没有想到过这一点，但是他说的确实对。

“对吧。所以我就一路飞过去。经历了多少曲折，花了多少钱，跟你说都说不过来。总之我最后找上了拥有版权的那个出版社——名字叫绿桥出版社。我在美国还是有几个熟人的，你知道，毕竟我在那做的博士后。长话短说，我跟出版社会计部门的某个人搭上了线，这人知道这方面的信息。”

“让我猜猜——这个会计部门的某人，是个女人吧？”

“凯蒂，”他笑了，“你这是吃醋了啊。对，是女人，但是相信我，这只是为了获取更稀有的信息而作出的牺牲罢了，你一点也不需要担心。这么说吧，一个在出版卡尔森著作的出版社工作的女人对我很有好感，把收取版税支票的那个人的个人信息给了我。好几十年哪，这可是一大笔钱。”

“她就这么把信息拱手相让了？”

“其实本来也不算什么秘密。这些年来，别人也一直都在问这个问题，但答案都平平无奇，无非是某个远房表亲之类的——她唯一在世的亲属，甚至从来没见过英嘉。这就是文件里的记载，可以追溯到很久以前，英嘉那个年代。”

“但是你不这样认为。”

“我认为——你也认为——很可能此事还有内情。现在惊喜来了：你永远猜不到这人眼下住在哪儿。”

“这人？你是说卡尔森的继承人？”

“对。”菲利普说道。

“她就住在这儿，在布里斯班。”

这只是她的直觉，但可以解释为什么菲利普的热切表现得这么露骨。

他一拍膝盖，跳起身来："可不嘛。你已经找到了线索，是不是？关于女排版工的执念——这个神秘的女人是卡尔森的排版工，对不对？或者是别的什么相关人员，也许是查尔斯·克莱伯恩公司的职员。你认为她确实读过《日夜与分秒》吧，是不是，凯蒂？'你排版的时候能不能看清文字的内容'——你问过我这个问题。你就是这样想的，对不对？否则你为什么会去找我呢？"

"也许我就是想见你呢，"她说，"也许我觉得这么久不见面已经够了。"

"你真可爱。"他笑笑，仿佛她是个小孩子一样。

不知从哪儿飘来一股桉树的气息，接着就变了味，闻着像一只小动物的死尸。她当时不该去找他的。

"所以我就问自己，是什么能引得你再一次来到我的办公室，那个见证我们过去多少快乐时光的地方？除非是值得你放下心中芥蒂的事情，"他抬起一只手，"我知道你心有芥蒂，亲爱的。我当时就能看出来，和我共处一室让你多么难受。"

他从一株木槿上扯下一片叶子，撕成一条一条，然后环顾了一圈这个花园，仿佛在向观众致意："听着，时间不多了。这个女人年纪很大，随时都可能一命呜呼。生活就是这么的残酷。所以我就跟你说吧，那个在过去近五十年的时间里一直从卡尔森的遗产中获益、收取支票的女人，她的名字是瑞秋·莱勒尔。”

凯蒂的心怦然一跳：“瑞秋·莱勒尔。就这样一个名字？”

“我一定会找到她的，凯蒂。”

“你连她长什么样子都不知道。”凯蒂说道。

他眯起双眼：“这句话什么意思？是说你知道吗？你是不是知道她长什么样子，凯蒂？”

她想到了那位真实存在的女士。她的照片就放在凯蒂挂在门旁钩子上的布袋里。她脚边的杯子里，茶水已经凉了，至少已经凉到跟室温一个程度，里面还漂浮着淹死的果蝇尸体。她应该扔掉那个烂杧果，不然苍蝇会多得满屋都是。

菲利普现在是她的了，她只需要伸手接住他就行。他到她家里来，近在咫尺，触手可及，不抓住都不合理。她的生活一直以来都是一片茫然，好像过去的七年她都是在平静、死寂的台风眼中间度过的一样。去年发生过什么事？前年呢？比如她上一个生日是怎么庆祝的？不上班的时候，每个小时又都是怎么度过的？她在等他来找她，长久以来，一直都是。

她点点头：“对。我见过瑞秋·莱勒尔，跟她说过话。”

“你这姑娘多了不起！”他说，“你就是明星，你这小美人。你知道这意味着什么吗？有多么重大的意义？要是她还记得书的片段，会怎样？一些印本残页甚至还有可能得到复原呢！”

“可能性不大。都快五十年了。”

“的确，但是想想看，揭开这段历史的研究学者会获得多少回报——就像希特勒日记一样，只不过这可是真的。你知道那个人得了多少钱吗？三百多万澳元哪，凯蒂。三！百！万！”他朝她倾过身去，“这可能会是十年来最大的发现。”

“这位谁也没听说过的女士曾经读过书稿，而且经过五十年的时间，居然还记得住，这概率才是三百万分之一呢。”

“得了，凯蒂。我知道的都告诉你了，现在你也得告诉我呀。你为什么会觉得她读过《日夜与分秒》呢？”

“我也不确定。”

“我也不是要你确定，你的猜测是什么？”

她想起了杰米在电话里说的，“这可是那种能改变你命运的点子”。菲利普已经开始行动了，如果她不想被排除在外，那只有一个办法。

她说：“如果我告诉你关于瑞秋·莱勒尔我都知道些什么，我能得到什么好处？”

她从他的表情上看得出，他没料到这一招：“你想要什么好处？”

“我可以帮你找到她，但我还想要点别的。我要一个独立的项目，让我自己来做。我要一份助理研究员的工作，还要以这个名义出书，把研究结果写成论文。”

他大笑，向后一靠，椅子前面两条腿悬了空：“两个项目？凯蒂，亲爱的，我又不是魔法师，不可能打个响指就凭空变出项目经费来。这种事情需要系主任批准的。”

“那就太可惜了，”她答道，“因为我十分肯定，我已经知道是谁杀害了英嘉·卡尔森，而且我想，我还有办法证明这一点。”

她真希望拿相机对准菲利普的脸。悲伤的五个阶段是什么来着？否认（你不可能做到的，太离谱了）、愤怒（多少人为这事宁可献出半条命，包括我）和讨价还价（你何不让我把两个项目都做了呢，就是寻找瑞秋和调查关于纵火案的猜测？），接下来应该是“消沉”和“接受现实”，但菲利普反倒越来越兴奋了。他一直咧着嘴笑，来回踱步，一拳拳打着空气。

“你帮我调查纵火案，”她说，“我呢，就帮你去找瑞秋·莱勒尔。我知道她长什么模样。只有我一个人知道。”

“你的项目，就是这个火灾调查项目，”他说，“比寻找瑞秋更容易出成果。就像你说的，一个老太太，就算她读过那本书，还记得内容的可能性有多大？三百万分之一吧。另一方面来讲，你的理论就不一样了。每隔几年就会冒出一本关于卡尔森之死的新书。就算最后没什么实质性成果，你的职业生涯至少能走上正轨。”

“所以呢？”

“所以，你负责去找瑞秋，”他说，“我来负责调查火灾。”

“没门。寻找瑞秋是你的项目。我要调查火灾。”

他的脸上掠过一丝波澜，那一瞬间，他似乎变了一个人：“你太伤我的心了。”

她屏住呼吸："你的心是你自己伤的。"

他活动了一下脖子，先是从左到右，又从后往前，然后抓着椅背把椅子提起来，朝一边挪了两英寸，又朝另一边挪了两英寸。

"好吧，"他说，"我现在就去找系主任，如果需要的话，我还会去找院长。我会给我的代理人打电话，弄个出版合同。你需要的一切，都可以给你。如果你关于杀害英嘉凶手的理论被证实了——不用多说，你就一帆风顺了。"

他向她伸出手，她握了握。

"怎么说？"他问道。

她于是就跟他说了在美术馆外面她是怎么遇到瑞秋，怎么听她说了残页上没有的句子。她还跟他说了查尔斯·克莱伯恩和排版的事情，说了那张登载塞缪尔·费舍尔死讯的剪报，马蒂的来信和他们的谈话，还有德美同盟。她什么都跟他说了——几乎是什么都说了。她布袋里有一张趁瑞秋不注意的时候拍下来的照片，这件事她没有跟他说。

送花的事情也没有说。她想起马蒂·费舍尔在电话上说的话，"个人隐私还是应该保密"。在她进一步了解情况之前，马蒂父母的个人生活完全不干菲利普的事。

她同样没有跟他提杰米·加尼维特。

"你这个想法说不定有搞头，"菲利普说着，举起三个手指，做了个"三百万澳元"的嘴型，"你看，这就是我们需要合作的原因。你可以开始搞火灾研究了。我知道他们往哪里寄支票，是乌龙戈巴区的一个邮政信箱。你可以去辨认是不是她，我们联手就能逮住她。如果她记得那本书的任何内容，甚至认识卡尔森，不管交情深浅，我们都会出名的。她已经是瓮中之鳖了。”

“她只是个老太太。如果她记得是记得，但是不愿意配合我们呢？”

“那她肯定会后悔的。她帮不帮忙，这故事都有卖点。某位女士记得《日夜与分秒》的片段，却不肯分享出来？卡尔森的粉丝会从四面八方赶来围追堵截她的，摄影师们也会埋伏在她门口等着。她这辈子不会再有一天的安宁可言。”

“你会做得这么绝吗？”

“这当然不是我的首选策略。一般来说，我还挺喜欢老年人的。但她得明白，我们不是闹着玩的。如果她把知道的一切都告诉我们，我们就会保护她。大不了，我到邮电局门口去打地铺，等着她来取邮件都可以。”

“眼下怎么办？”

“眼下？眼下你马上去辞职，然后开始为我工作。越快越好。”

“我辞职得提前告知书店呢。”

“是吗？店员要辞职还兴这套啊。好吧，行，动作快点就好。第一步就是逮到这个老太婆，先得看看她那儿有什么料可挖，然后还有一大堆工作要做——背景调查啦，递交正儿八经的出版计划啦，等等。得先写几章——可以由你来写，你知道我的论点是什么。当然，还有你的项目，那个火灾调查。”

“那如果一切顺利，瑞秋认识英嘉，也记得一部分书的内容呢？”

“那我们就需要媒体宣传了，最好找个专业人士帮忙。请人帮忙贵是贵，但这是必须的投资。等我们准备好把她介绍给公众，也许可以开个新闻发布会，或者做个专访——《新闻六十分：澳洲学者的全球首访》。”

“我还以为你在乎的只是纯学术研究呢。”

“没错啊，小凯，我确实在乎，但是现今满大街都流行平民主义的调子，大学就吃这一套。作为学者来说，我的责任就是把我的工作成果介绍给尽可能多的公众。纳税人就是上帝，没有他们，我们就没有工资可拿。我都能想象到我们的节目是什么样子了，你呢？请来美女记者迦娜坐在嘀嗒作响的钟前面，她专心思考的时候，那微微皱眉的样子最迷人了。”

她想象得到。“我明天就跟克里斯汀提离职。”她说。

“对嘛！”他又一次跳起身来，“也跟这边的人打个招呼，说你要退租。”

“什么？”

“既然你之后全部的时间都要在我家度过，再付这边的房租就没意义了。”

“为什么我之后全部的时间都要在你家度过？”

“这事不能泄露给我办公室以外的人，绝对不行。我会给你找个工位，但任何重要的东西都不能放在那儿。”

他压低嗓门，说话声变成了嘶哑的耳语："学术圈的人都爱到处打听秘密，说出来你都不信。这房子的租约上有你的名字吗？他们会找到别的人合租的，那不成问题。这个房子不错的。"他把一只手放在门框上，仿佛在安慰房子，说凯蒂马上要退房并不是因为它本身有什么不好，"我的意思是，作为合租房来说算好的了，没有一般的合租房那股味。"

"你只是给我提供一份工作，菲利普，仅此而已。"

"当然当然，宝贝，"他眨一眨眼道，"但你如果打定主意，你知道去哪儿找我。"

她以前有好几个月时间，不管醒着还是做梦，都在幻想着这一刻——甚至有好几年的时间都是这样，而同龄的其他姑娘想的都是旅游、求职、学术、化妆或者穿衣打扮这些事。如今这一刻降临了。瑞秋的照片还放在她包里，就挂在她的肩头上方。她依然没有跟他说，说了就收不回来了，她想。

他推开门，就像这儿是他家一样："我会找到这个瑞秋的，而你也会开启一段正经的职业生涯。双赢。"

她目送他离去，感到仿佛空气都在他面前分出了一条路来。这就是他的能量，他的气场。他背影的引力是如此难以抗拒。

22

1938 年，纽约城

在俱乐部之夜以后，瑞秋脑子里满满的都是英嘉，正如她的苹果香槟里满满都是气泡一般。

度过了此生最惬意的一夜，瑞秋差不多快两点才歪歪倒倒回到家里。她一直在喝酒、跳舞、说笑，和英嘉一起，和查尔斯一起，对，甚至还和那个奇怪的小个子男人费舍尔一起，即使他总是一口一个“嘿嘿不好意思”和“卡尔森小姐”。他们就这样消磨着夜晚，费舍尔像小弟一样任他们奚落，充当他们取笑的对象。他好像并不在意，一直紧紧跟在他们后面，让瑞秋想起还在宾夕法尼亚上学前班的时候，班上有个叫伊桑·菲尔威瑟的男孩子。他天生兔唇，无论受到怎样的欺负都能忍受，只求人家带他玩。塞缪尔·费舍尔替他们拿香烟、拿酒水，当英嘉坚持要教瑞秋跳圆圈舞的时候，也是他给她们在舞池里清出一片空地。“小姐们需要空地方，”他冲着那群头脑已经不清醒、东倒西歪、步履蹒跚的人说，“卡尔森小姐需要一点空地方。”她们去跳舞的时候，他就帮忙占着桌子，走的时候又去帮她们找到了鞋子，但是谁都找不到查尔斯的钥匙和围巾了。查尔斯于是说，这样他只好把他老婆叫醒给他开门了——算是给非常愉快的一个夜晚添上了一个不那么愉快的结局。

山姆提出要陪着英嘉走回家，但英嘉让他别管，然后亲自把瑞秋送回了地狱厨房。夜空悬着一轮满月。在出租屋的前门台阶上，英嘉双手握住瑞秋的一只手，反反复复、翻来覆去地抚摸，仿佛在努力记住她手上每一寸皮肤的样子。瑞秋找不到合适的话讲，英嘉一时也是一样。

"我很高兴知道了你的住址，"英嘉最后终于开口道，"谁知道世上还有多少恶龙呢？"

第二天的工作本应是精疲力竭地应付，然而瑞秋在餐厅服务时却清醒万分，比她记忆中任何时候都手脚麻利，连奥洛夫琳太太都说："谁在你咖啡里加咖啡了？"之后就到了星期天。瑞秋如果是另一种女孩子，她这时候就会开始思虑了，什么时候还能再次见到英嘉呢？但瑞秋不是那种女孩子。她不期待能再次见到英嘉，因为那样就像一个人刚中了彩票，就期待马上看见他买的数字又一次给摇出来。瑞秋很确定，像那样的一个晚上是自己没机会再体验的经历。

星期天早上，她在消防梯上晾衣服的时候，往下面街上一看，就看见——那是谁靠在大楼门口的台阶上？即使从这个角度——那冰雪一样冷金色的头顶——她也是绝不会认错的。瑞秋把身子探过冷冰冰的铁栏杆，朝下喊了一声。

英嘉向后几步，退向马路中间，以便能够仰起头来看她。有一瞬间瑞秋以为她肯定会被飞驰而过的汽车撞飞。

“我就知道你迟早总会出来的，”英嘉朝她这上面喊道，“我需要你带我去中央公园。我的牛蒡已经一点不剩了。”

瑞秋把最后几件洗好的衣服随便一抛，回身从窗户拿外套。

接下来的一个星期，下班以后，她们一起看了一部电影，还去了一次鸡尾酒吧。英嘉问了很多关于农场、工厂和她父母的问题。她问什么，瑞秋就答什么，其他并不多说。

“星期天早上来我家吧，”英嘉说道，“你到了之后，咱们再决定做什么。”

于是眼下她就来了，站在英嘉的公寓楼外。这栋相当新的砖砌大楼坐落在约克维尔，离卡尔·舒尔茨公园不远。她在那里一直站着，引得门房透过玻璃门朝她看。她内心有点不安，她能感受得到。她仍然不习惯深思熟虑之后才行动。如果在楼上等她的不是英嘉，她还会上楼吗？当然，这样想是毫无意义的。英嘉是独一无二的，她不是人，而是一颗星星。最后，瑞秋还是服从了她的引力。

她敲了敲门。没有应答。她来错时间了，还是来错日子了？如果不是想到英嘉可能在等她的话，她都想转身走了。她又敲了一次门。

“又怎么了？”英嘉在里面大声喊道。

“是我，瑞秋。”

“见鬼，几点了？”大门猛然甩开，英嘉穿着一件男式起居服站在那儿，露着里面的焦糖色丝绸睡衣。她把着门，让瑞秋进屋。

英嘉的公寓和瑞秋的差别如此之大，以至于把它俩都叫作“公寓”的话不免好笑。房间里大部分地方的嵌木地板上都铺着奶油色和蓝色相间的中国地毯，各种各样的椅子——有的是绿天鹅绒的，有着奇形怪状的扶手和腿，还有的椅面和扶手上都蒙着绣花罩毯，椅背直得像士兵一般——都规规矩矩靠在贴了奶油色壁纸的墙边。厚重的肖像油画上，要么怒气冲冲，要么死鱼眼的女人朝这边直瞪。远端的窗户上挂着俗丽的荷叶边窗帘；虽然窗户关得紧紧的，但匆匆一瞥，她就知道这儿能看到东河对岸到罗斯福岛、甚至远至阿斯托利亚的壮观美景，还能看到树木已开始染上或嫣红或琥珀或黄金的秋色。瑞秋的鞋子踏在地板上咔嗒作响，英嘉则赤着脚，每个脚指甲都涂成一个小小的银色贝壳。

“真漂亮。”她说道。

“什么？哦，你说这间公寓。漂亮吗？”英嘉说道，“是查尔斯安排的。找了他的某个朋友设计的，欧洲的吧，我想。也许是意大利人？这些画死样怪气的，你不觉得吗？我大概该把它们塞到壁橱里。”接着她又说：“听着，我知道我说过咱们要出去玩，但是我刚好有了一点灵感，需要赶快写下来。你能不能稍等一下？”

瑞秋于是坐到一把绿色椅子里，把提包放在膝头，英嘉则在地板上随意一摊，背靠着一对配套的双人沙发。她周围放着半打咖啡杯，里面多少不一都盛着墨色的液体。各种纸张也乱七八糟堆在周围，都是打印稿，上面覆盖着手写的痕迹。英嘉手里握着一支铅笔，头发里还插着一支。她把这些文稿翻来翻去，在每一页上写字下笔都无比粗暴，以至于纸上都是铅笔戳的洞。

五分钟过去了。十分钟也过去了。瑞秋偏过脑袋，想读一读一张从地板上滑到她座位跟前的稿纸。英嘉一下注意到了。

“不行，你不准看！”她一把抓起稿纸，放回那乱七八糟的纸堆顶端，“写完之前谁也不能看。你想喝咖啡吗？自己去倒就行。”英嘉朝身后一道门挥挥手，眼皮都不抬一下。

瑞秋小心翼翼地在一间锃光发亮、像是和宇宙飞船配套的厨房里转了一圈。回到起居室，她重新坐到那把绿色椅子上，小口啜着咖啡。

又一个十分钟过去了，然后是二十分钟。

这时，英嘉把铅笔朝着窗户扔过去。铅笔砸在玻璃上又弹回来，发出一声不甘的咣当。她站起来，踢开脚边的纸堆，大踏步走过来站在瑞秋面前，双手叉在后腰上。瑞秋以为自己要挨骂了。

然而英嘉只是弯下腰，伸手抬起瑞秋的下颌，托起她的脸，然后轻柔地吻了一下。

她连震惊的时间都没有，有也是之后了。在这一瞬间，瑞秋整个人仅存纯粹的身体响应。原来世上有人愿意像这般待她，原来她这一生有机会、有可能获得真真切切的存在感，而且领她体验这一切的人是英嘉·卡尔森，她仰慕的英嘉·卡尔森。

“你在这儿，我什么事也做不成。”英嘉说道。

那一下午英嘉再也没完成任何工作，瑞秋也没有回家。

23

1986年，澳大利亚昆士兰州，布里斯班

第二天早晨，凯蒂五点钟就醒了，发现自己的脚在被单下抽搐，一颗心像关在笼子里的小老鼠一般突突乱撞。血管里热血沸腾，她需要新鲜空气和晨光。她穿好衣服出门上班，沿弥尔顿大道往东而行。远处的城市被背后的阳光镶上了金边，就像一轮冠冕，一圈神光，一个吉兆。如果她经过坡顶的酿酒厂直走，大概四十五分钟就能到，但她并不赶时间。她往右转，朝河边而去。

从科罗大道上面的山上俯瞰下去，河流是混浊的棕黄色，对岸一片平坦，除了远处的托布雷大厦之外。太多的东西需要平衡了。她想知道像菲利普那样生活是什么感觉——除了自己谁也不关心，利用身边的每个人为自己谋取利益，却对他们受到的伤害不管不顾。难道这就是所谓成功人士的定义？

不管怎样，这个工作日她还是应付下来了。每次前门一开，她的心跳就要加速，也不知道为什么，也许她暗暗期待进来的是杰米。没有哪次是杰米。

跟克里斯汀一起准备关门的时候，凯蒂透过巨大的前窗朝阿德莱德街望去。那里的场景就仿佛一场角马大迁徙：放了学的男孩子们，衬衫散在裤腰外面，被书包压得弓着背，挤在一辆公交车的台阶上；美容院的实习生们穿着白大褂，脸洗得干干净净，小跑着穿过大街到广场去；摄政酒店的迎宾女郎们一身制服，涂着绿眼影和糖果色的口红，穿着高跟鞋摇曳生姿。

没人在这里居住，没人在这里进行社交活动。她意识到，自己会想念这个地方的，想念这种身在中央，四周被图书环绕的感觉。她也会想念克里斯汀的。尽管如此，在书店后面的小房间里，凯蒂还是提出了辞职。

克里斯汀双手捋了捋头发，然后深深插进口袋。她点了点头："如果你指望我劝你回心转意的话，你可以不用想了。"

"我不指望任何事情。"

"除非是钱的问题。是因为工资低了吗？如果是的话，我们可以谈的。"

"不是钱的问题。"

"很好，反正我也付不起更多工资了。那是因为不爱干图书销售了吗？我说，这可是一份好工作，有前途。稳定，牢靠。"

"我仍然喜欢图书销售。不是这个原因。"

"好吧，你走吧。我是认真的。你在这儿干得够久了。这只是份谋生的工作，又不是终身监禁。”

“天哪，克里斯汀，别这么动情。”

“那是要去旅行了，我猜？不多去几个地方，你永远不知道世上哪里适合你。”

凯蒂几乎笑出声来：“我什么地方也不去，但是确实有个项目要做，很激动人心的项目。这是一个千载难逢的机会。”

“跟给你打电话那男的有关吗？我就知道。”

“谁？哦，不，不是他，”凯蒂跟她说，“跟杰米没有关系。”

“那就是另一个男的了，对不对？我说，为了一个男人改变人生方向，不管是什么样的男人……”克里斯汀用指甲挠挠头，“听着，我其实没有什么资格来跟你说这些，只是想……你知道的，替……你父亲……把把关。自己的命运自己掌握，被男人牵着鼻子走并不明智。”

“我知道自己在做什么。”凯蒂说道。她已经感觉自己不太明智了。

下班后，凯蒂一到家就看见客厅电话旁有张特蕾丝留的字条，上边写着：杰米来电话了！给他回个电话哦（还要跟我详细八卦一下！）。

她很乐意给他回电话，想回电话想得心里痒痒。她两次拿起电话，放到耳边，然而都是一直等到拨号音消失，变成连贯的“滴——”一声。

周四是她彻底离职的日子。她上班的最后一天，会有一个蛋糕等着她。蛋糕会很高级，从“木瓦酒馆”咖啡厅买的。她最喜欢的顾客们都会来，动情地讲述关于自己或者家里的小孩是如何喜欢她推荐的图书的故事，以及她的笑容如何在他们最需要的时候温暖了他们的心。大家会共同在一张巨大的纪念卡上签名。克里斯汀会挑一本特别的书，用玻璃纸包起来送给她。也许是精装本的诗集，比如去年版的 A.D. 霍普[1]诗集，或者一套莱斯·默里[2]作品集。再过一两个星期，就没有人会再想念她了。

离职前最后一周的周一，她留下来加班，清点发票，给下了特别订单的客户打电话，同时也在做自己的计划。等她回家的时候已经过了九点。普雷蒂和特蕾丝没在家，但是厨房凳子上放着一个线绳扎好的棕色纸包，上面写着是给她的。她把它打开，看到是一部旧的精装本《看得见风景的房间》，由克诺夫出版社于 1923 年出版，看着令人赏心悦目。书里夹着一张字条："我今天下午出发去墨尔本，在那边待一星期左右，见一些人，还要搞几个拍卖（早就计划好了，可我竟然忘了。显然，最近我有点心猿意马）。我下周五回来。也许你愿意一起喝杯咖啡或者吃个晚饭，讨论讨论下一步的计划？钱亨饭店或者娇娇饭店都行。杰米。"

这是好事，她想道。真的很好。她现在要想的东西太多，顾不上考虑跟杰米喝咖啡、吃饭或者干别的。她现在最不需要的就是任由心神荡漾，去想象在啤酒花园里度过慵懒的星期日下午，或者到布罗德海滩度周末，在海边的浪花里嬉游，感受潮水的牵拉、托举和涌动。

[1] 澳大利亚诗人、评论家。
[2] 澳大利亚当代著名的现代派诗人。

因为这些都帮不上她的忙。

她需要时间去计划、去准备。这是好事，她想，杰米不在是好事。坚持这么告诉自己吧，凯蒂。

在她踏上新岗位的第一天，菲利普看见她格外高兴，用拥抱代替了他惯常亲吻人家两颊的问候方式。

“首先，我们来给瑞秋写信。要用大学的信头纸，而且是高级的那一种。写点‘您现在有机会为国际学术研究作出巨大的贡献’和‘对您独特的历史地位给予早就应得的认可’之类的话。戴高帽子嘛。”

“如果她不回应呢？”

“不太可能。就算不回，她迟早总得去取邮件吧，所以可以去……”他眼睛一亮，几乎像个顽童，“盯梢！”

她感到一种奇怪的冷静。“那另外一个卡尔森专家呢，你有一次提起过的那位？”她说，“你不打算让她加入进来吗？”

“是个男人，所以你可以不用吃醋了。不，坚决不要。我俩一度走得还挺近，但他就是没有投身学术研究的 cojones（勇气）。”

她问他为什么这么说。

他翻了个白眼：“他简直就是典型的好心当作驴肝肺，给他机会却不知道珍惜。我找关系安排他去做博士后，真的是个特别好的博士后项目，因为他是我们自己人嘛。结果他一甩手全放弃了，跑到欧洲混日子去了。如今他接手了家里的生意。大家对他都很失望。没什么追求，这就是他的问题所在。”

她感到皮肤上滚起一阵寒栗：“你的意思是，他忍不下心来对一位老太太穷追猛打。”

他从桌子对面向她这边靠过来，把下巴搁在交叉起来的两只手上：“凯蒂啊，世界上没有什么比探索未知更重要的使命了。人性就在于求知。为子孙后代着想，我们也应该查清真相，不能放任自己泛滥的同情心成为绊脚石。何况，我对那个人可以说是仁至义尽了，甚至还试图劝他跟我一起跑步，因为坦白来说他真的需要锻炼锻炼身体了。”菲利普鼓起两个腮帮子，接着呼的一声把气吐出来：“跟他说话就像跟个大面团说话一样。”

“你说他接手了家里的生意？”

“我不是太清楚，他父母病了还是怎么的，好像是某种癌症？两个人都得了，真是不幸。他是个书呆子，你知道那种人什么样。”

“是的，我知道。”凯蒂说。

“脑子有点木。坦白讲他一点都不酷。”

不酷。

天哪。她的搭档，她选择的合作对象就是这么一个人。她跟魔鬼做了交易，把瑞秋送进了菲利普的魔爪。她一直在回忆照片上那个柔弱的老太太。瑞秋成了菲利普的目标都是她的错。

“如果我没去咨询你，”她问道，“你会找我合作吗？”

他的外形是这样硬朗，这样简洁。面相和骨相都美得像诗。

“当然了，一定会。最终还是会找你的，”他搔搔一边的鼻翼答道，“谁不愿意有个可爱的女孩在旁边时不时加油鼓劲呢？而且我还要感谢你，一直等着我，没找别人。还有一点，如果你真心在乎那个老太太的话，参与进来是最好的办法。”

“我觉得我得对她负责。”她说。她希望能通过什么方式警告一下瑞秋，希望自己能走到她旁边，抓住她的胳膊肘说一声“有人盯上你了”。

“正是这样。你可以减轻这件事对她的冲击，替她争取一些权益，”菲利普说着看看表，“见鬼，都这个点了？我十点钟有节课要讲乔叟，决不能跟上次一样错过了。”

那双手腕上突起着青筋。他身上任何地方都没有赘肉，一点也没有。这种清瘦来自持之以恒的自律和锻炼。在她内心某处，她明白，这些都是值得赞许的优点。

24

1938 年，纽约城

瑞秋刚搬到纽约的时候，懵懵懂懂、饿得要死，还没顾得上体会这座城市的烦恼：“一战”战后的心有余悸，金融危机带来的经济崩塌和震荡，以及与欧洲的人祸和动乱遥相呼应的混乱和心神不安。然而这段时间，她已经感受到了街上那种紧张的氛围，人人自危，疑神疑鬼。九月底，《慕尼黑协定》签署，全城好像都松了一口气，只有英嘉例外。她对世界局势非常关心，能看多少报纸就看多少，并且时不时就会激动地针对看到的消息大发批评。

“他们以为出卖了多瑙河下游那片捷克斯洛伐克国土就万事大吉了？”她说道，“随便哪个跟恶霸打过交道的人都不会相信这一套。”

十月末，广播里开始播送《世界大战》[1]，又带起了全城范围内的恐慌。这种感觉跟英嘉的紧张情绪差不多，瑞秋想，像是杯弓蛇影。

[1] 1938 年奥逊·威尔斯主演的广播剧，由赫伯特·乔治·威尔斯（Herbert George Wells）的《世界大战》改编而成。

她当然嘴上不会说，但心里却认为英嘉有点疑神疑鬼。

一周又一周过去，现在已经入冬，两人一起吃了很多顿晚餐，在洛氏 175 街影院的黑暗中牵了很多次手，看了《我的戈弗雷》和《画舫璇宫》。尽管天气很冷，她们还是常常去中央公园散步。英嘉一看到白色石子就要捡起来，在树下堆成小小的金字塔。她说，差不多也该是人造建筑在大自然面前相形见绌的时候了。有时候，仿佛英嘉倒是本地人，而瑞秋才是游客：英嘉会拉着她的手，指给她看标准石油大厦那沿着弯曲的街道修建成的样子。在胜家大楼的大理石大堂里，英嘉表现得也是那么自豪，就像这栋楼是她建的，里面每一根刻花缝纫针、每一条棉线和每一个线轴都是她亲手做的一样。

在第三大道上的萨姆纳·西莱古玩店里，她们围着狗和印第安人的雕像嬉笑。英嘉在这儿给她买了一个金绿相间的兰斯伯顿陶瓷花盆，好种下她家日益壮大的花草大军里的某一株一叶兰。某天晚上，她们去瓦利别墅赴晚宴。瑞秋穿的是英嘉的天蓝色缎子长裙，裙子柔和的褶子从她腰际垂下，轻轻拂着地面。她简直认不出自己了。英嘉那天晚上穿的是白色衣裙，光鲜夺目，气度超群。鲁迪·瓦利[1]本人亲自吻了她们的手，为她们端上香槟，和英嘉戏谑调情，并且问她新书的消息。那时距出版只有几个月的时间了。可不能让克劳黛·考尔白[2]

[1] 美国电影明星。

[2] 法籍美国人，出生于法国巴黎，无声电影时期就成为著名的演员。曾获得第七届奥斯卡最佳女主角奖。

去演《世事皆有尽》电影版里的凯登丝，她年纪太大了，真的！他还带着不止随便问问的关切跟她打听，谁会扮演尤尔根一角。

英嘉没有向他介绍瑞秋。她没向任何人介绍过瑞秋。自从瑞秋与查尔斯和费舍尔见面的那天晚上起，每次她们出去社交，英嘉都不会替她介绍。如果别人非要问，她就漫不经心地挥挥手，随便编一个名字告诉他们。两人单独在一起的时候，英嘉就叫她“旁遮普”，就是漫画《小孤儿安妮》中主人公那会魔法的保护者。

绝大多数时候她们都待在家里。英嘉修改草稿的时候，瑞秋就下厨做火腿炒鸡蛋，还会给她按摩肩膀。在白天，透过窗户，她们能看到大朵蓬松的白云在摩天大楼的空隙之间投下阴影；到了晚上，风景则变成星罗棋布的万家灯火和探照灯倾泻的光柱。在灯光倏然闪烁的黑暗里，她们一起收听广播喜剧《阿莫斯和安迪》，或者下棋。两人也会一起读书，英嘉钟爱《不败者》[1]和《莫菲》[2]，瑞秋则喜欢《蝴蝶梦》[3]和《石中剑》[4]。当然，瑞秋最想看的还是《日夜与分秒》，但她没开过口——第一天下午英嘉把稿纸从她面前一把夺走的情景她还记忆犹新。

[1] 美国作家威廉·福克纳作品。

[2] 贝克特作品，贝克特是“第一位重要的后现代小说家”，也是欧洲荒诞派戏剧的代表作家之一。他的第一部长篇小说《莫菲》被拒绝42次之后于1938年才最终得以出版。

[3] 原名《吕蓓卡》，是英国作家达夫妮·杜穆里埃的成名作，发表于1938年。

[4] 特伦斯·韩伯瑞·怀特的《永恒之王》系列奇幻小说的第一本。

几个月的时间，在一个人的一生中并不算什么，然而却足以造就一个新的世界。

查尔斯偶尔会上门拜访，喝一杯。他很高兴，非常高兴。除他之外，一个人也没读过这本新书，一页都没泄露出去，但公众期待已大有野火燎原之势。他给英嘉看了一部样本，是他准备用来做些广告用的。他再也没提过找谁做排版工的事情，但给英嘉送了一篮南卡罗来纳州产的白桃，附的字条上写着“谢谢你”。她们脱光了衣服泡在英嘉的白色大浴缸里，一起吃了这些桃子。她们点着蜡烛，火焰像小小的黄色精灵在跳舞，桃子汁沿着黏糊糊的下巴一路流进芳香的洗澡水里。瑞秋感觉自己像一只嫩黄的小鸡，暖暖地待在陶瓷的蛋壳里享受食物。她难以相信这样的日子竟然不是做梦。

后来瑞秋的室友卡萝尔决定从第九大道的出租屋搬走。卡萝尔的工作是挨门挨户推销刷子和扫帚——或者说以前是，后来她就发现了连锁信这个生财之道，只不过那时连锁信的热度已经大不如前了。如今邮件的数量叫卡萝尔深感这一行的寂寥，因为仅仅几个月以前，每周还都会收到来自全国各地的成百上千封信，里面都放着零钱，让她财运亨通。与此同时，卡萝尔还幽怨地提到，瑞秋有了新朋友，她却没能有幸见见他们。有时候卡萝尔一周都见不到瑞秋一次，就算她回家，也只是为了给她的宝贝花草浇水。卡萝尔受够了。她要回堪萨斯去，但仍然会让邮局把信件转给她，以防哪一天零钱又开始源源不断涌来，她却收不到。

“我需要重新找一个室友合租，”瑞秋对英嘉说道，“或者搬到集体宿舍去住。”

当时，她们正在杰克·邓普西餐厅用餐。她很喜欢这儿，因为餐厅巨大的玻璃窗面朝百老汇，让人有种可以自在旁观的感觉。

“找室友？不行。”英嘉边说边小口吃着她的鲽鱼排，好像这是个无关痛痒的话题。

瑞秋本应当认为“现状”——眼下过的这种锦衣玉食、以前想也没想过的生活——已经够好了，但是英嘉说了“不行”，她便觉得，也许自己一直在等待某些事情的发生，也许她等的就是这两个字。不行。

是瑞秋的自我定位发生改变了吗？有生以来第一次，她希望在路上遇见薇拉姑婆，甚至希望母亲能看到现在的她，身材笔直，美丽动人，穿着英嘉的衣服，在英嘉请客的餐桌上，吃着鳄梨和长岛扇贝。仅仅是“不行”两个字，就让她产生了非分之想。

“我总要找个地方住呢。”

“天哪，你可真有意思。亲爱的小东西，你的公寓要留着，”英嘉说道，“只是别再找人合租了。”

总的来说，英嘉的公寓是很素净的，但这种素净是有意为之。瑞秋的公寓则充斥着难以描述的各种气味，满地爬着小虫子，墙壁也只有薄薄的一层。然而，英嘉却喜欢在卡萝尔去皇后区她姊妹家里留宿的时候，跟瑞秋一同住在这里。那感觉就像度假一般，逃离英嘉的书和打字机，逃离查尔斯，逃离世上的一切，投宿在这间小破房，一同依偎在单人床上。没人知道她在这儿。她总是偷偷摸摸溜进来，这样瑞秋的左邻右舍就看不到她了（好像他们在乎一样）。除了两人的公寓之外，英嘉几乎不带她去别的地方，她说太麻烦了。这几个星期，除了英嘉和她的同事们之外，瑞秋一个外人都没见过。

她尽量不去想这些事。

“我负担不起房费。”她说道。

“那就别打那份破工了，来为我工作好了，”英嘉答道，“别用那副表情看着我。新书还有几个月就上市了，那之后……啊，我简直不愿意去想。又是资料，又是邮件，又是归档的，还有那么多合同要签，讨签名的信也一定少不了。你可以当我的秘书。”

“我当不了。”

“为什么当不了？你不会文件归档？只是按字母顺序排列罢了。不会写信？你这么聪明，我可以教你。我已经建立了一套工作系统，你照着一步步工作就行。一周可以付你二十美元。”

这差不多是修瑞福餐厅工资的两倍。

“不用轮班，不用打直胳膊端托盘，”英嘉说道，“想坐哪儿就坐哪儿，我甚至还可以再放松一点对指甲的要求。你只用把我的事安排好就行，这就是我唯一的要求。”

瑞秋想到了自己的母亲，猜想着这几个月以来，在那所小房子里跟父亲相处，母亲是什么感受。她知道，不管是多么微小的快乐，都只是暂时的。

“如果要我亲自动手回信的话，我宁可从窗户跳下去，”英嘉说，“我们偶尔还可以去你家过夜——大部分时候都可以去。如果我们各自分别进门，就根本不会引起人家注意了。从远处看很难分辨出我俩谁是谁的。”

“让我再想想。”瑞秋说，但她已经知道自己的答复将会是什么了。

英嘉从她的表情看出了她的决定：“很好。别告诉任何人。咱们最不想要的就是有访客上门。”

这让瑞秋想起父亲仿佛在千年以前给她的一个忠告，那时候他还愿意在方方面面教导她该做什么、不该做什么。阿伦敦横跨利哈依河两岸，城里的那一段河流宽阔而驯顺，然而刚出城没多远，利哈依河就收窄了河道，变得曲折蜿蜒，水流湍急。河水冲出白花花的浪头，掩藏着岩石，裹挟着折断的、枝丫横生的树干和因为喝水涉得太深而淹死的动物臭尸。她出生前一年的夏天——那时父亲还是农场的所有人——父亲曾经在河上一个打桩队里干过活。有个他认识的人在某个炎热的晚上跟一个老婆以外的女人泛舟河上，结果几天以后两人的尸体被发现冲上岸来，已经泡得发了胀，眼睛已经被食腐动物吃掉了。父亲告诉瑞秋，如果你遇到那种情况，想逆着潮水游上岸的话，只会耗尽你的体力。你别去抵抗河水的冲击，顺流漂下就行。

25

1986 年，澳大利亚昆士兰州，布里斯班

布里斯班的居民电话簿里没有“莱勒尔”这个名字。菲利普给澳美友好协会打了个电话，假装说在寻找自己姑妈久未联系的一个朋友，但对方也表示没听说过叫这个名字的人。

也许瑞秋不是从美国移民过来的。也许她本来就是澳大利亚人，只是在美国住了一小段时间。对，这个可能性比较合理。也许她只是去美国度了个假。

凯蒂在邮局查了昆士兰所有地区的居民电话簿，发现黄金海岸有一对夫妇，叫布莱恩·莱勒尔和琼·莱勒尔。她于是打电话过去。布莱恩是个退休的邮政局长，下午两点要去打保龄球，之前都有空，所以很高兴地跟她聊起了天。他告诉她，他们一家都是悉尼人，祖上是柏林来的，但如今早就没人提这茬了。他有几个表亲住在瓦加瓦加那个方向，但是哪个也不叫瑞秋。他问她人家有没有可能昵称她瑞琪，或者小瑞，或者瑞雪儿？“亲爱的小姐，我家里人不会起这种名字，因为宗教意味有点太浓了[1]。我家往上数好多辈就早已不信教啦。”

她回到图书馆，查询卡片目录，寄望于瑞秋也许在某个领域出类拔萃，能留下点记载。任何领域都行。然而什么也没有。

之前书店有个常客，如今在《信使邮报》体育版做实习生。她给他打了电话，连哄带骗地请他帮她在《昆士兰新闻报》主管的内部资料库里搜寻了一番。昆士兰但凡有点名堂的人，从资料库文件里都能查得到。《信使邮报》无所不知，但给公众展示哪些内容，就是另一回事了。然而也没有关于瑞秋的记录。

一个阴沉的早上，凯蒂醒来发现一场暴风雨即将来临。她去了选举委员会，在那里她一边浏览布里斯班每一个片区的选民名单，一边听着雨点敲在屋顶、顺着排水管流下的声音。她喜欢这类工作。我当矿工肯定在行，她心里想道，抡着锋利的锄头，寻找黑暗潮湿的岩石内部隐藏的宝贝。身处封闭的小空间也能帮助她更好地思考，例如在一排排的书架或者文件柜的包围中，或者她指尖依次捋过的、一行行以 L 开头的姓名和地址的字里行间。

哪里都找不到瑞秋·莱勒尔的信息。

她关于德美同盟的研究倒是进展顺利。她找到了确凿记载，显示他们曾密谋杀害洛杉矶的犹太裔美国人，还企图破坏美国的国土安全。她给马蒂·费舍尔写了信，这次的措辞很正式，询问是否能跟他面谈，

[1] 瑞秋（Rachel），是一个源自《圣经·创世记》的名字，《圣经》中文版中翻译为拉结。

还花了好多个小时，给远在美国、研究德美同盟的历史学家们写信，通读有关的学术书籍，填写出差调研申请表。星期五一整天，她都在大学和几条街外的菲利普家之间开车来回穿梭，整理自己的工位，并且把参考资料分类：放在办公室的是一般性资料，不会泄露一点秘密，而更详细的文件和日志则放在他家里。菲利普大部分时候都在开会，把车钥匙和家门钥匙都给了她。

她用钥匙打开前门走进去。一瞬间，已经遗忘的记忆扑面而来，就像花园里桉树的气息。他的工作间就在楼下，但她还是到处兜了一圈。她忍不住要这样做。卧室的地毯换了新的，一个一米长的鱼缸把餐厅同起居室隔开来。鱼缸里游着一群尾巴上红斑闪烁的霓虹灯鱼和黄色的神仙鱼，亮绿的水生植物随着套在钢铁城堡外壳里的加热器产生的水流摇摇曳曳。鱼儿像色彩斑斓的闪电掠过眼前，为她一个人表演舞蹈和翻滚。她想象着菲利普如何用一只小小的勺子量出鱼食，如何每天测量缸里的水温。到了厨房，她拉开橱柜的门，发现里面还是只有一个煎锅——菲利普宁愿在外面吃。家里仍然没有电视。菲利普以前经常说，除非我彻底选择放弃人生，否则绝不买电视。不过他倒是买了一条地毯铺在起居室地板上，上面是赭黄色和深棕色的某种三角形图案。地毯是羊毛的，看起来很值钱。

她很高兴看到这条地毯和那些鱼。这些东西都是菲利普之前没有的，它们就是这些年确实已经流逝过去的证明。她如今长了年纪，也学聪明了。

四点钟，她回到了大学办公室，开始收拾自己的桌子。听见有人敲门，她便过去一把把门打开。过道——一条老式的、铺着塑胶地板的宽敞走廊——站着一个手拿纸包的男人，是杰米。

她的内心一下翻腾起来。他的脸一直都是这个形状吗？他的眼睛一直都是这样浅浅的杏仁色吗？他胡子拉碴，衣冠凌乱，比她印象中更高，穿的是一条灯芯绒长裤（看在老天的分上），浅蓝色衬衫散在裤腰外面，袖子卷在胳膊上，领尖也打了卷。他下半边脸还留着星星点点的痘印，刘海耷拉在额上，让她手指发痒想去整理一下。阳光似乎格外偏爱他，什么别的都没晒到，专门晒在他身上。

我的天哪，她想。她注意到他头骨的形状，以及他胳膊托着包裹的时候，方形大手的手背上隆起的一轮骨节，还能感觉到自己的血液在脉管里奔流。她把手掌覆在前额上，感到自己发着烧。她看到他的脸色变了。

"凯蒂。"

她说不出话来。她对声带失去了所有的信心。

"你在这里做什么？"

"我以为你不在本地，去墨尔本了。"

"我是去了，现在回来了。"

不知从何而来的一股强烈的感情撞上她的心头，就像装满水的玻璃杯从手上滑落，到看着厨房地板上一地的玻璃碴子之间那一瞬，你心里的感觉。

“我在这儿上班了，为菲利普工作。”她的声音太做作，语速也太快了。她肺里积压了太多的空气。之前她怎么就没想过这一点呢？“菲利普现在是我的上司。我们两个项目同时做，我研究德美同盟，他想找到瑞秋。”

“菲利普会帮你找瑞秋？你说的是菲利普·卡迈克尔吗？”

“你之前就是这样给我建议的啊。你说我应该着手做个研究项目。”

他眨了几下眼睛：“你不必向我解释什么。”

她正要开口回答的时候，菲利普就从拐角另一边走过来。

“你们已经见面了，太好啦，”他说，“这星期凯蒂才开始做我的女副手。终于有人能督促我干点正事了，早就该这样的。凯蒂，我很久很久以前曾经是杰米的博士导师，上次在你家我跟你提过他的，还记得吗？就是我说的那个老朋友，做古董书商的？哦，那是我买的里尔克的书吗？棒极了。”

她从未见过这两人并肩站在一起。菲利普从各个方面来看都显得更加轻盈。他利落、峻拔、容饰雅洁，杰米则块头更大、更高、不修边幅、头发蓬乱。他的眼睛是淡褐色的，她早前注意过吗？

菲利普从杰米手上拿走包裹。

“新的工作啊，”杰米说道，“对你来说是件值得兴奋的事情。”

他的嘴唇看着很薄——她清楚，这嘴唇一向并不是这么薄的。

“对，”凯蒂说，“我想是的。”

“你看上去好像累坏了，兄弟，”菲利普说道，“你需要的是多一点睡眠，多一点锻炼。而且你也不必亲自把书送来，寄过来就可以了。”他走过他们俩身边，从书桌上拿起一把剪刀。

“我反正也正好到这片城区来了，”杰米说道，“今晚本来有个约会，但现在看起来，我还是回家的好。我整个人真是心力交瘁。”

“你需要找个助手。助手的价值比得上跟他们一样重的黄金，是不是，凯蒂？”菲利普打开牛皮纸包装，然后小心翼翼地翻开书页，检验那经过修复的书脊，“他们的活儿干得很漂亮。这可是一件小小的珍品啊。”

她手腕上和颈子底下的脉搏突突地跳。她鼓起胸膛，又收回去，方才能让一口气跟着吸进去、呼出来。她感觉自己像要死了一样。她真希望此时能拿个什么东西披在肩上才好，不管是斗篷还是围巾。

“我最好现在就走，不然就没法抢在堵车之前了。”杰米稳稳地、一心一意地盯着两人之间的某处说道，仿佛对一条椅子腿着了迷。

“我送你出去，”凯蒂说，“我也累得不行了。你不介意我先走吧，菲利普？”

“说起来，还有一批东西得运回我家去，”菲利普说道，“你带我家钥匙了吧？”

杰米从门口退开，两人的目光终于交汇，对视了一刻。接着他就看向了别处。

“的确，刚到新的岗位工作就要早退，给人的印象多不好，”杰米说道，眼睛望着地板，“再次祝贺你，凯蒂。菲利普，我走了。”

凯蒂耳朵里忽地嗡嗡作响起来。她知道，今天晚上她会步行前往图旺，然后再沿着街灯闪烁的弥尔顿大道步行回家，身边不时掠过一心赶路、目的地不一的汽车。愿意的话，她可以一路走到“蒙特祖玛”墨西哥餐厅，来一份鸡肉和奶酪香辣碎肉玉米卷，然后抄后街的小道回家，让那些爬在篱笆上的袋貂吓一跳。她还要沿着米斯金街信步而行，让躁动的思绪得以平静。回家路上，晚开的络石藤花散发的幽香仿佛象征着失去的机会——本可以拥有某些很珍贵的东西，但却错过了，也不可能再找到替代品。她将目光投向天空，想知道是否只有离开了一个地方，你才能真正了解它。

未来的岁月里，无论完成了多少目标，收获了多少成功，她回想起今天晚上的时候，都会带着苦痛的心结。她此时抬头望天，想要知道这世界上，还有哪里的景色比家乡的夜空更美丽、更残酷。

26

1938年，纽约城

圣诞节前一周，两人见面那天，英嘉躺在瑞秋的单人床上睡着了。窗帘敞开着，可以看见街对面的石阶上结了冰，在下午昏暗的天光下，给人一种全世界都蒙着钻石星尘的感觉。瑞秋坐在床边的地板上，翻阅着一套印厂小样的最后几页。时间已经不早了。她读的是英嘉马上就要付印的新书《日夜与分秒》。再过不多几周，这本书就会在书店上架。

从第一次英嘉把稿纸夺走起，瑞秋就没有问过她，自己能不能读一读《日夜与分秒》，因为她不知怎样开口。这天清晨，瑞秋醒来发现英嘉坐在床上，俯身看着她。

“你要是想的话，可以读读这本书，”英嘉说道，“不过全看你愿不愿意，不是必须读。”

“我想读，”瑞秋答道，“我巴不得要读。”

到了成书的最后阶段，英嘉写了又写，改了又改，有时候甚至连续工作二十个小时，弓着两个肩膀，脑袋从脖子上支出来，看起来已经失了人形。她和衣在长沙发上打个盹就算是休息。所有的窗户都必须关上，因为马路上的噪声让她心烦。她喝黑咖啡，吞安非他命，也吃一点瑞秋做的三明治，针尖般的瞳孔像渡鸦的长喙一样锐利。有时候她会问瑞秋，土生土长的美国人会怎么说某句话。瑞秋回答起来不假思索，而后却深感压力巨大，生怕自己误导了英嘉。英嘉消瘦了。有时，她会为自己笔下角色的命运而哭泣，但同时仍然润色着那些把他们写上绝路的文字，没有停笔，也停不下来。

那已经是好几周以前的事了。眼下，英嘉正在为之前那种不眠不休的激情付出代价。越是临近小说的出版之日，她越是精疲力竭，就像这本新作虽然已经自成一体，不再需要她来写，却仍然在榨取她的精力一般。日日赶赴鸡尾酒会的那几个月已经过去了，如今的英嘉打打瞌睡，吃着黄油面包加鸡蛋，喝着糖放得太多的奶茶。

另一方面，瑞秋的工作却令她精神焕发。英嘉建立的“工作系统”原来只不过是一摞藏在橱柜里、齐腰高的锡制咖啡盒，里面塞着叠起来又压紧了、挤作一堆的各类纸张。瑞秋在工作中找到了宁静和平和，比如把那些纸一张张拿出来摊开抚平，装进不同的文件夹里，再用大写字母写上标签，以及照着英嘉回信的标准模板，替她代笔回复和签署所有的信件，因为英嘉永远不想被打扰。

一开始瑞秋还觉得有点担心，但是后来就觉得即使不对，也非这样做不可。她想这总比让读者认为英嘉太傲慢，以至于不愿意搭理他们来得好。

除她以外，只有三个人读过这本书——英嘉本人和查尔斯，以及塞缪尔·费舍尔，因为是他做的排版。

终于，瑞秋坐在英嘉身边的地板上，翻过了小说的最后一页。她刚开始阅读的时候，还觉得有压力，不知该做何反应才合适。她读完以后，觉得空气的质感都发生了改变，她的心灵也发生了改变。她根本不用组织语言来形成自己的反馈意见。她也组织不出来语言。她已深深陷入英嘉写的故事当中，感受着她创造的世界。那个世界是多么微妙而纤巧，每个人的命运都彼此相连，都在英嘉的心里占着一席之地，尽管其中有的人犯了可怕的罪行，必须受到唾弃。

“怎么样？”英嘉说道，眼睛并没有睁开。她这时侧身躺着，膝盖蜷到腰部，双手合十，垫在脸颊下面。

“我吵醒你了吗？”瑞秋问。

“如果你认为在你读我写的书的时候，我竟然还睡得着，那你就大大看错我了。”

“我以为你不在乎任何人对这本书的看法。”

英嘉双目霍然一睁：“你又不是任何人。”

此时瑞秋满心只有一个念头：“这多么奇怪啊，不是吗？”这座城市如此广阔，高楼大厦间丘壑万千，盛名远播海外，然而城里所有真正重要的东西只需这一间屋子就能全部装下。她感到自己的心被一根针刺穿了。

或许等这一切告一段落，她和英嘉可以去度个假，到伍德斯托克附近查尔斯的小木屋去玩一星期。他说那所小屋有专属的船坞，架在埃索普斯河宽阔而平静的水面上，还有一条独木舟和一座石头砌成的壁炉。那一带还生活着白鹭、白鹤和天鹅。也许在那里她可以找一根钓竿，然后教英嘉怎样钓鳟鱼。

“我觉得这是我读过的最伤感、最出色的作品，”她说，“我想它一定会改变每一个读者的心灵，我想它会改变整个世界。”

英嘉笑起来，声音很轻，银铃一般：“亲爱的好孩子，你不会真的相信一本书的力量能有这么大吧？”

“当然相信，”瑞秋答道，“你怀疑是因为这本书的内容是劝人向善的。如果有人写出一本邪恶的坏书，你肯定相信它能造成多大的破坏。如果有哪本书可能比……比《世事皆有尽》还要好的话，那就是你这本新作了。它会让世界变得更美好的。”

英嘉微笑着，像猫一般在床上伸了个懒腰。“不是每个人都和你想的一样。”她说。

瑞秋知道这不假。英嘉最近收到了一些令人不安的信件，但瑞秋只见到了一部分，因为都是寄到查尔斯那里的。和通常那些疯狂的胡言乱语不同，这些信件认真发出了威胁，目的就是阻止新书的发布。他们说她是全球犹太阴谋论的一分子，是背弃她自己民族的叛徒，还参与了当局将美国拉入欧洲战争泥潭的阴谋。其中有封信，还不算最极端的，字迹都呈铁锈色，正常墨水不可能涂得那么脏、那么黏稠。

另一封信里则宣称，绝不可能让这些书上架销售。

英嘉很忧心，但她尽量不表现出来。查尔斯咨询了别人的意见，将把印版锁在他的私人仓库里。等所有的印本从印刷厂下线，马上也会锁进同一个仓库。只有他一个人有仓库钥匙，所以查尔斯向英嘉保证，印版和印本放在那里肯定会安全无虞。瑞秋并不是不信任他，但总怀疑他的动机更多是出于保护商业利益，而不是因为真正害怕这些威胁。这本新作把人们的胃口吊得如此之高，以至于他担心在发布日之前就会有人偷个一两本，把内容泄露给哪家声名狼藉的小报，甚至非法盗版盗印，满街兜售。鱼龙混杂的新闻记者、不入流的私家侦探以及各种各样的人也一直在周围打探消息。瑞秋正在读的样书是唯一落到查尔斯掌控范围以外的书稿。英嘉跟他说她俩已经把稿子烧了，在十二月某个特别寒冷的夜晚塞到木柴炉子里当燃料了。

“这就是你生来注定要写的那本书。”瑞秋说。

“这本书能不能让那个令人作呕的费舍尔明白自己的所作所为有多么错误呢，让我们拭目以待吧。我还是难以相信我居然向查尔斯妥协了，允许他碰我的书。我真为我可怜的文字感到难过，还得忍受他那双眼珠子的目光。”

瑞秋在地板上移动了一下身子，让自己和英嘉面对面。

“但是你必须得让他排版，你不明白吗？这正是你这本书的精神所在啊。对，我们确实应当唾弃这些人，应当尽你所能去制止他们，保护别人免遭他们的伤害，这是肯定的。但是与此同时，你也可以怜悯他们。善意和唾弃并不是彼此冲突的。他也有家庭，也得养家糊口。”

“你的心胸太宽广了。这些纳粹——费舍尔和他德美同盟的狐朋狗友们，人们好像觉得他们只不过是挥挥旗子，穿着笔挺的制服，小打小闹地干些不法勾当而已。但这些人其实打心眼里相信，某些民族根本就不配生存。”她打了一个冷战，强挤出一声大笑，“所以如果这些人也认为我的书有改变世界的力量，那我才真要替自己担心了。”英嘉说完吻了吻她，动作又快又不由分说，“知道吗，你可真是个甜心娃娃。”

瑞秋现在已经熟悉了英嘉所有的亲吻方式：有表示“我喜欢你”的亲吻；有表示“让我们换个话题吧”的亲吻，就像刚才那样。

“也许我们应该搬一些植物到你家去。”瑞秋于是说道。

“绝不可以。它们在我家肯定活不下去，那儿就是一个植物坟场。你什么时候才能告诉我你养花这么在行的秘密？”

好像也没做什么特别的努力，瑞秋的花花草草就已经增加了不少。英嘉给她买了一些，还买了一个红色的搪瓷浇花壶。除此之外，还有她自己去中央公园采来的植物插条，以及查尔斯在家养得半死不活、送给她拯救的盆栽。不知什么原因，她就是懂得哪些花草需要更多的阳光，哪些不宜多晒，哪些喜爱湿润的环境，哪些需要铺上鹅卵石滤水才行。

“我也不知道，”瑞秋答道，“这些花草会告诉我它们想要什么，就这么简单。”

英嘉拿起一个枕头抱在胸前：“还是不愿意告诉我。那我只好继续缠着你了，直到你从实招来为止。你听我说，等这些大惊小怪的烦心事过去，我就给你买个农场，你觉得怎么样？然后我们俩可以像两个老处女一样住在一起，你想种什么就可以种什么。”

“你——愿意当农民？”

“为什么不行呢？我就是在农场长大的。”

“你热爱这座城市，永远不可能离开它的。”

“我确实喜欢这儿，但是我的家乡在大洋彼岸，”她耸耸肩，“在任何地方的停留都是暂时的——谁又能预见自己的归处呢？”

“我希望有一天能到别的国家去定居。”

“是吗？哪个国家？”

“任何一个国家都行，”瑞秋笑道，“不，不是任何国家都行。必须是一个没有高楼大厦的国家。我喜欢高楼大厦，真的，但是在纽约这样一个城市里很难放松神经。如果我能拥有自己的房子，那一定要在一个安静冷清的地方，气候要温暖，不会下雪。我家祖祖辈辈都没出过宾夕法尼亚州。当然，也不是绝对的。我母亲的家族最初就来自纽约，我父亲有一次还去西弗吉尼亚参加过亲戚的葬礼。”

“好，那就别管农场了。这样吧，我答应你，有一天我会带你去另一个国家，好不好？去一个遥远的地方，你想多远就多远。拿个地球仪来转转，然后用图钉标出一个地方来，我们就一起去。你觉得怎么样？”

那天晚上，瑞秋失眠了。英嘉躺在她身边，柔软的嘴唇轻轻地呼吸着。瑞秋轻轻地爬起身来。样书还在咖啡桌上没动，前一晚她看完之后就放在那里了。明天就得烧掉它，但她不忍心让这凝聚着英嘉思想和心血的美好结晶像隔夜垃圾一般被烧成灰烬。她把书稿用一张油布——也就是她住进来的时候房里原有的一张花桌布——包起来，然后把这个包裹藏在了那个兰斯伯顿花盆里，绕在里面那个栽着一叶兰的咖啡罐周围，夹在它和花盆的空隙中间。

当她一个人在英嘉家里，试图擦干净床头桌上溅的一团墨迹时，瑞秋瞅见床底下又露出了一沓文件。她一直在努力劝英嘉改掉把纸张叠成小块，然后像松鼠藏坚果一样到处乱塞的习惯，但合同、信件和文件仍然总是出现在意想不到的地方。英嘉还喜欢藏钱，而且不是小数，在她们俩的公寓里都藏了许多，不是夹在书本中间，就是塞在浴室里用完的雪花膏罐子里。瑞秋并不觉得这种行为有什么奇怪。对任何一个曾在过去十年中的艰难岁月里煎熬过的人，尤其是一个深知生命无常的移民来说，这都是十分合理的举动。她自己昨天不也藏起了英嘉的样书吗？这也只是一个小小的例子，表明和英嘉在一起对她的行为方式确实多有改变。英嘉肯把文件扔在地上，一脚踢到床底下（这一点毫无疑问），已经算是有进步了。

瑞秋拿一块干净的抹布擦擦手，跪下来收拣那些文件，想把它们归档。

她读了第一页，又读了第二页，但还没意识到自己读的是什么。“临终遗嘱”，那上面这么写着。她还没来得及掩卷不读，就看到了自己的名字。她一下往后跪坐到自己的脚跟上。

“我遗赠给瑞秋·汉娜·莱勒尔——”

遗嘱里写道：我遗赠给瑞秋·汉娜·莱勒尔我所有作品的版权和我的全部个人财产，以及下列代理人变卖我财产的所得。瑞秋·汉娜·莱勒尔是我的受赠人。我，即立遗嘱人英嘉·伊娃·卡尔森，于 1938 年 11 月 9 日亲自签署本遗嘱并盖章为证，以昭信守。

瑞秋从头一页页翻到尾，等读完全部内容，她像被火烫了一样，松手让文件掉在地上。她认识英嘉还不满四个月呢。她是不是应该跟她商量一下这事呢？也许应该吧。英嘉从没谈起过远在她的祖国奥地利的亲人和朋友，也没提过她们一村的人，众所周知是那些人把自己的所有家当都凑在一起，给她付了学费。她应当请求英嘉重新考虑一下。但是那样会不会显得她太莽撞、太不知好歹呢？说了会不会毁掉她们之间这份微妙的情感呢？她最后决定，要跟英嘉谈谈这事。对，一定要谈。得告诉她这是个错误。

但不是此时此刻。英嘉眼下已经心力交瘁，要准备迎来新书的发布，还得应付届时的宣传活动。所以瑞秋把文件放回原来的地方，摆成和之前一模一样的乱糟糟的样子，之后既没有提起过遗嘱，也没有透露过她藏起《日夜与分秒》样书的事。

圣诞节那天的早晨，英嘉送了她一条项链，和自己的一模一样，是莱俪牌的玻璃项链，装饰着黄色的蜜蜂。瑞秋给她的则是一盒让英嘉非常欣喜的巧克力糖衣樱桃，以及一副樱桃红的儿童手套。接着就是元旦来了又去。她们庆祝新年的方式是在英嘉的公寓里分享了一瓶香槟。时间过了一天又一天，过了一星期又一星期，印刷工作现在已经完成，英嘉的新书《日夜与分秒》如今安全地存放在查尔斯的仓库里。瑞秋还没反应过来，二月就已经到来了。

此时是 1939 年 2 月。瑞秋依然还没向英嘉提起遗嘱的事情。

3
PART

27

1986 年，澳大利亚昆士兰州，布里斯班

菲利普上次去美国的时候，就已经开始着手调查了。纽约公共图书馆收藏的本杰明·R. 塔克[1]论文集里提到过卡尔森，于是菲利普将它逐页浏览了一遍；约翰·多斯·帕索斯[2]文集里这方面的信息更多，为此他不惜长途跋涉，亲自去了弗吉尼亚大学。凯蒂大略通读了全国学术图书馆里的十几本相关的书，包括 20 世纪 30 年代可能和卡尔森有过交集，或者读过她的作品，或者提到过她的每一个文学界人士的传记。你不能相信书本目录，菲利普说，得亲自检查内容才行。她很喜欢这种考眼力的信息筛选工作。她很久都没做学术研究了，但如今面对手上的工作，她简直难以理解自己当初为何放弃，明明她随便找个题目就可以开始研究的，又不需要任何人的批准。

凌晨刚过，她一睁眼，就从堆在床上没睡人那半边的一摞书里抽

[1] 美国个人无政府主义的主要思想家。
[2] 美国小说家。

了一本，看了一个小时才起床。她的笔记本上记满了参考资料和交叉索引，找到了足够多的有意思的信息，但什么新发现也没有。这并不叫她吃惊。在过去几十年中，不断有人在仔细调查卡尔森的生平经历。她没有发现任何资料提到有个瑞秋，或者一个名叫莱勒尔的人。

她没有跟普雷蒂和特蕾丝说要退租搬出去住，菲利普也没再提过这一茬。

菲利普把火灾研究项目完全交给瑞秋去做，自己则一心专注大局，筹划在找到瑞秋之后如何把她隆重介绍给公众。怎样才能让媒体的宣传效应最大化？毋庸置疑，修复出来的《日夜与分秒》，无论他们能够完成多少，都将带来无与伦比的荣誉。但是如果瑞秋·莱勒尔什么也记不得了呢？凯蒂于是向他恳求，说也许我们不该急着运作这件事，毕竟她年纪都那么大了。

菲利普明白她的意思。老太太很可能已经老糊涂了，但是他们只需要几个句子就行，尤其是如果他们换个角度，把整个故事打造成他——菲利普的真理探索之旅，一个文学领域的侦探传奇的话。这样叙事意义重大，它体现了一种敢于冒险的思维方式，是绝大多数学者要么囿于天资、要么缺乏自信而不敢尝试的。所以，不，他们还是要按计划运作。菲利普找来一块底下带滑轮的软木公告板，天天坐在办公室斟酌故事的标题。他最喜欢的是“卡尔森之谜与侦探：天下第一文学谜案的真相”，但同时也舍不得放弃“解密：英嘉·卡尔森的《日夜与分秒》”。

她一直在想这些——菲利普、瑞秋，还有她迷宫寻路一般的调研，只想这些，一心一意，这样就能避免去想杰米的事了。过去几周以来，思虑都在不断积压，她只要一想起杰米，情绪就会剧烈波动，她不得不停下工作，闭上双眼，努力让自己重新集中精力。这段时间她不能去考虑杰米的事情，不然根本就保持不了清醒的头脑。她甚至没法喊出他的名字。杰米，杰米。不下十次，不下二十次，凯蒂的手都已经拿起了电话。她二十次、五十次地想跳上一辆公交车，径直赶到他店里去。但是见面又能说什么呢？她唯一的希望就是了结眼前这一切。她肩负的不仅是瑞秋的未来——还有她自己的。

“吃午饭吗？”有一天快到中午的时候，她正在给文件归档，就听菲利普问道。

在他家里，两人把研究资料都摊在一张赫曼米勒老板桌上。菲利普做了一份沙拉，他常常吃沙拉。他使用的是灰褐色的亚麻布沙发。桌面上铺着一层同尺寸的聚乙烯塑料布，让凯蒂觉得仿佛是伏在浴帘上面工作。菲利普家的装饰画——涂在无框画布上的大色块纹理，近似日本风格——从头顶上俯瞰着她。她心里装的事情太多，没顾上去猜测画的到底是什么。他给她倒了一杯高级桃红葡萄酒。

“一点点就行，”她说，“我希望能把心思完全放在工作上。”

倒完酒，他把瓶子一转：“我也不是不懂你的言外之意。虽然我个人有点失望，但我同意，这样最好。我不想让任何事情打扰你。”

她自顾自继续做着手上的事情，甚至没有抬头看一眼。

“听着，我一直在想，”他说，“几周以后，印本残页展览就要结束了。如果要举行一个小型活动，宣布我们发现了瑞秋，再透露一点关于你的火灾项目的信息，吊吊他们胃口的话——还有哪个地方比展览现场更合适呢？”

“但我们还没找到她呢。”

找到瑞秋。菲利普通盘计划中最重要的一环，也是他们讨论的第一个问题。怎样去接触瑞秋？什么时候接触？如何让她开口跟他们交流？自从凯蒂为菲利普工作的第一天开始，他们就一直在给瑞秋的信箱写信，封封措辞都很正式，落着大学的款，向她保证能让她得到关注——所有的老人都希望得到关注，这是菲利普说的。他们几乎立刻就收到了回信，收件人写的菲利普，回信地址还是瑞秋的信箱。

卡迈克尔教授：

请不要打扰我。

此致

瑞秋·莱勒尔

于是他们接下来的信就换了更加友好、更加人性化的语气，使用更女性化的信纸，由凯蒂亲笔书写。最终，另一封回信来了。

沃克女士：

现在不是时候。

此致

瑞秋·莱勒尔

如今菲利普想加快动作了。

“听着，这也不是很容易做出的决定。如果别人听到关于她的风声怎么办？我是有竞争对手的。时机凑巧也是一方面的原因。这机会太好了，我们不能错过。”

“我担心会弄巧成拙。如果她什么也记不得，或者我们之前想错了怎么办？”

“不太可能。我们手里的东西已经足够提起大家的兴趣了。卡尔森的财产继承人就住在布里斯班，我们一开始只从这一个角度来切入就够了，就在印本残页旁边公开宣布出来——这将成为整套解密大餐的美味开胃菜。”

凯蒂恳请他、求着他改变主意，但他一概不听。这还不算，菲利普还要到邮局门口去等着瑞秋，不管要等多久都行。该是他接手掌控局势的时候了。

“我觉得要对她负责，”凯蒂说道，“她都那么大年纪了。不如我替你去怎么样？我打赌，我跟她搭上话的可能性更大。你有点，怎么说呢，有点吓人，教授。”

“只是强硬而已，”他回答，“而且现在还很恼火。现在我很想在她取邮件的时候出其不意地截住她。事实上，我告诉你，我们可以录像。我手里拿着麦克风，再找一个摄影师跟着，全套家伙都招呼上。”

凯蒂轻言细语地指出，如果像这样搞突然袭击，又是打光又是叫一群陌生人去，可能会让他们失去如愿得到信息的机会。另外，瑞秋甚至可能都不会亲自去取邮件。她可以托朋友或者邻居替她去。

“让我一个人去吧。如果她出现了，我会去说服她的。你之所以花钱雇我，就是因为我知道她长什么样子。她也认识我。”

他叹了口气，深感失落。这个建议跟他想象中的戏剧化场景，以及他本人一定要身处事件中心的需求是完全相悖的。但他也同意，凯蒂单独一个人去接触瑞秋，对实现他们的计划更有帮助。

“同时也再给她写封信，”菲利普说道，“告诉她你关于火灾的发现，还有马蒂·费舍尔说的事。跟她说，展览开放的最后一天，我们将会举办一场活动，把它们公之于众。我们其实不会的，当然不会——只是透露极少一点蛛丝马迹，引起大家的兴趣就行。跟她说我们衷心邀请她前来参加活动，但无论她来不来，我们都照说不误。我们等着瞧，看看这么说能不能引她现身。”

显然，凯蒂的项目远不如菲利普的项目那样需要保密。

“但如果你找到她的话，别问她任何问题，也别告诉她任何事情。别跟她谈那本书，一点也别谈。直接把她带来见我就行。我从一开始谈话就必须在场，我需要在问问题的时候观察她的脸。我得形成自己的印象。”

“明白了。”

“我想，如果需要的话，我们随时可以请个老演员，”他说，“重演现场。”

凯蒂一下碰翻了自己的桃红葡萄酒。一摊粉色的液体淌出来，朝着桌子对面流去。菲利普扶正玻璃杯，手忙脚乱地收起他的各种笔记和书本。

“拿茶巾来，亲爱的，”他说，“快。”

“你说什么？”

“拿——茶——巾——来。这就是为什么我要给桌子铺塑料布的原因。动作快点，不然酒就要流到地板上了。”

她冲进厨房，拿了挂在烤箱门上的茶巾回来。

“真是的，你难道看不出这是爱尔兰细麻布做的吗？”菲利普说道，看着泼翻的酒朝着桌边流去。“现在也没别的办法了。”说着，他把茶巾按在那摊液体上。笔记保住了，桌子保住了，地板也保住了，就是茶巾毁了。鱼儿们都吓呆了，张圆了嘴凑在玻璃上看着。

凯蒂边道歉，边看着他擦完桌子，站起身来，折起弄脏的茶巾。“没关系。下次尽量再小心一点就行。”

“你之前说什么？”

“哦，我想……拍个纪录片会很不错，不是吗？最好能现场实地跟拍，但我明白肯定很难。我可以扮演自己。”

“这真是个好主意啊。”凯蒂说道。

菲利普喝完他的酒，把两个杯子都拿进了厨房，然而她突然觉得口渴起来。她真的想再满满地来上一杯那种桃红葡萄酒，这次她会用两只手捧好杯子。

现在是五月底。第二天早上，她早早地起床，以便六点前到菲利普家去，开上他的车再次出发。邮局的所在地乌龙戈巴在城市的另一边。虽然她觉得很别扭，很不痛快，但他一定要她开车去。如果找到了这位老太太，赢得了她的信任，但是却要求她一路沿着斯坦利大街走下去，找个出租车站点打车，那还成什么样子？所以菲利普坚持走路去大学上班。他站在门口的台阶上望着她离去，一副轻松愉快的样子。“祝你今天工作顺利，亲爱的。”他一边说着，一边跟她挥手道别。

大约晚上六点钟的样子，她回来了，没有找到瑞秋，连瑞秋的影子都没有看见。

这也可以想见，菲利普解释说。大部分人都不会每天取一次邮件。谁会给老人家写信呢？他们只会收到燃气费账单，或者远亲寄来的明信片，向退休的老家伙们显摆自己参加了《妇女周报》组织的采风旅行之类的活动，要不就是邮购商品的目录册，里面都是些羊毛衫、猫咪玩线团的陶瓷摆件或者印着戴安娜王妃画像的挂墙装饰盘。差不多就是这些了。他们不该急于求成，成功在于不懈的坚持。

她起得比前一天更早，带上了一个咖喱鸡蛋三明治，以便到了现场，靠在街对面一栋老旧的诊所墙边，一刻不停地盯着邮局的时候，可以拿来充饥。不能带书去看，这是肯定的。只要一分心，她可能就会整个儿错过瑞秋。菲利普提醒过她，老年人体型小，看起来很不起眼，特别是老太太。她们的皮肤老得松松垮垮，耷拉在骨架上，那副样子都差不多，很难分辨出谁是谁。集中注意力观察，这就是她需要做到的。这一天，她待到晚上十点才离开。

她发誓，等这一切结束之后，她一定要一觉睡到中午才起床。

每天，直到她回家，都没见到过哪怕一眼瑞秋。晚上她入睡的时候，关于 20 世纪 30 年代纽约的书还摊在胸口。她梦见过自己没背氧气瓶在冰一样寒冷的大海底下潜水，潜了一里又一里。她看到海底有一只蚌，就拿猎刀撬开了它的壳，把蚌肉挖出来推到一边，最后找出了一颗珍珠。汽车一样大的热带鱼在周围瞪着她看。她还梦见自己回到了童年，父亲从一个朋友那里借来一条小铁皮船，带她去布林巴河上用蟹笼捕蟹，消磨一大早的时光。那里的红树林散发着香气和腐臭。这是她的真实经历，那时她才八岁。他们抓到了三只有着铠甲般深青灰色蟹壳的大个儿泥蟹，还有一只母蟹，很小，他们就把它扔回了水中。凯蒂当时又是兴奋，又是害怕，尖叫个不停，躲着它们那足以夹断你手指头——如果你躲慢了的话——的大钳子。在梦里，她和她的父亲每提起一根绳子，蟹笼都感觉很沉，重量很不平衡，但是拉出水面，放到船上一看，又都空无一物，每一个都不例外。铁笼里放的诱饵还在，是挖掉眼睛的鲷鱼头和海草，已经被河水泡得干干净净，却没有被动过。里面一只螃蟹也没有。

关灯之前，她把瑞秋的照片拿了出来，之前照片一直放在布袋里。她盯着瑞秋的眼睛，唯愿她能告诉自己她知道的一切——关于英嘉，关于那本书，关于火灾，一切的一切。

一个星期过去了，菲利普开始变得坐立不安起来。他想中午亲自打个车到邮局门口去，如果凯蒂去上厕所，就换他盯着。她说了，她每天都按他说的，全天都尽量少喝水。附近有个酒吧里就有卫生间，她动作也很快，三四分钟就能上完厕所回来，最多五分钟。瑞秋正好在这三四分钟出现的可能性有多大？但是这还是打消不了他的念头。

“我已经预订了展览现场一侧的那个小会议厅，用来举办我们的小型发布会，时间就定在展览的最后一天。我已经打电话邀请了所有的重要人物。我们快没时间了，我一定要去。”他这么说道。

因此，从现在开始，每天下午一点钟左右，他就会来替她盯梢。邮局位于街角，所以她能清楚地看到两个方向的来人。菲利普在门前站了四分钟就已经急不可待了。

“你太忙了，不该来干这个。”

他也觉得是这样。真荒唐，堂堂一个副教授居然要打车过来，坐在邮局外面盯着，就因为他的助理研究员要上厕所。更别提这有多耽误她的时间了，他们的书还有那么多章节要起草，还有那么多信要写，那么多补贴要申请，那么多资料要调阅。他要去跟邮局的女局长说说，毕竟我们是搞学术的，请普通民众稍微配合一下我们的工作，也不是什么非分的要求。她手上肯定掌握着所有开了邮政信箱的人的联系方式，我们就能直接找上瑞秋的门了。看我的，他对凯蒂说，我跟人打交道很有一套。

然而，菲利普那一套对这位女邮政局长却没起到一丁点儿作用。她越过眼镜片盯着他，跟他明说，无论在什么情况下，她都不可能泄露客户的住址或者电话号码，甚至不会帮他确认或者否认某人是不是邮局的客户。另外，如果他胆敢在她管辖的工作场所内强行缠问他人，或者企图贿赂国家工作人员，她会毫不犹豫地报警。

还是一无所获。他们大学英语系的系主任会出席展览最后一天举行的那场活动，美术馆的马尔科姆·柯尔比也要来，还有几位精英学者。没有记者，暂时还没请。菲利普打算先引发公众热议，等到万事俱备只欠东风的时候，再把报道权拿出来供新闻界争抢。活动其实并不很正式，请几个重量级人物，上些高级酒水，再点缀几种小吃就行，主要是给大家提供一个亲眼见见瑞秋·莱勒尔的机会。所以现在最要紧的就是赶快找到她。

第二天晚上，凯蒂还车的时候，菲利普从书本上抬起头来。“这周余下的时间我都请了病假，方便每天都和你一块儿去。”他说，“我简直不敢相信自己会这么说，但我确实要去一个郊区邮电局门口晃荡，就为了等一个老太太。”

“如果她不出现，你去不去都一样。这只会浪费你的时间。”

“但是如果我去了，她就肯定会出现的，”菲利普答道，“我能感觉得到。我跟她有缘。”

“拜托了，再给我一天时间吧。”

“那就明天一天，”菲利普说道，“后天我必须跟你一起去。”

当天夜里两点左右，她从床上爬起来，打开门，在前门廊上坐下。在这个门廊遍地的城市里，白天和晚上完全是两个世界。柏油马路白天吸收的热量现在释放出来，像灵魂一样冉冉升天；各家院子都让气势汹汹、个子比怀孕的猫还大的袋貂占领了。天空看上去亮得很不自然。借着街灯的亮光，她看到人行道上有两只蛤蟆正在对峙。明天早晨以后，她的机会就将一去不复返了。

然而，跟往常一样，她最后一次单独带回瑞秋的机会用完，也没看到瑞秋的影子。大约下午六点，她开车回来，进了车道。

“没有收获吗？”她下车的时候，菲利普问道。

“对不起，”凯蒂说，“我已经尽力了。”

“还好我这里有更乐观的消息，”菲利普朝她挥舞着一封信说道，“这是瑞秋·莱勒尔写来的。她答应出席我们的小活动。”

28

1939 年，纽约城

1939 年 2 月 9 日，星期四。清晨笼罩在寒冷和阴云之中。瑞秋起得很晚。她常常如此，虽然之前不管是在家和父母同住，还是在餐厅工作期间，她就长年受着严格的早起约束。英嘉尽管在大部分日子里都懒洋洋的，没什么精神，今天却伴着第一道天光起了床。

“我向你保证，这不能反映我的天性，”英嘉告诉她说，“我们家再往上数四辈，女人们都是早上四点钟起来挤羊奶的。”

这天早晨，英嘉和瑞秋换了地方，待在英嘉而不是瑞秋的家里。她们穿着晨袍，慢悠悠地用着早餐，读着报纸。报纸上的新闻令人目不暇接，瑞秋知道自己应该关心关心，但是却看不进去。法国和英国都准备承认西班牙的佛朗哥政权；她从未听说过的某位商务专员警告说，只要再过五年，至多十年，美国就会变成法西斯国家。英嘉每篇文章的每个字都要读，一边啧啧地弹着舌头。她把报纸举起来，一张张地翻阅，看完就叠到背后。瑞秋把椅子拖近一点，好阅读英嘉报纸背后新露出来的版面上的文章。

“看它们多美啊，”瑞秋一边往面包上尽情地涂黄油，一边说道，“要是报纸能印成彩色的就好了。”

桌子是瑞秋摆的，上面排列着英嘉那些不成套的银质黄油碟、带蜂蜜色骨质手柄的沉重餐刀和破烂得像抹布的餐巾。桌子上还放着一个小小的台灯，灯光透过红色的流苏灯罩，把周围的一切都染上了一抹酒红，也加剧了瑞秋每当身在英嘉住处时都会体验到的目眩神迷和灵肉分离的感觉。待在英嘉身边，甚至只是靠近她的东西，本身就是一种迷幻药。

“确实好。”英嘉的声音从报纸背后传来。

“这上面说，已经有两千年的培育史了。”

“嗯。”

“那是不是说明它们比玫瑰的历史还要悠久啊，你说呢？”

“可能吧。”英嘉一手揽着报纸，另一只手伸出去搅了搅她的茶，勺子叮当地碰在杯壁上。她一口也没有喝。报纸连晃也没晃一下。瑞秋看不见她的脸。

“喂。”瑞秋叫她。

没有回音。

瑞秋把报纸拉下来，看到英嘉根本没有在看，连装都没有装。她眨着眼睛，如梦初醒一般。瑞秋看见黄油碟子上映出了英嘉扭曲的面容，她雪白的下巴被拉得又长又尖，就像童话里的巫婆。

“干什么？”英嘉说道，喉咙底下有一根血管凸出凹进地跳动着。

“我在说康乃馨。”瑞秋把报纸折过去，让英嘉看上面的一篮子花束。出于某种原因，花束上装饰着木头做的衣服夹子。“宾夕法尼亚饭店在办一个花展。”

“这跟我有什么关系？”

“一切都会好的，亲爱的，”瑞秋说道，“新书会顺利上市，每个人都会喜欢它，你会得好多奖，奖杯多得壁炉架都挤不下。”

英嘉的鼻孔猛地张大了。她把两条腿放正，一只膝盖撞在桌子腿上，震得杯盘碗盏哗啦一声。“你什么都知道，是不是？大家都来赞颂瑞秋吧，她可是通灵女招待，是算命大师，是拨开我命运迷雾的预言家呢。你到底知道什么？什么也不知道，就是这样。简直了，你这是故意说些废话给我听。”

接下来是一阵肉眼可见的沉默。天哪，瑞秋想，我可怜的乖乖，你一定感到很痛苦吧。紧接着这个想法，另一个想法又跳了出来：瑞秋确实是有其母必有其女。她想起母亲曾经穿着白色的棉布长裙站在镜子前按压着自己的双眼，祈祷在父亲回家之前，上面的乌青和瘀肿能够消散。她还让小瑞秋跑去邻居家里讨点冰块来敷脸，因为她担心他看到他自己造孽的后果会感到痛苦。瑞秋低下头，望着桌布。如果英嘉暴躁起来，可能对她作出的最大伤害就只是刚才那样的话，她们的生活将会多么幸福啊。

英嘉折起报纸，扔在桌上，伸手越过桌面，握住了瑞秋的手。她把瑞秋的手指展平，亲了亲她的掌心，然后用拇指揉了揉她手腕上纤细的青色血管。“我不是最佳的早餐伴侣，对不对？”英嘉说道，“我们出门逛逛吧。”

她们很走运，遇上无线电城音乐厅正在放映日场的《古庙战笳声》。这部电影正合适现在看——演的全是加利·格兰特和小道格拉斯·范朋克如何对抗图基教徒，没有一点反思的余地。

吃完午餐，她们前往位于第五大道的卢塞克皮草店，那里正在进行冬季季末大甩卖。她们试穿了各种灰色波斯羔羊皮和黑色卡拉库尔羊皮服饰，还有一件白鼬皮领子的黑丝绒歌剧大衣。试衣间挂着红色的雪纺门帘，大衣的垂坠感让人感到十分舒适。瑞秋站在全身镜前，平举着两只胳膊，感受着其他动物皮毛裹出的温暖。

她不再对眼前的这个陌生女子感到好奇了。她已经习惯了自己崭新的身体。她上臂底部的肌肤如同牛奶一样，在遇到英嘉以前肯定不是那个样子。还有她用以指挥指节弯曲、随意作出各种细微动作的肌肉和她膝盖后面敏感的筋络。她的双脚也已经完全脱胎换骨。想想以前，她是多么忽视它们，觉得脚除了用来走路和站立之外别无他用。她不明白，自己怎么会在这具躯体里活了那么久，却不知道皮肤还可以焕发这样的活力？在父亲面前，母亲曾经体会过这种感觉吗？如果她也曾体会过，有的事情总算还情有可原。但她不相信，也无法相信。有史以来，世界上还有第二个人体会过这种感觉吗？

“这些我都买得起，你知道吧？”英嘉说道，手里摩挲着一条白鼬皮领子，仿佛在安抚一个活物，“我可以给自己买一条，再给你买一条，如果你喜欢的话。”

尽管裹着皮草，瑞秋还是感到一丝寒意。“请千万别那么做，”她说，“这只是试着玩的。”

英嘉的目光变得冷硬了：“这就是你的想法吗？只是试着玩的？我们不过是在这玩扮家家，就像两个小孩子一样？”

瑞秋想不出该怎么回答。

女售货员走了过来，刚好来得及伸出胳膊接住从英嘉手里落下来的皮衣，没让它掉到地上。

回英嘉公寓的路上，两人谁也没有开口。也许，瑞秋想，她今天晚上应该回自己家里去。她们都需要给彼此一点空间。不过这算不算某种意义上的逃避呢？

到家还没来得及脱好外套，门铃就响了。来的是一个制服笔挺的男孩，拿着一封给英嘉的电报。

紧急。速来仓库。有麻烦。需你立即关注授权处理。

查尔斯·克莱伯恩

古怪地持续了整个一天的别扭情绪立即被抛在脑后，她们付了男孩的小费，抓起各自的外套和帽子。在两人收拾的时候，英嘉转向瑞秋。

“天气很冷，今天我态度又那么恶劣。如果你想待在家里的话，我绝不怪你。”

“我当然要一起去。”瑞秋答道。

她们顾不上彼此讨论一下可能出了什么事，就出门跳进了出租车。英嘉咬着腮帮子，把手里的樱桃红手套绞个不停。车子沿着结了冰的肮脏街道朝迪威臣街飞驰，车里的瑞秋伸手去握英嘉的手，英嘉任由她握住。

“请再快点，拜托了。”瑞秋对司机说。

两人透过各自那一侧的窗户望着外面的第二大道，因为没有别的地方可看。一路上倏忽闪过的各种景象像万花筒一般掠过瑞秋眼前：轻轨的支柱和钢架，一个系红围巾的女人推着童车，拥有巨大玻璃板窗的咖啡厅，街角的小吃店外面堆着一箱箱的柠檬，某个她几个月之前曾去过一次的面包房，那时那儿的面包还是论片卖的。顺着街边楼房的侧面，可以看到一根根晾衣绳上都挂满了衣服，为的是尽量晒到不多的阳光。夜幕已逐渐降临，霓虹灯次第亮起，闪闪发光。孩子们都开始往楼上跑，要回家去吃饭、去洗澡。商店店主们正拿着带钩子的长杆把护窗板往下拉。

瑞秋把英嘉的手握得紧了些，猜想着新书可能出现的各种问题。印刷错误，文字上下印反了，或者页数排乱了？那肯定不是什么太可怕的问题。修改起来很费钱，但还不至于造成灾难性后果。那是惹上官司了？某个骗子冒出来宣称英嘉偷了他的作品？要不就是，尽管查尔斯做了万全的准备，还是有人破门而入，偷了几本书，或者把书都弄坏了？瑞秋向着某个她早已遗忘的上帝祈祷，求他无论发生什么事情，务必保佑英嘉平安无事。

出租车把她们放在坐落在一个安静街角的红色高楼下。司机飞快地扬长而去，连零钱都没有找给英嘉。瑞秋能辨认出楼房的侧墙上用褪色的白油漆涂着大写字母的“马厩”两个大字。除此之外，别的或者记号一概没有，不可能泄露里面放着什么东西。

英嘉敲敲门，然后等着。门开了，查尔斯裹着一件黑风衣和一条厚厚的灰色围巾出现在那儿，满脸倦容。

“快进来，快进来，”于是他们匆忙走进去，“这边走。”

他带着她们穿过一个玻璃板隔出来的前厅，经过一堆乱七八糟的办公用品，然后沿着一条窄窄的过道往前走，过道左右都堆着两摞码在板条架子上的纸箱。瑞秋抬头看看，发现这座建筑至少有两层高，没有天花板，屋顶上装着许多布满尘污的玻璃板。高悬在他们头顶上方、纵横交错的房梁上厚厚地积着灰，几个光秃秃的灯泡吊在空中。这地方脏透了，而且还有一种气味，闻起来就像汽修厂或者机修工的作坊一样。地上还汪着几摊液体。从板条箱的空隙里可以看到几扇高高的窗户，每一扇上面都加了蜘蛛网一样的铁栏杆。

“什么味？”她问道。

“这里只是仓库，瑞秋，”查尔斯答道，“我可没请清洁女工打扫过。”

在四处林立的板条架子中间有一块小小的空地，他就在那儿停下脚步。有几个箱子已经被打开了，四处散落着十几部《日夜和分秒》

的印本。英嘉捡起一本来，用手在上面抚过。书是布面精装的，外皮是浓厚的红色，用金字印着英嘉的名字和书名。里面的衬布是这样的精细，在眼前的灯光下，看起来甚至和天鹅绒相差无几。

“真漂亮。”英嘉说道。简约，高雅，引人注目，完全符合英嘉的要求。

“是呀，是呀，那又怎么样呢？你把我的心脏病都吓出来了，不骗你。我还以为……我说不好我以为什么。但是，英嘉，你看，”有一摞箱子都堆在一个单独的架子上，他用力撕开最顶上的一个，拿出一本书来，快速地一页页翻过去，“它们都很好，看见了吗？我已经检查了六七箱，其余的都在这里，好几千本，所有的都没有问题。如果你不相信，你就挑一箱打开看好了。随便哪箱都行，任你挑选。你没有理由担心。”

“我？”英嘉问道。

“这里，这个仓库，也很安全。我什么防范措施都做了。我是唯一一个有钥匙的人。所有的窗户都装了铁栏杆，所有的门都下了两道闩。印版放在我的办公室里，甚至没有一个人知道它们在那儿。”

“很好啊。”

“我倒不是不愿意在周四下午跑到仓库来，尽管我本来应该留在办公室，因为还有无数的事情要忙。我一点也不介意。没有什么比让你满意更重要的了，”他从口袋里抽出一条大手帕来擦鼻子，“对不起，灰尘太多了。总之，别再这么做了，我就想说这一点。”

“做什么？”

“召见我。你既不是我的老婆，也不是我的长官，同样也不是我的妈妈。他们才有资格把我呼来唤去。好吧，还有我的会计。我的酒保在极少数时候也可以。除此之外就没有了。”

瑞秋指尖发麻，像有针在刺。

“你喝醉了吧？我并没有召见你。”英嘉说道。

他又把手伸进口袋，掏出来一张明显是电报的东西：“再读读看，这还不叫召见，什么叫召见？我的意思是，这也没关系，我刚才是开玩笑的。至少是半开玩笑。我有点脾气不是正常的吗？”

他手里的电报写的是：

正往仓库去。即刻去那里见我。别迟到。

英嘉·卡尔森

英嘉也把手伸进自己的外套口袋，拿出了她收到的那封电报。查尔斯皱着眉头把它读了一遍，盯着虚空中飘浮的某个点愣了一会儿，然后朝着来路飞奔回去，穿过板条架子之间那条隘道，跑过前厅，一直冲向门口。她们俩紧随其后。他上去试图开门，用尽全身力气推着门，接着又徒劳地用肩膀去撞去顶，但是大门还是岿然不动。外面有什么东西把它堵住了。

“查尔斯？”英嘉唤道。

在这个荒凉的城市一角，在这间堆满东西、曾是马厩的仓库里，他们站在大门前面，谁也不知道接下来该怎么办。

29

1986 年，澳大利亚昆士兰州，布里斯班

直到热水用完，凯蒂都没从浴室出来。她双手撑在粉色的瓷砖上，往头上淋着水，试图把菲利普站在车道上挥舞瑞秋来信的那一幕从脑海里冲走。

瑞秋改变主意了，这是凯蒂的第一反应。瑞秋很满意——无论是对他们的项目，还是对菲利普的意图。无论她了解关于英嘉·卡尔森的什么事，她至少都愿意站出来，面对一群陌生人，把它们公之于众。凯蒂感到肩上的责任轻了。

然后她看了那封信的内容。

卡迈克尔教授、沃克女士：

我看不出这一切和你们有什么关系。不过，如果你们执意要这样做，那我会来参加活动。

此致

瑞秋·莱勒尔

“这实在算不上热烈响应，不是吗？”她对菲利普说道。

菲利普竟然——她几乎不能相信自己的眼睛——没头没脑地跳了几下踢踏舞，然后把信举得高高的，亲了一下：“管它呢！她到时候要来，这就够了。哈利路亚！”他把信纸叠起来，放在手心，双手合十——可能他这么做也是破天荒头一次。

眼下，站在浴室里，透过为了释放水汽而打开的平推窗，她看见一些棕榈叶不知何时拂上了窗台。这个窄小的浴室是70年代装修的，活儿做得很糙，天花板和墙壁都包着满是节子的浅白色松木。如果她转过身背对淋浴喷头，顺着浴室的长边望过去，感觉就像在一口大棺材里。

瑞秋·莱勒尔是开启凯蒂新世界的钥匙。她是一个老太太，基本只是跟她萍水相逢。菲利普是不会停手的——事实就这么简单。他已经做到了让瑞秋准确地出现在他需要的地方。

外面传来砰的一声。她关上水龙头，擦干身子，换好衣服，用毛巾包起头发，然后滑开浴室门。

“伙计，”普雷蒂在厨房里喊道，“你已经在里面待了二十多分钟了。”

“对不起，”凯蒂说道，“我真的很抱歉。”

“哇，这么严肃啊。喂，没关系的。我喜欢洗冷水澡，有助于血液循环。没事啊，小凯，我说真的，没必要为此这么难过。”

“我很好，”她回答，“除了准备抛弃我的职业生涯之外，一切都完美无缺。”

她没有吃晚餐，而是盘腿坐在自己床边的地上，写笔记、画流程图，再把写过的纸团起来抛向垃圾桶，却没有命中过。她写下了自己所知的关于菲利普的一切，试图想象任何可能出现的后果。她从各个角度思考这件事，但最后得出的都是同一个结论：必须把瑞秋从菲利普的计划当中拯救出来，这一点没的商量。她打了个电话，然后翻遍了整个衣橱，寻找一件能够让菲利普认为适合穿去出席明天他们那场活动的衣服。忙到凌晨三点过一点，她才终于得以上床睡觉，睡着了两腿还像骑自行车一样来回空蹬，而且她还梦见有人从背后把她揪住。她宁愿付出任何代价来阻止这一切的发生，但是她完完全全明白，菲利普肯定会一意孤行，直到在瑞秋·莱勒尔的枯骨之上建立起他自己的辉煌前程。

从现在开始，还有几个小时，卡尔森展就会在布里斯班落幕。每一块印本残页都会被装进单独的保管箱里，然后裹上衬垫，免得受到震动和光线的损坏。英嘉的书信会被戴着手套的工作人员从展架上取下，连同各种剪报和英嘉·卡尔森的其余遗物一起。所有的展品都将被送到另一座城市，在那里拆包、布展，然后卡尔森的老少粉丝们就会排队前往瞻仰。这样的展览属于全世界，完全没有固定的归宿。

在展览场地侧面的一个房间里，工作人员已经差不多完成了一个小型聚会的现场布置。他们现在正在摆放一个讲台和一张放饮料的长条桌。餐饮服务人员已经带来了一些小食，包括配有烟熏三文鱼的小煎饼和浇着杏子酱的小肉丸。细长的香槟杯和喝橙汁或者水用的玻璃杯都放在另一张桌子上。不久之后，就会有二十多个人在这里随意站着闲聊，啜着酒水，偶尔用点小食，等着菲利普向他们揭晓今天邀请他们来此的缘由。

快到下午一点的时候，菲利普和凯蒂坐了一辆出租车来到美术馆。他穿着一件运动外套和一件新的蓝色格子衬衫，但是不知为何领子和袖口却是白色的。也没有什么特别的原因，凯蒂穿了自己去年在购物中心打折期间买的一套棕色西装。她拎着一个公文包，其实就是她高中的书包，黄褐色皮革做的，已经破旧不堪，前面有一个口袋，后面两根带卡扣的背带。书包里面装着两套投影用的幻灯片，放在牛皮纸文件夹里。一套是她的，内容跟火灾相关，包括那位神秘的（就目前来说）、隶属某个半军事集团的无名排版工的详细介绍，另外一套是菲利普的，里面写着瑞秋说的那个句子，还有对她作为英嘉·卡尔森财产继承人身份的揭秘。两人坐在出租车后座上的时候，菲利普放松地闭目养神，而凯蒂则拼命抠着大拇指指甲周围的死皮，最后都抠出了血。

现在，他们已经踏上了美术馆门前毫无修饰的混凝土楼梯，很靠近那天瑞秋因为天气的炎热而晕倒，只好坐着休息的地方。河流在绿草如茵的斜坡底下蜿蜒流过，在他们头顶上，平阔、灰暗的天空仿佛是彩色粉笔涂出来的。这是个好地方，不比别的地方差。凯蒂停下了脚步，弯下身子，两手抱在腰侧。菲利普已经快要走到顶了，这会儿又重新走下台阶，站在她身旁。

“紧张是正常的，”菲利普说道，“这毕竟是件大事。”

凯蒂直起身子来："我不想这么做。"

她感到膝盖窝后面一片潮湿，胸口憋得非常难受。头顶的天空向四面八方延伸开去，哪一个方向都毫无特色。从小到大，来自方方面面的教导都鼓励她热爱家乡，连电视广告歌都要求你为家乡自豪，比如《昆士兰老乡，可靠的朋友》《我爱你，布里斯班》和《昆士兰这般，我就喜欢》。她听过飞行员被云层迷惑，不知哪边是天，哪边是地的故事，也许这些教导产生的就是同样的效果。

"反正需要你做的事情也不多，"他把领子拉直，翻了翻眼珠子，"做演讲的是我。作为火灾项目的首席研究员，你的个人介绍会登在幻灯片上，但是你只需要站在我身边，简单说几句就行。没别的了。"

"不，"凯蒂抓住他的一只胳膊，"我的意思是，我不想做这件事了。瑞秋说得对，无论她知道什么或者不知道什么，都不关我们的事。"

"这叫临阵退缩，很常见的。过几个小时就好了。"

"我要放弃。"

"凯蒂，亲爱的，"菲利普开口道，接着他注意到了她的脸，她咬紧的牙关和握紧的双手，一只大拇指上还裹着卫生纸，"你是认真的？"

"是的，我想取消整个活动。"

"这活动本身就是你的工作，你之前很想要的工作啊。我们为这个活动都努力好几周了。"

"我改变主意了。"

她能看到他在思考。他把太阳镜抬起来搁在前额，挠了挠脸颊边上、耳朵前面的一块地方，“不行。我请了一屋子人呢。我总得跟他们透露点什么才行。”

“我做不了这事，菲利普。”

“现在由不得你了。”

她抓着他的胳膊不放：“菲利普，我们交换吧。你自己说过，火灾项目更好，而且绝对能出成果。你说最少都能出本书的。瑞秋这个题目呢——成功的概率是三百万分之一，想起来了吗？你把火灾项目拿去吧，塞缪尔·费舍尔和德美同盟的资料都归你了，进去告诉他们，你已经解开了本世纪最大的文学谜案。我来接手瑞秋好了，就像你说的一样，那几乎一定是个死胡同。一个谁也不认识的小老太太而已，可能她连上周发生了什么都记不得了，何况是五十年前的事情。”

“交换？你这么简单就把你的项目拱手让给我，就因为你可怜某个老人家？”

“就这么简单。”

“凯蒂小天使，”他握住她的两只手说，“这种荒唐的同情心就是女人在工作中干不成大事的原因之一。”

“你到底要不要？”

他鞠了一躬道：“如果这是你希望的，那我乐于从命。但这可是你要求的，别忘了。”

“我不会把瑞秋介绍给公众，”她告诉菲利普，“我会送她上出租车，然后让她回家。”

“现在这是你的项目了，”菲利普说着，转身走上楼梯，“你想怎么做都行。”

离活动开始还有一小时了。他们占了半张咨询台，凯蒂还借来了胶带和剪刀。介绍瑞秋的幻灯片现在放在她包里，塞在桌子底下，免得占地方。回家以后，她会把它们全部销毁。她面前铺着菲利普一会需要用来演示火灾项目的幻灯片。他们得把她的个人介绍删掉。她拿起剪刀。如果菲利普要回心转意支持她的话，现在还有机会。

“等等。”他说道。

她抬起头，咽了一下口水。

“一定要记得把脚注也删掉，就是写着你联系方式的那条。”

她照做了。她把自己的名字从幻灯片上剪掉，从火灾调查项目中删掉，抹去她在自己一砖一瓦做起来的工作中所有的功劳，然后把菲利普的个人介绍替换上去，用胶带把幻灯片重新拼好。

菲利普看着她干活。“非常整齐，”他边检查幻灯片边说，“手工真棒。”

之后他就走出门，到靠河那一侧找了个安静的角落，对着一棵鸡蛋花练习他的演讲去了。凯蒂找时间上了个厕所，在洗手池前面来回踱着步，用一张浸湿的纸巾敷着后颈窝。她回来的时候，看到菲利普逗留在门厅那里。时间是两点差一刻。凯蒂依然得在瑞秋抵达的时候找到她，向她道歉，然后送她上路回家。

“我会在这儿等她来的。”

“听着，我这儿来了三十个客人，就因为你不干了，我得一个人照管他们全部，”菲利普说道，“暂时给我帮帮忙吧。”

于是她跟着他来到那间已经半满的小会议厅。大约两打男宾和三位女宾在里面漫无目的地闲逛，咂着酒水，彼此闲聊。有的男宾穿着西服，一看就不是做学术的。新闻界人士吧，她想，但很可能不是记者。她能认出远端墙边的系主任和一位古典文学教授，他们正像小男生一样哈哈大笑。

“先生们。”菲利普向离他最近的一小群人招呼道。他在屋里来回游弋，这里点个头，那里握个手，从一群来宾问候到另一群来宾，叫着每个人的名字寒暄，对所有人表示欢迎。她看到展览部主任马尔科姆·柯尔比站在房间后部靠近酒水桌的地方，正和一个背对着她的高个子男人谈得起劲。

她知道他是谁。她当然知道他是谁，只是希望自己认错了人。然而紧接着，那人就转过身来把手里的空杯子交给路过的服务员。没错——就是杰米。

她全身上下都泛起了红晕，从脚尖一直红到耳轮。她之前应该问菲利普要宾客名单来看看的。当然杰米会收到邀请了，在这么春风得意的时刻，菲利普不会错过这个在杰米面前显摆的机会。她比较意外的是，杰米竟然会接受这个邀请。她原以为，他看到菲利普和他那伙人下午才过到一半就对着小食狼吞虎咽、闲扯连篇的样子会大加鄙夷，可是他看上去倒挺怡然自得。

接着他就看到了她，不顾马尔科姆·柯尔比说到一半的话，就说了声抱歉告退，然后径直朝这边走过来。他穿过房间的时候，从一个服务员那里接过了一杯新的白葡萄酒，但是眼睛却一直望着她。

她笑了笑，搜肠刮肚地想着该说句什么轻松的问候语才好。

“请听我说，”他开门见山地说道，“想想你在做什么好吗？”

“我已经想好了。”她回答。

“拜托了，能否耽误你一小会儿？”

她点点头，于是他一路隔开人群，把她带到门口。他抬起一只手撑在她身后的墙壁上，然后低头凑近了她，他的喉头在发颤。

“凯蒂，求你了。你可以跟我说少管闲事，但这事到最后对你是不会有任何好处的，如果你找到瑞秋，对她也不会有任何好处。唯一能得到好处的只有菲利普。”

如果她闭上眼睛，感觉就像两人那天站在她家门前的人行道上，中间隔着她的自行车，他们的手十指相扣。然而，尽管这么些天来，她想了他那么久，现在她却只想对着他的脑袋捶一拳。

“我知道自己在做什么。”

她感到有人把手放在自己肩上，就抬起头来，是菲利普，他用另一只手搭着杰米的肩膀。

“我最喜欢的两个人在这儿呢，”菲利普跟二人分别轻轻握了下手，“詹姆斯，你能来太好了。我说，究竟怎么才能让你甘心卖掉你那个店铺，重新回到神圣的学术殿堂呢？”

“我很期待你的演讲。”杰米灌了一大口酒答道。

“那个嘛，不用等太久了，”菲利普动作夸张地看看表，然后朝门外跨了一步，向前厅走去，“请原谅，但是现在已经快两点了，我的主宾马上就到。”

房间里突然一阵骚动，伴随着杯盏相碰的清脆响声，原来是一个服务员不小心撞翻了一堆搁在讲台附近台阶上的空杯子。杰米站得这么近。所有这一切都浮在凯蒂的意识边缘，汇成一股微弱的嗡嗡声。有一瞬间，她不知道自己是不是听错了。

“你是说，我的主宾吧。”

菲利普朝她笑笑，抿起嘴唇，摇摇头：“凯蒂，凯蒂。”

“我们说好的。她现在是我的了。”

“谁？”杰米问道，“谁是你的？”

菲利普伸直胳膊抓住凯蒂，作出逗婴儿用的那种哭丧脸：“别这么幼稚。两个项目的首席研究员都是我，所有的文件和经费也都在我名下。办公室门上写的是我的名字。”

“不行，我们已经说好了。”

“非常感谢你做了那么多，你的工作真的很踏实，很优秀。你也因此得到了一个好职位。我的每一篇论文致谢词里都会提到你的。”

一个服务员来到他们面前，手里端着一托盘垫着圆形网眼纸餐巾的小块鱼肉棒，黑乎乎的，中间是一碗青草色的液体：“来点烟熏鲇鱼配香草油醋汁？”

“现在不要，伙计，”菲利普说道，“听着，小凯，你会得到回报的。你可以写完自己的论文，我还会给你写好多推荐信。”他亲亲自己的手指头，一副卡通厨师的样子。

“但是你自己都说了，你也认为希望渺茫，即使我们找到她，她也可能什么都记不得。”

“是的，希望渺茫，就像买彩票一样。但是谁知道呢？”他挤挤眼睛道，“也许我买的号真能中奖呢。火灾调研是最主要的，这当然不假，但我也很乐意在瑞秋老太太身上押点宝。”

“瑞秋？”杰米说道，目光从菲利普望到凯蒂，又望回去，“你们找到她了？她来了？”

“你是怎么知道……？罢了，你别管这事就行。”菲利普答道。

“你们跟她谈过了吗？”杰米问道，“她赞成所有这一切吗？”

菲利普没理他，只是把脖子左右晃了晃，舌头从牙齿面上舔过，就好像在准备一场约会：“失陪了。”

他们跟着他来到前厅。这里的天花板很高，明显要亮堂很多。一大群上了年纪的女士在入口附近闲聊、大笑，也许是某个俱乐部组织的参观，也许是一群朋友约着来最后看一次展览，也许是到美术馆咖啡厅来吃个很迟的午餐。她们有的身板笔挺，穿着定制的长裤配开襟衫或者夹克衫；有的银发苍苍，戴着粗重的念珠项链；有的留着浓艳的酒红色齐耳短发。有一位站得比较靠外的女士还披散着一头长长的黑发。

“哪一个是她？”菲利普的目光来回扫动，审视着这些女士，掂量着她们的身份。

杰米冲到前面，站在那群女士和菲利普、凯蒂之间，面向二人举起手来。

“住手。拜托住手吧。她咨询过律师吗？在你们两个把她拉到所有人面前示众以前，她有没有机会找人来保护她的利益？”杰米说道。

“凯蒂，”菲利普开口道，非常平静，“我会一个一个地去问这些老太太，信不信？至于你，詹姆斯，你挡着我的路了。”

杰米从菲利普的脸看向她的脸。凯蒂明白他的感受。他想给瑞秋发出警告。这不只是因为瑞秋上了年纪、身心孱弱，还有别的原因。她身上闪耀着一种稀有的气质，不可能瞒过任何人的眼睛。她想把手放在杰米的手上。一切都不会有问题的，她努力把这个想法传递给他。

忽然之间，杰米眼神一跳，有什么东西变化了。他定定地与她对视，接着让到一旁，挥了挥手：“我想我没法阻止你。”

“凯蒂？”菲利普说道。

凯蒂吞了一下口水，举起一条胳膊来：“是她。那个就是瑞秋·莱勒尔。”

她指着前厅的另一边，菲利普依言望去，锁定了一位独个儿坐在靠墙水泥凳子上的女士。她穿着一件灰白色的昆士兰式印花短袖连衣裙，质地是棉布的。没有戴手套。

菲利普隔着大厅朝她挥着手，脸上绽开灿烂的微笑。那位女士站起身来，挥手回应。

“交给我吧。”菲利普说。

30

1939 年，纽约城

瑞秋突然意识到，那股刺鼻的气味是汽油发出的。

“我们得从这儿出去。”她说道。

“我认为你说得对。”查尔斯朝后门走去，想把它滑开。后门也纹丝不动。

“我不明白，”瑞秋说道，“没人知道新书放在这里啊。”

这时英嘉开口了：“是费舍尔。”

在这个荒凉的城市一角，在这间堆满东西、曾是马厩的仓库里，英嘉抬起头往上望去。其中一扇高高的窗户开着，他们能看见铁栏杆的阴影中露出一张脸。

“费舍尔？”查尔斯喊道，“山姆？”

窗边那个人举起一盒火柴，抽出一根擦亮了。倏然腾起的火苗照亮了他的脸，然后他就把火柴弹进了仓库，它落在离他们很近的地方。

英嘉看到了火柴的落点，上去把它踩灭了。他们现在开始在阴暗仓库里的板条架子中间不停地奔跑。费舍尔用他惯于排版的双手飞快地动作着。点燃的火柴画着优美的弧线落下，在地板上闪着火光。瑞秋想，它们就像童年时她总爱看的、夏夜在草间起舞的萤火虫。费舍尔一而再，再而三地擦亮火柴，他们几个要及时找到并踩灭每一根是不可能的。

一根火柴落在一摊液体里，右边很近的地方就有一摞书。没有巨大的爆炸，没有轰隆一声。液体燃成明火，在黑暗中显得那么美丽。火焰顺着板条架子的侧面往上爬，噼啪作响。仓库另一侧也发生了同样的事情。火焰现在开始跳舞了，嗞嗞地吐着火舌。它们蔓延得很快，好像是活的一样。

世界陷入了火海之中。仓库中央的某处，有什么东西好像折断和崩毁了。也许是哪一根横梁，或者天花板的一角。瑞秋从来没听到过这样可怕的响动。她的眼睛感到刺痛，咳了一声又一声。

“看上面。”英嘉说道，指着高窗。

费舍尔已经不见了。铁栏杆非常坚固，中间的空隙又很窄，但是窗户本身仍然敞开着。那里离地面起码有十六英尺。

“你也许刚好能挤出去。”查尔斯说道。

英嘉抓住了瑞秋的胳膊。

“现在就干。”查尔斯摘掉围巾裹住了自己的脸，仅剩眼睛露在外面，“没时间了。咱们一起把她举上去。等她上去了，她就能把你拉上去，你们俩再去找人帮忙。”

英嘉无法直视他的眼睛。她知道，他也知道，多久才能找到人来帮忙。

他伸手拉过一箱书，又拉过一箱，摞在一起。她奋力爬到箱子顶，发现离窗框足足还差五英尺。

“站到我肩上来，快！”

“我做不到，”她说，从一张脸看到另一张脸，“你应该先走。”

查尔斯说道：“马上！没时间争这个了。”

“求你了，按他说的做。你一定要尝试一下。求你了，求你试试。”

“等我上去了，我就可以把你拉上去。”她尽力露出一个笑容，“别乱跑。”

他们都点点头。等她上去了，她就会帮他把她拉上去。

事后，她将意识到，没必要这么着急。如果他们思考得慢一点，行动得慢一点，那时间其实是很充裕的。她会有时间亲亲他们两个，有时间打理好自己的灵魂。她想说而没能说出口的是什么呢？不啻千言万语。

又传来一声崩裂，电灯熄灭了，但她借着火光仍能看见。查尔斯爬了上来，低低地弓着身子，于是她像个孩子一样手脚并用，攀到他的背上。他的膝盖打着晃，然而，凭着一股意志迸发的猛劲，他站直了身子，像一头熊那样咆哮着，喘息着。她探起身子，寻找着平衡，直到把一只膝盖放上他的肩膀。她拼命往上伸手，终于抓住了铁栏杆的底部，金属已经被烤热了，她身子底下的查尔斯像女人生孩子一般号叫着。

她感到查尔斯有力的肩膀垫在脚下。她把自己往上拉，直到脸贴上了铁栏杆。她先把一条胳膊拿出去，然后是一边的肩膀和她的脑袋。她能看到远处闪烁的天际线和底下狭窄肮脏的街道，以及街上那些幸福的鹅卵石，那个垃圾站，那些被人扔掉的马口铁罐和报纸。一个人影也看不见，连费舍尔也不知去向。空气冰寒刺骨。窗户底下堆着一些木头箱子，胡乱叠在一起，一定是费舍尔临时搭起来当梯子，以便爬上窗口扔火柴。她的胳膊现在伸到铁栏杆外面，几乎都能碰到最顶上的箱子。她一寸一寸往外蠕动，但是一到她胸口最宽的地方，她就卡住了。栏杆之间的空隙太小了。

她身子底下有四只手正推着她的脚、她的腿、她的臀部和她的背，分担她手臂的重负。她把空气从肺里排出去，吸气收紧了肚子，胸部辗转挪动，同时左右转着自己的下巴。

她做不到。她没有办法让自己挤过那个空隙。

31

1986 年，澳大利亚昆士兰州，布里斯班

饱经沧桑，伤痕累累——凯蒂站在杰米身边，望着菲利普朝前厅另一侧那位穿花裙子、冲他挥手的女士冲过去时，心里就是这种感受。再过十年，再过二十年，再过二百年，这座毫无心肝的混凝土堡垒看上去都会跟现在一模一样，然而凯蒂在过去的一小时之内，却像经过了无数的岁月洗礼。但她的任务还没有完成。她需要在恰好两点整的时候站到前门外。就在此时，她眼角的余光捕捉到了入口附近的一点动静。另一位女士从炽热的户外踏进了前厅的静谧之中。她比之前几位年纪更大，可能有七十岁了，穿着淡粉色及膝连衣裙，拎着一个红色的大号手提包，戴着和白色船鞋相配的白手套。

凯蒂不自觉地用手捂住嘴。她能听到杰米骤然吸了口气。菲利普已经走到一半，这时候停下来打量着这新来的人。

来人的注意力被杰米吸引过去。她来得比预计的晚了会儿。对了，杰米。凯蒂一下急中生智，转过去面对着他，朝入口方向扬了扬头："那

位女士是不是来找你的？”

“哦！”杰米紧紧捏了一下她的手，“对，我想她就是来找我的。”紧接着，他一边朝她挥手，一边喊道：“您好！真高兴您能来！”他在穿过前厅的途中和菲利普擦身而过。“她是我最慷慨的客户之一，”杰米说道，“执着于收集 20 世纪 30 年代的初版图书。希望你不介意我邀请她来参加活动。”

“老兄请便。”菲利普甩甩手，仿佛杰米是一只苍蝇，然后继续朝大厅对面走去。凯蒂应该无视他和他的如意算盘，应该告诉他滚他的蛋，从此再也不跟他见面，但是她不能，目前还不能。她朝身后瞥了一眼，确定杰米那边一切顺利，然后跑了几步追上菲利普。杰米和穿粉色衣服的女士耳语了几句，然后把她引向售票柜台。

菲利普抢先一步走到花裙子女士面前，猛地把手塞给她。“我是菲利普·卡迈克尔副教授，”他说，“您的光临是我们的荣幸。”

“我是莱勒尔，”女士开口道，伸手和菲利普握了握，“瑞秋·莱勒尔。”

菲利普跟瑞秋·莱勒尔谈话的时候，凯蒂一直站在他身旁。她能听见背后的会议厅里，他请来的重要嘉宾一直在聊天、碰杯，低声笑谈学术圈的八卦消息。她站在这里，美术馆的前厅里，回想起自己是如何辛苦地工作，一边对着瑞秋·莱勒尔微笑，听她向菲利普表示自己完全不懂为何要搞得这么煞有介事。她说，她从未遇见过英嘉·卡尔森，也没有读过什么手稿。

“那些信一封接一封寄来的时候，我就对自己说，大学里的人肯定知道一些我不知道的事情。但我这辈子都猜不到是什么。”她操着浓重的本地口音，一听就是正宗老昆士兰。

菲利普耸耸肩，几乎控制不住地咧嘴笑起来：“没关系。这只是这位沃克女士臆想出来的罢了，她本该多学学文本分析才对。我之前就告诉过她，这种事根本不太可能。”

“如果您不介意的话，能否告诉我们，”凯蒂说道，“您和英嘉·卡尔森之间到底有什么关系？”

关系？父亲来自奥地利，是卡尔森的不知什么表亲，她回答。她可能是卡尔森唯一在世的亲属了。别误会，能继承到财产，她很知足。过去这么多年，那笔钱带来了不少好处。她现在拥有了一座可爱的小房子，每年都能坐邮轮旅游一次，还给她的侄女和侄子付了一部分大学学费。她资助了两个非洲儿童，跟他们通信，把他们的照片贴在冰箱上。其余的钱都捐给了教堂。开展第一天，她就来参观，那纯属好奇心作祟，没别的。她就是在那时候遇见这位年轻女士的。她向来对虚构出来的小说不感兴趣。

“那本书一定写得很好吧？因为每时每刻都有新书上市，但人们还记得那一本，不是吗？”她说道，“我是说当代流行小说也很多，你知道吧，像丹尼尔·斯蒂尔写的那些。”

“所以，你并没读过英嘉的手稿？”凯蒂问道。

“你说的是哪本手稿，亲爱的？”

“怕是个误会吧。”菲利普拍拍女士的手说，“你从书里引用了一句话念给凯蒂听，有没有这事？”

“有点无聊，是不是？我是说那个展览。所以我试着背了几句烧糊的纸片上的话，就像玩个小游戏一样，要不然看展就完全是浪费时间了。我是不是背得离了谱儿？对不起，亲爱的。”

菲利普扑哧一笑：“千万别这么想。完全没事。”

“那你答复邀请的时候，为什么不直接承认呢？”凯蒂说，“为什么不好好回封信告诉我们，或者打电话？为什么你不打电话呢？你太不通人情了。明明之前可以解释清楚的。我还以为……我还以为你在隐瞒什么。”

“实话说，我不愿意谈论那笔钱，”瑞秋·莱勒尔对菲利普说道，“如今周围到处都是骗子。我们教区的牧师对此特别在意。我得告诉你们，他压根不高兴我来这里。这里有些画儿画的是没穿衣服的人，你们发现了吗？”

“确实没注意。”菲利普瞪大了眼睛答道。

女士拍了拍他的胳膊：“让我提醒你，上帝的爱甚至可以超越不信上帝者，把力量赐予甘愿以上帝之名行善之人。据我所知，英嘉·卡尔森就不信上帝。”

马尔科姆·柯尔比出现在前厅另一侧的会议厅门口。“菲利普，”他喊道，“快到点了，伙计。”

菲利普把两只手的白色袖口各抻了一下：“我会让沃克女士送你出去。我得去做演讲了，要介绍在卡尔森火灾研究中出现的一个激动人心的进展。”

“忙你的去吧，”女士答道，“能给我报销回去的出租车费吗？”

“这边走，莱勒尔小姐。”凯蒂说着领她向大门走去。

“拜拜，亲爱的。”

经历了刚才那番兴奋和刺激，这位女士好像路都走不稳了，于是凯蒂扶着她的胳膊。她心里仍然在想着菲利普。她又不是不认识他，而且认识好多年了。杰米把菲利普利用他的经历告诉她的时候，她明明也听见了。那她为什么还会失望呢？因为尽管各种证据摆在眼前，她还是期待他的人品能变好一些，因为她浪费了那么多时间去爱慕一个这样的货色，还因为她为他感到悲哀——空有天赋，却成了这么一个小人。

出租车在她们面前停下来之后，凯蒂给了那位女士一张二十澳元的纸币，替她打开了后座的门。

“有点脱离剧本了，莱勒尔小姐，”凯蒂说道，“但仍然算得上你自牙膏广告以后最好的表演。”

“我坐在旁边等了好一会儿，一度还以为你不需要我了呢。”

“我真希望不需要你，但仍然多亏你在。有位富于智慧的女士曾经教导过我，要抱最好的希望，作最坏的打算。”

“这是我这么长时间以来玩得最开心的一次了。至于你那个教授，真够不要脸的，”这位女士亲了亲凯蒂的脸颊，“回头见，凯登丝。”

出租车启动了，凯蒂在后面挥了挥手，然后一路小跑进了美术馆，买了一张票，朝展览厅走去。她答应过自己要再回来看一次的。上次是多久来的，五个月之前？她生活中一切的一切都已经变了。再次在英嘉的遗物之间流连，仔细研究每一件展品，包括有关火灾的那些令人伤感的证物，都显得不那么重要了。如今，在展览即将结束的时刻，这里已经空无一人，除了她和——她看到他们在展厅深处——杰米，还有那位粉色衣服的老太太。

从凯蒂站的地方看来，他们俩就像老朋友一般，无拘无束地聊着天，时不时指点着展柜里的某个展品。甚至把他们当成结伴出门的年轻孙子和祖母都可以——虽然这位孙子只在从奥肯弗劳尔一个比萨店里买来的照片上见过他祖母的脸。

杰米和老太太听见凯蒂走近，都转过身来。凯蒂每走一步都让她离得更近，一切都伴着鞋跟敲在地上的声音回响在她的脑海。去往他们身边的途中，她经过了英嘉的童年，经过了火灾的展区，那里有新闻头条的剪报、从现场取回的烧焦的木料，还有英嘉的项链坠，那带着蜜蜂装饰的玻璃制品，已经烧得熔化了，是在仓库的余烬里找到的，曾被用来辨明尸体的身份。

她绕过印本残页的原件，一直走到他们面前。“她终于来了，”杰米对着她微笑道，“请允许我介绍一下，这是凯蒂·沃克。”

“我们见过的。”凯蒂说道。

老太太向凯蒂点点头：“我怎么忘得了你那关于传教式读者的可爱想象？而且你还给我写了成百封信。”

她伸出一只手来跟凯蒂握手，但是在两只手接触之前，她慢慢地一点点脱掉左手的手套，又同样脱掉右手的手套，然后把手套放进手提包的外层口袋里。她把袖子拉上去，重新伸出手来。凯蒂和杰米现在能看到她的右小臂了。她的手指修长而优雅，但从指尖到肘后的皮肤全都绷得紧紧的，泛着亮光，疙里疙瘩，仿佛到处点着粉色的糖膏。

“这些年我几乎都注意不到它们了，只是不想被别人盯着看，”老太太张开手指，轻轻上下颤动着，仿佛在弹一架看不见的钢琴，“用起来倒完全灵活自如。”

她握住了凯蒂的手。她的手有力、沁凉，上边的疤痕传递着神秘的意义，将漫长的年年月月浓缩成眼下的分秒瞬间。

凯蒂吞咽了一下：“您离家万里，真是太不容易了。”

“没有的事，”老太太答道，“这么多年以来，这里早就已经是我的家了。我很喜欢这里。”

杰米清了清嗓子。“您认识英嘉·卡尔森，”他说道，“您还读过她的作品。”

“能认识英嘉·卡尔森，”凯蒂说道，想起那场悲剧，想起到如今已过数十个寒暑，她很惊奇自己竟然能把这句话说出口，“一定是一项了不起的殊荣。”

从这么近的距离看，老太太的脸上布满了细碎的皱纹，眼白也有一点点泛黄，她的呼吸很浅，很吃力，脸上掠过一个像是微笑的表情。

“我活了这么久，得出的结论是，”她说道，“能认识任何人都是了不起的殊荣。”

这就是凯蒂长久以来所期待的场景——与这位老太太交谈，向她请教问题。然而，此时此刻，有那一句话——在这尘世间度过的每一秒和那些真正重要的瞬间——有那一句话几乎就已经足够了。

老太太转向凯蒂："你家小伙子一直在跟我夸你，说你的研究做得多么出色。"

她两个嘴角向上微微一弯，杰米的脸上则笑开了花。

"我家小伙子这么说是有点偏心了。总之，我很确定自己现在已经失业了。"

"那更好，表示你将有大把的空闲时间。我这里有点东西，你可能会想读一读。"

她把手伸到提包里，抽出一个厚厚的、裹着印花油布的小包。她在手里掂了掂它的分量，然后交给了凯蒂："把这个送给别人的感觉挺奇怪的。好久好久没人读过它了。"

"那是……"杰米说道。

"天哪，"凯蒂把包裹接过来，"天哪。"她双手颤抖，杰米轻轻按着她的胳膊帮她稳住。

凯蒂把小包托在臂弯里，然后拆开层层包装的一角。里面是一沓厚厚的印厂样稿，微微泛黄，还有几处脆裂的页角。她略略翻动几页，上面印满了褪色的铅字，偶尔会出现钢笔标注的痕迹。

最初的一瞬间，两人谁也无法动弹，无法说话，无法呼吸。接着，他们同时开始大笑起来，是那种在强烈感情冲击下不能自已的大笑。

“是它吗？”凯蒂终于开口道，“不会吧？”

“会是真的吗？”杰米说道，“这怎么可能？”

老太太并不留意他们的大笑和惊讶，而是以公事公办的态度，重新打开提包，拿出一个牛皮纸信封，放到稿件上面。“另外，这里有一些你们会用得上的文件，包括一份合同，你们需要在某些地方签字。杂七杂八的什么都有。用我的律师就行，他们非常不错。”

“我……”凯蒂结结巴巴地说，“……我不确定我是不是合适的人选。”

“我很确定。真正错误的人选——比如你的教授——绝不会有这样的自我怀疑。在我看来，你就是最完美的人选。”

凯蒂一只手把小包抱在胸前，另一只手握住了杰米的手。

他们听到身后传来脚步声，是保安。按他所说，还有几分钟，这个展览就要永远离开布里斯班了。

“您需要自己待会儿吗？”杰米问道。

老太太抬头看着墙上英嘉的海报：“没必要。我也不知道为什么总是回到这里，明明我永远也不会忘记她的模样。”

在美术馆外，影子开始渐渐变长，空气也开始变得凉爽起来。他们听见车流的嘈杂、喷泉的声音和渡船的鸣笛。老太太离开凯蒂和杰米，朝着墙上挂的一张小些的照片走去。在那上面，英嘉站在一家餐厅里，两旁簇拥着穿制服的工作人员。她站近一些，向后扬起头来看。

“她难道不美吗？”老太太说道，“她难道不是你所见过的最美丽的造物吗？”

32

1939 年，纽约城

她挤不过去，她断定自己不行。铁栏杆很结实，间隙很窄，而且被烧得越来越烫。她胸口最宽的地方被卡住了。她变换着身体的角度，希望能像条滑溜溜的鱼一样，从两根栏杆中间溜过去。她知道，他们没办法支撑她太久的。铁栏杆愈加灼热了。

这让她想起小时候在奥地利那个山村里，她曾看过一头山羊幼崽倒着出生，尾巴先出来。她当时满眼是泪，拽着母亲的胳膊不放，但母亲只是笑，紧接着——那阵突然的喷涌令她多么惊奇啊。不可抗拒的地心引力发挥了作用，一头健全的小兽落了地，几乎马上就站了起来，她眼看着它的四条腿走得一步比一步稳。

有什么东西松动了。她往下落了几英尺，掉在最顶上的木箱子上，把手臂伸出去垫了一下。接着她就失去了平衡，顺着费舍尔搭的临时梯子一级级滚下去，摔在肮脏的雪地上。她感到呼吸困难，但是并没有受伤——至少眼下她感觉不到伤痛。这外面十分安静，如同另一个世界，而仓库里的嘈杂和恐慌仿佛已经是隔年往事。她获得了新生。她站起来，往肺里吸满了空气，眨着眼睛让咸涩的泪水冲掉眼里的烟气。只过了一瞬间，她又向窗户转过身去。

确实只过了一瞬间。不可能更久了。

她再次爬上木头箱子，手指头被碎裂的木板划得都是伤口。她把手从栏杆中间拼命伸进去。里边的空气比刚才更烫了。另一份记忆不由自主地涌上心头——仍然是她小时候，有一次她打开家里那个老式罐状柴火炉的盖子，把一只手伸进去。父亲马上把她拉开，然后狠狠地骂了她一顿，直到骂哭为止。现在没人能把她拉开了。她朝更深的地方探去，一根烫得冒烟的铁栏杆烙着她肩关节和胸口之间的皮肤。她能感觉身上的短袖衫烧熔了粘在皮肤上，但她仍然继续往里伸着手。

她的手指什么也没摸到。

她往里越探越深，身体在窗户上越贴越紧，尽她所能触及的范围挥动着胳膊，上上下下，往左往右，拼命张开手指，直到感觉指间的筋膜都要撕裂了，竭力不去理会一阵阵缩回胳膊的本能反应。烟雾比刚才更浓了。她什么也看不清，什么实实在在的东西也摸不到。她开始尖叫，叫着瑞秋的名字，叫着上帝，叫着查尔斯。

她能感到双手的皮肤被烧得皱起，她能触碰到的只有火炉般灼热的空气。她苦心祈祷的触感——摸到实实在在的皮肤和骨骼，握住一只她曾那么熟悉的手——并没有出现。她往里探着手。她贴紧了身体。她一直尖叫着。

在那之后只过了短短一会儿，她就听见了警笛的声音。她守在窗户边上，直到看见救火车开来，解开消防水管准备救火，她才手脚并用地爬下屋顶，穿过马路，走进一条僻静、潮湿的小巷。她把胳膊放在混浊的泥水中，因为剧痛已经一点一点地侵袭上来，堆积成了魔鬼般可怕而不堪忍受的沉重折磨。天空现在清明了，烟雾被吹走了，然而并没有风。她记不得以前哪次看见过这么多的星星。

她在那条安静马路对面的小巷人行道上仰面躺了一会儿，望着暗蓝的、仿佛与她的胳膊一块儿搏动的夜空。她听见三声爆炸的巨响，想象着自己写下的所有内容，那成千上万的文字，都从纸面上解放出来，画着不羁的弧线飞散到天空中去。她的心不受控制地怦怦直跳，她的胸膛起了又伏。她感觉，自从自己搬到这里之后，这座城市的喧嚣第一次安静下来。她多么渴望能躺在新鲜的土地上休息，那土地还存着人类和动物在上面生活和呼吸的记忆。她好想感受周身被湿润的土壤环绕的感觉，想像一条小狗一样，把鼻子凑到土上。

她回想起和瑞秋的第一次见面，回想起瑞秋穿过大堂来警告她的样子。

稍后她在马路对面的这条小巷里找到了一条臭烘烘的毯子，就拿来盖在身上，缩成一团躲在一个门洞里。她要继续看着，因为她不能离开，现在还不能。

情况在第二辆救火车抵达后不久就开始急转直下。仓库的一部分屋顶塌了下来，一堵高大的砖墙轰然倒塌，造成天崩地裂般的撞击。有人受了伤。大家都在乱喊乱跑。她无动于衷地看着，仿佛眼前一切已是陈年的往事。一辆救护车驶来，又载着两名受伤的消防员远去。另一辆救护车驶来，却没有离开。司机和同事们等待着，蹲在阴沟边上抽烟聊天，长大衣紧紧地裹在身上。今晚不用再拉警笛，已经有人通知他们不必着急了。

夜晚在流逝，她还留在原地。她胳膊和手掌上的疼痛忽而加剧，忽而减弱，让她得以保持清醒，记住这一切。

她在小巷里一直待到第二天凌晨，直到两个消防员一前一后，抬出了两具装在长袋子里的尸体，卸到救护车上。救护车把他们送走的时候，她没有动。尽管她很想跟着去，但她知道那毫无意义，她必须放手让他们离开。至少，他们还可以陪伴彼此。她用已经失去知觉的双手把毯子拉紧些，然后迈开了脚步。她的手鲜血淋淋，她的脸面如死灰。瑞秋的出租屋比她家离这里近一些，于是她一路穿街过巷往那里走去，看起来就像个流浪汉，前几年经济危机受害者大军中的一员。她一心想着水——想喝干整条的河流，想体验头发浸在水里，像海藻那样飘起来的感觉。

离瑞秋家还有一个街区的时候，她听到报童大声吆喝，把著名作家英嘉·卡尔森逝世的新闻昭告天下，喊话的声音几乎带上了哭腔。她在路边站了半个多小时，看着人们给他一个硬币，拿走一份报纸，读完就倒在陌生人的肩上哭泣。一个女人把报纸丢在地上，英嘉跪下来，就地读着上面的字。她看到她死了，查尔斯也死了，就登在这儿，白纸黑字。她全身瘫软，目瞪口呆地坐着，而那个报童还在继续吆喝。

两具尸体，报童喊道。

两具尸体。她死了，查尔斯也死了。亲爱的查尔斯，善良勇敢的查尔斯。在天旋地转的脑海中，她想到的是未来会出现在手上和胳膊上的疤痕。她想，它们将会成为某种盔甲。她如今已经永生，再也没有什么能让她害怕。她死了。最糟糕的事情已经发生过了，然而她仍在这里。

她现在自由了，自由得远离了任何羁绊。世界在她面前展开了无限可能。她有现金，有许多的现金，还有办法搞到更多。她再没什么可以失去了。她会改掉自己的名字，变换自己的容貌——只要有钱，有勇气，再加上一点聪明才智，没有什么是办不到的。还有，费舍尔必须血债血偿，而且只在须臾。她会尽可能减轻他家人受到的牵累，但只要她做得到，就绝不会让他多活一口气。她复仇的时候会盯着他的眼睛，而他这辈子听到的最后一个词将是瑞秋的名字。无论我走到哪里，我都一定会让人们听到瑞秋这个名字。

发现两具尸体，报童喊着。

瑞秋热爱小巧的、微不足道的事物。她对人充满同情和善意。她有一种能够发现快乐的特质，在短短一段时间里，她也把那种快乐带给了英嘉，但英嘉的人生如今已经完结了。她的心此时多么轻松，轻松极了，令她不禁跪在原地大笑起来。来往的人流从她身边绕过，她想抓住他们的脚踝，告诉他们，瑞秋还活着，一切都会好的。只有两具尸体，她死了，查尔斯也死了，那就肯定表示瑞秋，美丽的瑞秋，依然活在人间。瑞秋还活着，这个念头使她心里洋溢起无比的喜悦。

致谢

在为写作本书做调研的过程中，许多人非常好心地与我分享了他们对20世纪80年代的布里斯班的印象。在此特别要感谢莫妮卡·苏杜尔。罗伯特·斯坦利-特纳一听我有需要，很快就骑车跑遍了布里斯班南部，拍摄各种照片来弥补我模糊的记忆。我也要感谢昆士兰美术馆的各位工作人员，尤其是凯茜·普兰博-史密斯为我提供的宝贵协助。书中所述如有错漏，均属我个人失误。

作为本书的第一批读者，帕蒂·奥莱里和美莱·索顿都很有见地，而且给出了建议。谢谢二位。珍妮·诺瓦克不但是一位了不起的经纪人，也可以算得上我所认识的最好的人之一。眼光敏锐的艾玛·施瓦茨帮了我大忙，文本出版社的迈克尔·海沃德则一直鼓舞我前行，我很幸运能与他共事。最重要的是，我全心全意的爱和无比的感激与谢意都要送给曼迪·布瑞特，她是让一切得以实现的关键，她为本书出版所做的工作也是无与伦比的。(还要谢谢约翰把他的周日晚主厨借给我。)

本书的早期版本曾获瓦鲁纳奖学金（Varuna Fellowship)。能够在埃莉诺美丽的家中享受安静的沉思时光，我深表感激，还要感谢加布里埃拉·凯利、琳达·嘉文、茱蒂丝·罗塞尔和戴夫·阿兰-佩塔勒给予我的友好情谊和良好建议。

FONGHONG
凤凰联动出品